怀念一个老城市

林梓 著

小文 插画

暨南大学出版社
JINAN UNIVERSITY PRESS

中国·广州

图书在版编目（CIP）数据

怀念一个老城市/林梓著；小文插画．—广州：暨南大学出版社，2017.9
ISBN 978 - 7 - 5668 - 2149 - 2

Ⅰ.①怀…　Ⅱ.①林…②小…　Ⅲ.①散文集—中国—当代　Ⅳ.①I267

中国版本图书馆 CIP 数据核字（2017）第 164060 号

怀念一个老城市
HUAINIAN YIGE LAOCHENGSHI
林梓　著　小文　插画

· ·

出 版 人：徐义雄
责任编辑：周玉宏　黄志波
责任校对：何利红
责任印制：汤慧君　周一丹

出版发行：暨南大学出版社（510630）
电　　话：总编室（8620）85221601
　　　　　营销部（8620）85225284　85228291　85228292（邮购）
传　　真：（8620）85221583（办公室）　85223774（营销部）
网　　址：http://www.jnupress.com
排　　版：广州良弓广告有限公司
印　　刷：广州市穗彩印务有限公司
开　　本：787mm×960mm　1/16
印　　张：16.25
彩　　插：16
字　　数：240 千
版　　次：2017 年 9 月第 1 版
印　　次：2017 年 9 月第 1 次
定　　价：48.00 元

目 录

序一　城市褶皱深处的幽魂

胡发云[①]

这是一本关于城市和它前世今生的书。

数十年来，中国大陆迅速地改变着自己的容颜。

散布在这片广袤土地上的万千城镇，这些风情万种千姿百态、在春雨冬雪四季轮替中生长了数百年上千年的人群聚居地，正在迅速地以一种令人惊悚的方式死去，代之以一座座流水线生产出来的梦幻新城，仿佛是一次星际大战之后外星人的杰作。

林梓当然对这日新月异的一切没有多少兴趣。每到一个地方，她都会去寻找那些高楼大厦阴影覆盖下的老街古巷，寻找那些一日日被销毁的旧屋朽楼——那是岁月留给城市最后的褶皱。那里还可以闻到一丝丝往昔的温辛气息，那里隐藏着斑斑驳驳的陈年遗迹，那里游荡着曾在这些街巷楼房生活过的各色人等的幽魂和他们的故事。而这一切，很快都将被一幢幢拔地而起的摩天大楼深深地压入地下，或被一条条车流滚滚的坚硬路面永远封存直至无影无踪。

首篇《怀念一个老城市·旧花园》，可以当作全书的导读。本文一开篇，林梓就这么写道：

---

① 胡发云，作家，居湖北武汉。著有《老海的失踪》《隐匿者》《如焉》《迷冬》等。

最早从记忆中浮现出来的，是逼死坡。

我最初对朋友解释这个城市的气味时，也是这样困惑着说，应该是逼死坡上那些早晨里的烟火气吧？

……那是一栋法式建筑。白色墙体，哥特式风格的屋顶，在绿树掩映下格外显眼。当我有意注意到它，已经知道了卢汉留法学建筑出身的背景。眼前这栋漂亮的法式建筑，就出于他本人的设计。

这个发现令我惊异不已。一段时间里我老向人打听，那卢汉的模样帅气吗？像不像一个艺术家？我固执地认定，设计出眼前这栋漂亮建筑的人，还理应保留一点艺术家的气度，而不仅仅是一个军人，一个政治家。

每次从那里经过，我都会情不自禁停下脚步，隔着铁栅栏久久往里面看去……

于是，那个夜晚，当城里边的那些重要人物都汇集到这个舞会上时，起义正式开始了，在悠扬美妙的华尔兹舞曲中，以这般优雅从容的方式来处理一场巨大的政治变迁，或许正是表现了主人仍然具有艺术家的气质？

雨雾中，隔着重叠错落的树影，能看到那房子的楼上有灯光，还有轻轻的笑语声，细细碎碎掉落到窗外的树叶上，竟是很温馨的感觉。一时惊诧。是住上了什么样的人家吗？那发出笑声的都是些什么人？其中是否也有极雅致秀丽的女子？那一刹那，脑海蓦然浮现出女客肃冷倨傲的眼神，心中竟是一种深深的怅然。那些由政治家们掌握的历史变迁中，无论是大人物还是小人物，都一样在无意中承受了沉重的包袱。

——《怀念一个老城市·旧花园》

这几乎是一种通灵的感觉。

老人常说，这世上是有鬼的，一些心净的孩子可以看到，等他们慢慢长大了，俗世的人事看多了，天眼就闭了，就再也看不到了。

林梓那一双看尘世看人生的天眼，却是在她已经历许许多多的风雨沧桑爱恨情仇之后兀然张开了。

她接着说——

那个寒冷的冬夜，若也有雨，身份显贵的客人们或许也如我一样，是穿着严实裹着的风衣到来的。

当然，那时的大门是敞开的，他们的小车可以直接开进去。楼下的门也开了，温暖而辉煌的灯光如水一般从里面漫流出来，落到门廊和台阶下，甚至将园子里的花木都照个通亮。

客人们从车上下来，他们打湿了的风衣，会有下人殷勤地接了过去。门廊上迎过来的男女主人，如常的笑容可掬，百般热情。客人中多是从那个已经被打败的南京政府里溃逃出来的军政人士，到了这另一番安宁的西南一隅，得到这般的招呼，心中是何其的感动和欣喜。但就在那一瞬间里，他们便成了起义的囚下客了。那个冬夜的舞会，一定令他们终生难忘。那些后来还活下来的人，在囚室里也许还常常想起那个雨夜，当他们脱下湿淋淋的风衣走进灯火辉煌音乐飘飘的客厅时，顿时有了一种多么温暖安全的感觉。

——《怀念一个老城市·旧花园》

这篇散文，写了对于云南人来说曾是如雷贯耳的三个人：唐继尧，龙云，卢汉。学过中学历史的，想必对这三个人也不会太陌生。但即便是像林梓这样科班出身的，也只记住了教科书上"军阀，豪强，西南王"之类几个冰凉、坚硬、带有明显贬义的词汇。

一幢房子，一片花园，一座"文革"中被砸坏了的陵墓，让那些被遗忘的人们渐渐鲜活起来，就像孩子看见了游魂在房间或院子里走动，说着他们当年的故事。

林梓突然发现，他们除了上面说到的那几个历史符号之外，还有着一些早已被时光掩埋的别的身份，比如辛亥义士、抗日名将、反袁护国英雄、云南大学创办人、1949 年云南政权和平转交的大功臣，甚至还是建筑设计师、西南兵器工业先驱……于是，这三个人就在那些老街旧屋废园里渐渐显现出他们丰富多面的人生。

关于这民国年间如雷贯耳的云南三雄的故事，大家还是自己看书才好，如还有兴趣，也可以去史海中搜寻。

第二篇《怀念一个老城市·旧房子》中，林梓果然就说出了自己天眼后开的过程：

> 其实，在我还比较年轻的时候，并不认为自己是喜欢老房子的人。只是每回到昆明来，都要遵循着公公婆婆的意思，去拜访一些长辈，或亲戚，或世交。而这些人家，通常都住在一些老房子里。到有意识地回忆起来时，我才惊诧地发现，这些老房子，一点也不像翠湖边那些西洋风格的公馆别墅一般张扬堂皇，而是毫无痕迹地隐藏在这个城市的深处。
>
> ——《怀念一个老城市·旧房子》

这些长长的、散散的但依然能够引诱你读下去的文章，曾谈到了西南那个老城市里一座四合院和它的主人的故事。其中也顺便提到我所生活的城市，那古老的褶皱中一幢老房子和那房子中的各色人物。算算时间，应该是十多年前我和林梓第一次见面的那次。也就是那一次，我和几位朋友还陪她去了一趟洪湖，于是就有了这本书后面的另一篇文章《洪湖水浪打浪》。

林梓在《怀念一个老城市·旧房子》中写道：

> 去年秋天，我去了一趟武汉。在那个同样有着悠久历史的城市里，我一样看到了不少的老房子，听到了不少有关老房子的故事。
>
> 突然发现，在我们这个国度里，每一个城市的历史演进都是惊人的相似。一场称之为伟大的运动，颠覆了一种旧时代带过来的经济体制，

这种颠覆轻易而彻底，并以非常冠冕堂皇的理由获得了强大的正当性，几乎没有一人能质疑，即便不是一种诚心诚意的拥护，也是一种屈膝拜服的顺从。

——《怀念一个老城市·旧房子》

这些有年头的房子就牵引出了有故事的人物，而房子也由此变得生动起来——

在那个城市里，有一户我熟悉的人家，也像朋友的家族一样，最终将他们庞大的家族产业毫无保留地贡献出来。

那个城市的秋日异常干燥，空气中飞扬着一种不知名的白色蠓虫。老街巷里显得宁静而闲适，我独个儿在那里徘徊，想象着眼前这长长深深小巷里的居民们，当他们兴奋着从容着搬进去的时候，有没有对房子的真正主人有过一丝的感恩之心呢？尤其是房子的主人在献出自己所有的房产后，竟令自己一家和年迈的老母亲在长长的日子里，一直住在和别人合租的房屋里，逼仄困顿。

——《怀念一个老城市·旧房子》

又是另一个地处偏远的城市和那些老房子：

……在那暮色悄然飘起时，该关门的地方就关了门，走出来的人们守时地匆匆往家赶，街上一下子见出了松弛慵懒和停滞。各色灯光还不会那么匆忙地亮起，便由着那暮色肆意漫来，悄悄然遮掩了白天过分的喧腾夸耀，城市变得温柔安静起来，那点古朴之气就悠悠地弥散出来了。

……

果然一个年少英俊的少老板。

我想，这应该是你们家原来的房子吧？

我的语气小心翼翼，却又不容置疑。

愣了愣，沉默片刻。然后点了点头。

归还的吗？

不，是买回来的。

很熟悉也很简单的历史过程。

红灯笼的光亮，透过精致典雅的框框格格掉落，被分割成一块一块的光晕，在我们的脸上闪烁不定，令人生出一些不安和警惕。突然间疑惑不解，我们这个民族为什么酷爱这种红色呢？热烈喜气，却又蕴含着激荡不安。

那是闹革命闹红军打土豪分田地的时候嘛——

少老板声音柔和，突然轻轻笑了起来。笑容清朗明亮，像一缕阳光穿透暮色而落，沉重的历史顿时变轻了。

我有些吃惊。但仍然笑了。也尽可能轻松地笑。

他显然将时间说早了。但我没说穿。他毕竟太年轻了。更何况，一场革命贯穿了半个多世纪，都以差不多的面目重复。

——《在暮色中走进城市》

另一篇《兰若美人》，写一处边陲小街，在那里，曾发生过一次惨烈的战役。林梓没有写战争，却写了许多战争都附生过的一种锥心刺骨的毒瘤——供士兵们泄欲的女人，也就是后来人们说的慰安妇。写得很含蓄，写得很忧伤：

短而窄的小街，没有一个行人。偶尔一辆汽车开过，仍然不减速，瞬间通过，在路面甩下一长串非常夸耀的声响。路边有狗，也不叫，懒懒地趴着，似睡非睡。两间小饭馆紧挨一起，空无顾客，与小街的冷冷清清很相符。

挑中了右边的饭馆。灶前那个年轻女人抬起身子招呼，眼神如腰身一样，有令人舒服的柔软。走进去的时候，我还不知道，那里面有一个和我相差了一代年龄的老人，在等着我，就像等了很久很久，要将她对那场战争的特殊记忆告诉给我……

当她的眼神和我相遇时，我能感觉，那是女人看女人的眼光。

……翻回当时的笔录，最后一段是老人的原话：

"奇怪了，那场仗打了三个月，炮声枪声没断过，天也一直在下雨，下得好大好大……到打完了，日本人都打死了，雨就不下了，天晴了，那些女人也不见了，再也不见了……"

兰花在继续开。很好闻的香味，清幽而淡，风一过，烟一般散开，带到更远的地方去了。

我知道，在那远处，还留着硝烟的味道。

——《兰若美人》

不论是《夕阳下的歌》所写的江西革命老区古村落，还是《迷失的家园》中那个中原移民聚居的珠玑巷——这个以街巷命名的小镇，竟是一部客家人广府人的伤心南迁史；不论是《在暮色中走进城市》中的古赣州，还是《园子里的花依然红》中长汀的那个古院落——它在元代是个军府，到了明清，成了试院，再到红色革命时期，它成了苏维埃政府，而许许多多的世代相传的男女情歌，在这里被改成了红军歌曲，有的一直唱到今天。还有前面提到的《洪湖水浪打浪》，"四处野鸭和菱藕啊，秋收满畈稻谷香……"一派迷人水乡景色之间，只要有了老房屋，历史和历史中人便如鬼魅一样不经意间就游荡出来了。

那一年，在一个叫做"华夏知青"的论坛上神交已久的林梓突然就到了武汉。我查询了当年拍下的照片，时间是 2006 年 9 月 21 日。林梓给我打电话说是要去洪湖。洪湖我去过多次，早在二十世纪六十年代上初二的时候，就去那里参加过支农劳动。林梓远道而来，且是大病初愈，当然是一定要陪同前往的。虽然我觉得那个地方并没有多少好玩的，除了当年支农返校后写过一篇命题作文，此外再没有写过有关洪湖的一个字。这次读到林梓的文章，才发现她真是有天眼的。又是旧街老房子——一个在历史褶皱深处的瞿家湾。从文章看来，林梓是带着一个久远的牵挂而来的。不然的话，她哪里会注意到一个叫做瞿家湾的清冷小镇？她来之前，我都没有听说过这个地名。

林梓写道：

瞿家湾。靠近洪湖边的一个小镇子。

纪念馆将整个小镇遗址囊括进去了。里面空荡荡的，竟无一游客。只有高音喇叭在反复播放着那首著名的电影插曲……

巨大的回声在空寂的街道上震荡，异常刺耳、尖锐而怪诞，蓦然给人一种曾经非常熟悉又非常抗拒的感觉。我差点按捺不住，要跑过去质问收门票的女人，这里又不是游乐场，为什么要用高音喇叭？

最终也没有过去。我知道被质问的人一定不能理解我的情绪。我急步匆匆走在前面，不想让同行朋友看到自己就要夺眶而出的泪水。

街道很窄，似乎连三米宽都不到。两边屋檐靠得很近，能看到的天空也是窄窄的。一个声言胸怀宏大理想的政权，屈身于如此逼仄的地盘，也许更能激起高昂的斗志与激情。路面是石板铺成，石板也不规整，显出一种草率。或许，就像在这里建立起来的红色政权一样，过于仓促而草率。

往里走不深，很快便到尽头。房屋明显看出已经过了修缮，但除了尽头的祠堂，其他门面一式的低矮简朴。走进去，多是庭院深深，房屋拥挤。屋子都很小，光线昏暗，依然过于逼仄小气。让人很难想象，当年的苏维埃政府各级机关，都拥挤在这一间间黑屋子里。门边挂有木牌子，写着各机关部门的名称。如青年部、妇女部、劳工部、保卫部……当年活下来的人说，为了关押那些等待审查和处决的"肃反"对象，各机关不得不将屋子都腾出来。

——《洪湖水浪打浪》

　　我翻看着当年拍下的照片，确实是一个古雅精致的小镇，一条青石板路，两侧是一色的明清建筑，白墙黛瓦，雕栏画栋，显示出这个地方曾经的富庶与文明。这个偏远小镇，曾是隐身于湖汊苇丛中的一片荒洲，明弘治年间，一个姓瞿的男人独自来到这里，以打野鸭为生，后来繁衍成一个庞大的瞿氏家族，瞿家湾由此得名。从二十世纪三十年代初开始，中共中央湘鄂西分局、中共湘鄂西省委、湘鄂西省苏维埃政府、湘鄂西省军事委员会先后在此设立机关，从沿街的各部门的牌匾看来，几乎占住了整个瞿家湾。只是不知道，当年他们进驻瞿家湾后，原来的住户们到哪儿去了。

　　当年气派的瞿氏宗祠，现在成了湘鄂西瞿家湾革命纪念馆，我们看到了曾在这里活动过的一些人物的照片，其中很多人，都是中国红色革命史上大名鼎鼎的。墙上那些照片人物，有杀人的，也有被杀的，这类互相残杀伤亡的人数，怕不会比战争中的数字少。只是那些往事，都语焉不详地一笔带过了。

　　走在这条空无一人的小街上，似乎依稀听见当年撤退前的那个深夜，脚镣在青石板上拖出的哗啦哗啦声。

　　那个秋天的夜晚里，被处决扔进湖里的人数是多少，始终没有确凿的说法。

　　三千？两千？一千多？

　　其实，数字已不重要。重要的是生命，年轻的生命。那些曾满怀热血和理想追随革命追随光明的生命，却身蒙不白之冤夭折在湖水深处，沉沦在黑暗之中。

　　据当地人回忆说，那个晚上以后，洪湖水都是红的。很长时间里，渔家都不敢进湖捕鱼……令人想起两年后在不远处发生的一场著名战役。从中央苏区匆匆撤出来的红军队伍，在湘江之役中损失了五万余人。江面都是尸首，江水都是红的。当地亦有"三年不饮湘江水，五年不食湘江鱼"之说……

——《洪湖水浪打浪》

周边还是那个洪湖。荷叶葳蕤连天绿，桨声寂寞涟漪轻，偶尔探出一朵迟开的晚荷花，显得更加妖艳，花瓣的纹理间，似乎还渗着当年那些无名冤魂的血色。歌里唱的洪湖，旅游景点的洪湖，因为瞿家湾的故事，变得神秘又幽深起来。

林梓的这种特异功能，常常让人讶异。

恢复高考的时候，林梓报考了大学历史系。她其实是爱文学的，做出这个选择，或许是因为报考这个专业的人相对比较少，而她从小体弱多病，学历又低（1966年小学毕业逢"文革"爆发父母当了"黑帮"而失学）。就这样，历史讲台成了她终生的职业选择。

很久很久之后，文学差不多都被人忘了，林梓却又搞起文学来。做出这个选择，也是因为体弱多病，常年休养，终于可以放下教鞭拿起笔了。但这一次，却是她的初心回归，让她圆了自己一生的梦想。正是在这样的时刻，原来当作职业立身的历史专业，在她身上以文学的方式获得了真正的生命力——这里说的历史，不是历史知识，也不是院校里面那一套历史学术规范，更不是某种坚硬的历史方法论，而是一种从人出发的历史感，这种有温度、有价值观的历史感，在某种意义上来说，近乎历史的直觉，这正是许许多多历史学者缺乏的。

最后想说的是，林梓的语言一直都是很好的，她写得很从容，很含蓄，很洒脱，很飘逸，很有感情也很有张力，是可以慢慢品读的。所以我在这里大量引用了她的文字，希望以此作为一个导读。

2017年7月15日 武汉

序二　悲悯的情怀——再读林梓

董　浩[1]

如果要给林梓的创作归类，我以为应该归类于纯文学。

纯文学不以取悦所有的受众为目的，而是一种侧重表达内心体验和抒发内心情感的文学载体，它是对客观的社会生活或自然图景的再现，往往反射或融合于主观感情的表现中，靠从内心深处迸发出来的真情实感来打动读者。这种文体，必须出于真挚和至诚，在为大千世界画像的同时，也把自己的心交给了广大读者，并且在此基础上充分强调与它无法分割的思考的内涵，成熟的激情必然通向深沉浩瀚的思索。是故，由此创作而成的纯文学作品更是在不动声色中显出一种优雅深邃之美。

林梓的这本《怀念一个老城市》，分上下两卷。上卷《怀念一个老城市》，分三个子篇"旧花园""旧房子""旧大学"。下卷则是 14 个短篇。全书写的都是旅行的记忆，但与一般意义上的游记又是绝然不同。读者随时感受到的，是那些远逝历史的幽暗深重的身影和气息。

林梓以其温婉的笔触书写出属于她的所见、所思和所感，又带着一种不肯让历史造成的后果湮没在似水年华中的执拗，提醒着读者去注意那些曾经发生的故事所延续的深远影响。

读林梓的文章，让人觉得是一个优雅的古典女子坐在芭蕉树下，摩挲着一柄团扇，阳光透过芭蕉叶，斑驳的光影投射在她脸庞或者身躯

---

[1]　董浩，自由撰稿人，居上海。

上，显得若隐若现而产生那种不太真实的感觉。她轻声细气地跟你讲述一些她所知的前尘旧事。听她说逼死坡，说卢公馆，说唐家花园，说那些被称为"寡妇"的女人或被称为"子弟"的二少爷、少老板，说那条洒落昏黄灯光的老街道，说那所令人神往不已的旧大学。还有长汀小园子里的石榴花，洪湖水波里的红莲，古驿道上疏枝黯淡的梅树，夕阳下安静忧伤的人村和渐去渐远的歌声……听她娓娓道来，偶尔，轻轻一笑，那笑，也藏着深深的叹息。蓦然回首，恍如那人在画中。读着，读着，沉浸其间，也分不清自己是在画外还是画中。

　　上卷《怀念一个老城市》，说的是昆明，是林梓偶尔逗留的城市。但感觉林梓写的是一个她从小就非常熟悉的城市。显然，林梓是沉下心去体察这个城市的历史深处，体察这个城市那独特的人文历史留给这座城市中生活的人们的种种影响。或是一种文化血脉的延续，或是一种逝者如斯的无奈沉寂。尤其一些为人们遗忘已久的民国往事和那些与那个时代有着太深关系的人群，如那些丈夫还活着却被称为"寡妇"的女人以及她们的子女，也如那些曾有过显赫事业而已无所事事只能在午后阳光下默默喝茶的老人，长长的日子里，她们或他们的沉默背后，往往有着不为人知的哀痛。

　　听林梓说旧花园，说旧房子，说旧大学，不禁令人恍惚起来，仿佛走进历史的深处，置身事外地行走在具有两千年古老而厚重历史的老城，聆听历史的哀怨。俨然使人觉得人生似乎只是一场迷失在百花深处的红颜白发的旧梦，能知道的仅仅是前尘旧梦、物是人非。

　　林梓写景，写物，写那些琐琐碎碎的往事，拨动着的却是人心最深处的那根柔软的弦。相信很多人会因这篇作品被那个"并不明亮，灰暗着，带着点阴郁，还有苍凉"的老城市所吸引，会去寻找树林深处的温柔红衾。可又有多少人是满怀对旧日老城的哀思失望而归呢？

　　这是一种淡而挥之不去只能在记忆中再现的伤感。

　　冬日的疾风里站在光秃秃的花树下，恍惚间，婆婆的手握在我的掌心里，暖暖的，说出了那句谶语般的话，女人如樱花呀！心头一惊，急促回转身来，花路幽深，透着无边凄凉。

——《怀念一个老城市·旧花园》

　　雨雾中，隔着重叠错落的树影，能看到那房子的楼上有灯光，还有轻轻的笑语声，细细碎碎掉落到窗外的树叶上，竟是很温馨的感觉。一时惊诧。是住上了什么样的人家吗？那发出笑声的都是些什么人？其中是否也有极雅致秀丽的女子？那一刹那，脑海蓦然浮现出女客肃冷倨傲的眼神，心中竟是一种深深的怅然。

——《怀念一个老城市·旧花园》

　　读这样的文字，细品意境，思绪在飞扬回探，意境带来的时空转换使读者不得不进入作者设定的环境，走进那透着无边凄凉的幽深花路，遇见那位有着"肃冷倨傲的眼神"的陌生女子……一种淡淡的惆怅或痛楚，总在不知不觉中如水般浸漫入心。

　　我想象那是个个子高高面容清癯而忧郁的男人，沉默寡言，喜欢在背着人群的地方抽烟。他走的那天，也一样不多说一句话，出了门疾步迈向黑夜中的小道，一直没有回头看一眼家门口的妻儿。他不知道，那个还躺在母亲怀里熟睡的小儿子，突然间睁开了眼，看到了那个冷漠的身影隐沉在黑暗中。从此，他的眼睛里，就融入了那个夜晚的黑暗和冷漠，一生在咬噬着他的心灵。所以他说，他恨！他绝不原谅！

——《那个阳光灿烂的地方》

　　生动传神的想象，使一个决然而去却又值得怜悯的男人跃然纸上。苦难虽已远去，但它从未消失过，依然在它应该在的地方注视着所有的人。

　　林梓尤为长于通过文字把思想具象化，在叙事议论中自然流露出意蕴深长的哲理，而其间对东方美学的诠释又是如此的优雅、空灵、唯美，充满诗意的想象力往往令人着迷：

江南地上，那盛放了一缕青丝的墓冢在哪儿呢？

可是靠着湖畔水边？可是隐在花间林下？到了有雨，那烟雨朦胧中，是否还能见到那温婉女子，自水边携清风暖香而来，裙裾飘舞，长声吟诗……

——《题余两篇·四月江南雨》

风带着我的喃喃自语，徘徊在一个个墓碑之间。我多么希望他们能听到，听到我的诉说，听到我祈求他们的原谅，原谅我们那么多年来多么不合情理的冷落和漠视，原谅我们的愚昧无知。

——《在远方征战的军人》

我曾经对《在远方征战的军人》做出过自己的解读。这次重温，依然令人怦然。九千多个墓碑上的字迹已经模糊，但并不能磨灭他们曾经履行的保卫他们所热爱的祖国的崇高职责。即使 75 年过去了，这块土地依然是千千万万士兵们最后的安息之地。再专心地听，波涛汹涌的林涛中，依然能听到士兵们列队点名的响亮回声。

下卷的 14 篇，触及从大革命时期到两次国内战争历史的就占了三分之一：《在暮色中走进城市》《夕阳下的歌》《园子里的花依然红》《洪湖水浪打浪》《椰林深处有人家》。那一长段的历史如此复杂沉重，而林梓站在高远处，以悲悯的情怀在温柔里显示出冷峻的理性。

荷花、香菱、鱼满舱，韩英、洪湖、赤卫队，曾经滋润无数人的少年时代。倘若不是林梓，我相信绝大多数人并不知道在"洪湖水浪打浪"的浪漫背后发生过的惨烈故事。那是 1932 年的夏秋，湘鄂西苏区的第一次"肃反"。林梓写道：

当时"肃反"的对象多数出身富家，有军事干部，有政工干部，还有医生和技术人员。这些人读过书，总有些书生意气、浪漫情怀。革命，曾激起他们同样的浪漫想象。但他们不曾想到，即便自己已经背叛了家庭，也依然不能摆脱出身的枷锁。或许，他们在痛苦中有了许多的疑惑和彷徨。但信仰的力量依然是强大的，他们愿意相信黑夜很快会过去，黎明就在前方。

——《洪湖水浪打浪》

历史的幽暗与险恶令人悚然。林梓依然用沉静、诗意而充满温情的笔调，去亲近和触摸那些蒙受冤屈的年轻灵魂：

或许，还有那样一个书生，在那一刻突然轻声对身边的人说，能让我自己下去吗？声音平静温和而从容。身边的人不由自主地停下了手。黑暗中，他们蓦然记起了这把非常熟悉的声音。是那个从城里来的大学生。他教他们识字，教他们唱歌，教他们许多的革命道理，还给他们吹很好听的口琴。他们喜欢他，敬重他。他那么有学问，有才艺，却放弃富有的生活到贫穷的湖区跟他们一起吃苦……在那一刻，他们犹豫了，甚至有了困惑和痛苦，他们不愿意相信眼前这个依然温温和和说话的年轻书生是敌人。于是，他们放下了手中的绳子和麻袋，目送着那书生跃身跳下湖中。翻腾的湖水很快淹没了书生的身体，直至头顶。那一瞬间，一道闪电突然划破夜空，他们看到了书生脸上最后的微笑，也是那么的平静温和而从容，甚至是感激和欣喜。让人相信，此刻书生的内心，依然干净清澈信仰坚定，而又是多么感激昔日的战友能让他以一种尊严的方式走向死亡……

或许，有一个女子却始终没有走。她留在了湖边，在黑夜中默默站了很久。然后，慢慢走下了翻腾呼啸的湖水之中。要走的人都走了，没人看见，也没人知道，她为什么会这样做。也许，是因为她的爱人已先她而去，她不忍独自偷生。也可能，是因为她心中充满了绝望与痛苦，她无法设想余下的生命中还能承受这种绝望与痛苦。她没入水中的那一刻，一朵尚未开残的莲花也随之卷进漩涡，留下一道鲜亮的红痕……

——《洪湖水浪打浪》

两段文字不到六百字，却温柔而凄美地具象化地写尽了那些年轻人纯净坚定的信仰和坦然赴死的勇气，构成了一幅惨烈诡异而震撼人心的画面，令人顿生辛酸悲苦而不忍卒读。这种把小说的创作手法融入散文中，且是如此水乳交融，让人叹为观止。

无论是《洪湖水浪打浪》的书生，抑或是《园子里的花依然红》的瞿秋白，读者都能如临其境地感受到他们栩栩如生的形象，为他们坦荡纯洁的胸襟与情怀而感动，为他们的遭遇而痛惜……这些不愧为民族精英的年轻人，实不该早早湮没在历史的幽暗中。

唯其如此，则更让后来者心痛不已。林梓的笔端下，则不仅仅是沉重的悲悯，更有发人深省的思索。

《夕阳下的歌》一如林梓绝大多数的作品一样，以散文诗般的语言，近乎平静地讲述了一段令人心碎的往事以及由往事引发的类似杜鹃啼血般的惘然和哀伤。

可不是吗？旌旗卷起遮天的滚滚尘埃，白灿灿的刀锋在阳光下闪出耀眼的光芒，伴随着嗜血的嘶叫，士兵成片倾倒，刀枪见骨惨烈肉搏。转瞬间，铁蹄踏躯成血泥。战争，需要更多的士兵。于是，就有了那些唱着动人的山歌鼓动青年参军的"扩红女"。那些歌流传至今，却很少有人知道，那些"扩红女"内心里无法排解的伤痛。

因为她无法面对死者的亲人，无法面对那一个个空荡荡的只有老幼妇孺的村子。这种负疚，竟令她对战场充满了畏惧……

——《夕阳下的歌》

读着《夕阳下的歌》，沉浸在一种令人说不清的心痛中，这是一种怎样的心绪？窗外飘来由宋祖英演绎的歌曲《十送红军》。于是在刹那间顿悟，突然理解了林梓对此歌与他人绝然不同的诠释：

……那些词饱含着从没有过的彷徨、忧虑和感伤，一个一个地钻进内心深处，突然感到一种不知从何而来的痛楚，泪水夺眶而出。我在惶惑中隐隐觉得，自己这般诠释这首著名的红色歌曲，一定有某种历史深处的意象在启示着我的灵感。只是我还没有领悟到，自己已经下意识远离了革命的强硬与尖锐，而开始以一种温婉伤感的情怀去重新理解她。

——《夕阳下的歌》

每个人都有过一些深埋内心多年的情愫。一直以为藏得很深，深得连自己也不一定知道，但往往会因为某一个电影情景，或某一段文字，抑或是某一首歌，那些深藏的情愫便如粗粝的风一般拂面而来。疼，在霎时间触及内心的每一个角落。《十送红军》，一首众多人熟悉的歌曲，又是如何深深触动了林梓心里那根悲悯的琴弦？

君不见，百战铁衣碎，战魂永不败。霜晨浸月冷，关山沙场阔，血染夕阳红……炊烟升起，谁在门口守候；夕阳西下，谁在路旁眺望；黄叶飘落，谁在林间伫立。人夫、人兄、人子，甚至十几岁的娃娃即将走向壮士百战死、军卒少有归的未来，能不叫老幼妇孺惶恐、忧虑与悲伤？

……问一声亲人，红军啊，
几时（里格）人马，（介支个）再回山……

——《十送红军》

在我看来，《在暮色中走进城市》《夕阳下的歌》《园子里的花依然红》以及《洪湖水浪打浪》，都在不断低吟或暗喻着《十送红军》的旋律。我几乎认定林梓是听着这首歌写下这些文字的，她是把无尽的爱、同情和希望通过对这首歌的诠释而投射在她对那段历史的独特视点上。

冬日，常见到路边呆坐的老人，门旁伫立的老人，窗前斜倚的老人，广场上晒太阳的老人。他们的身影是那么孤单而无助，令我产生无限怜悯。他们蹙紧的眉头下那迟钝茫然的眼神，仿佛对路人视而不见。而熙来攘往的路人们，仿佛对他们的存在也是视而不见。老人们在想些什么呢？是否也在回忆那些久远了的陈年往事？回忆那些永远无法排解的伤痛？而有没有未老之人，也像我一样希望了解他们的内心世界呢？

杂树拥坡，远山寂寥，一篱秋草，又是白霜，念旧者通常伤感。最好的结局，是遗忘，还是铭记？

那个深夜读完林梓书稿，沉浸其中，难以入眠，清晨起来脑海里倏然跃出一段句子，或正是从书中得来的那些飘忽不定而无法道明的思绪，也录在此了：

你走之后　昙花开了四朵

你走之后　万物仍在生长　我却在慢慢地凋零

天鹅不愿意落下　浓霜已经打在地上

从没有哪个春夏如这般冷酷

《十送红军》仍然萦绕在高高的枝头

梧桐正在落叶　银杏也铺满小径

所有高贵的事物都已死去

但我相信　相信你的梦里会有一只通红的小鹿

2017 年初夏　上海

序三　雕花般的回望

黎　燕[①]

　　与林梓在博客相识，又细读了她赠送的小说集《夏天的倒立》，为其极富才情与魅力的文字所倾倒，更为其悲天悯人犹如静水流深的情怀所感动，自此引为知己，惺惺相惜。值新书出版，邀约写序，当欣然应之。

　　《怀念一个老城市》的文章皆为羁旅留痕，却又与时人的游记迥然不同，依然鲜明体现了林梓那特立独行的视野与文心风骨。涵盖于行走风景里的，是作者对过往岁月的真挚回望，对琐碎日子的灵慧打捞，对历史、革命、人性的深度拷问。翻开书稿，这样的画面不期而至：寻常的生活况味，沧桑的风雨烟尘，多舛的命运轨迹，诡异的人心根脉，聚散起落，交集融汇，纠缠撕扯。无论是昆明的逼死坡、卢公馆、唐家花园、文林街、北门书屋、民主草坪，还是赣州、闽西、椰岛、洪湖、腾冲、松山；无论是瞿秋白、闻一多、李广田、沈从文，还是老城抑或革命圣地里的男人、女人、老人、年青一代、官宦、商人、艺术家、革命者、书生，林梓以小说家、诗人兼而有之的灵雅神秀，对湮没于时间废墟里的前尘轶事、风物传奇、风土人情，精雕细刻，钩沉探幽，字里行间流淌着诗意、神韵、哲理和禅境，万千气象扑面而来。犹如一位丹青高手，风走云飞地舞动画笔，将萦绕于心的对历史、革命、生命、人

[①]　黎燕，作家，居辽宁鞍山。著有散文集《乐水》《梦幻与飞翔》《锦瑟无弦》等。

性、善恶等疑难纠结，追寻拷问……大写意地氤氲于画布上。那些前尘轶事，风物传奇，历史与现实，忧郁与感伤，随着如小溪淙淙流淌的文字，强烈而深刻地嵌入我的心魂里。

林梓的作品极具南方水乡与女性作家骨子里的温婉柔媚、清澈空灵，却无小女子的轻浅单薄。而是敏锐地关注人的普遍性生存苦难，发自肺腑地悲悯苍生不幸和人世苦难，深刻到极致甚至无法言传的忧伤与哀痛，真实可感。这种大气度、大襟怀、大视角、大境界，并不是直观地、线性地、孤立地、粗浅地表达，而是寄予云卷云舒、花开花落、如真如幻的场景铺排，沧海桑田、物是人非、伤春悲秋的婉曲情思，如诗如画、缠绵悱恻、清灵飘逸的水洗文字。同为女性，同为写作者，更深深体会到这点的难能可贵。

决定文学作品高下雅俗的两个重要元素，应是作家的境界和作家对文字的掌控力。视野与情怀抵达了大境界，一部作品就有了呼之欲出的精气神，穿越时空的生命力；抒写的文字不是千人一面、拘谨呆板，而是打上鲜明的自我烙印，生猛鲜活，灵异神骏，其作品的神异风范和迷人魅力，浑然天成，臻至化境。

在五光十色、红尘滚滚的当下，林梓超然静笃、心无旁骛地痴迷纯文学创作。以源远流长的文化传承，历史学者的深邃眼光，与自然、时代、天地、宇宙的脉动相通共振，于废墟、碎屑、爪痕、丝缕之中，对史料沉香、前人旧梦深入生命与人性的根本予以思考抒怀，曲径通幽地宣泄爱到极致的精神诉求和生命关怀。她的作品因此拥有了文化散文、艺术散文的精深丰盛和风容气度。

如是，我将林梓这本散文集，称为雕花般的回望。

细细推敲，林梓此书的独特魅力是从四个方面表现出来的：

其一，初心不改的林梓，对美和艺术有发自天性、后天升华的灵异感知，善于从生活细部和日常琐碎之中，捕捉，发现，接收，并用独到的诗性文字加以描摹，水乳交融地将一种古典、悠远、精致和优雅的况味表现出来，使之具有强烈的艺术张力与感人至深的力量。

请看：

　　我听着，微笑着。甚至能看见自己脸上的微笑，虚幻，空洞。我因此困惑而惶恐，这个城市给我的印象怎么会如此的不一样？吸引我的，似乎是另外的东西。而那东西是什么，却又是一时说不清的。细想一下，并不明亮，灰暗着，带着点阴郁，还有苍凉。

　　到后来，我终于发现，我对翠湖之美的忽略，就如同对这个城市其他著名风景的忽略一样，记住的，只是那些隐藏在一种特殊气味里的东西。

　　是的。是气味。这个城市独有的气味。

　　　　　　　　　　　　　　　　——《怀念一个老城市·楔子》

　　后来再到昆明来，竟没机会遇上樱花开的时节。冬日的疾风里站在光秃秃的花树下，恍惚间，婆婆的手握在我的掌心里，暖暖的，说出了那句谶语般的话，女人如樱花呀！心头一惊，急促回转身来，花路幽深，透着无边凄凉。

　　……

　　也许，那个舞会后的清晨，也下雪了。

　　夜里的雨，在飘洒了一个夜晚后，终于在清晨到来时变成了雪花。也是这般细小的雪花，轻轻柔柔地从空中落下，在快接近地面的时候又变成了水，渗入了地面，不留痕迹。小别墅的花园在雪中也已经沉入往日的宁静，将夜晚里惊心动魄发生的一切遮掩而去。只是在郊外的机场，或许也像圆通山上一样，气温要低一些，雪落到了地面，没有马上融化，留下了白皑皑的一片，盖住了跑道，也盖住了飞机的机翼。一切，都是静悄悄的。

　　那些最后从机场走出来的人中间，或许会有那么一个匆匆回过头来，怆然之间，想起了《红楼梦》里那句"落了片白茫茫大地真干净……"

　　　　　　　　　　　　　　　——《怀念一个老城市·旧花园》

　　其二，林梓的性情里有李清照、秋瑾等奇女子的魏晋风骨、家国情怀、英雄气节，挥之不去的红色情结，理想主义的执着守望，弥漫在诗情画意而又激情澎湃的抒写之中，使文本的婉约风格里依然不失豪放高迈的气质。

　　如：

　　那场震惊世界的腾冲之役，是中国军队第一次收复自己领土的反攻战。长达一百二十七天的"焦土之战"，无法形容如何惨烈如何悲壮，只知道，在寸土必争的步步胜利中，倒下了九千多将士的血肉之躯。

　　九千多的赤诚男儿呀！站起来，是一片直逼苍穹的森林耸立；倒下去，也是一片地动山摇的热血翻飞。

　　历史的真相，在这里以如此震撼的方式重新展示。令每一个到来的人不能不肃然起敬。

　　……

　　风从身上抚过，留下一阵低咽般的林涛。突然很想放声大哭，毫无顾忌地大哭，让哭声穿越树林，穿越云层，带上多年来所有的愧疚和悔恨、委屈和愤懑。也许，正是因为我们为自己民族的热血男儿流泪太少了，才令我们的历史变得如此的干涸、苍白和冷漠。

　　　　　　　　　　　　　　　　　　——《在远方征战的军人》

　　一时看呆，不知雨什么时候就停了。花上仍然有水光，晶莹闪烁中，那红色通亮而深邃，似穿透着无边夜的静谧而来，直撞进心坎。

　　花儿为什么这样红？

　　突然间，屋里有些细碎的声响传了出来，静谧的夜顿时生动起来。猛一惊，一个熟悉的场景闪现眼前。那两个著名书生的鲜血，在半个世纪前哗然泼洒地上，是不是也如花儿这般红呢？

　　……

　　一个多灾多难的国家，政治永远笼罩着校园。那些心灵敏感而深远的书生，会自觉承担起一个民族沉重的忧患，甚至是流血。

——《怀念一个老城市·旧大学》

又是四月。

江南有雨。岭南也有雨。

江南的雨与岭南的雨，在那寥廓天地间可能相遇？若我能随风雨而去，便化作一片郁郁林子相伴她身旁，为她抚琴放歌，为她扬袖起舞，为她长声吟诗……

——《题余两篇·四月江南雨》

其三，林梓精细入微地回望隐匿于岁月深处的刀光剑影、悲欢离合，理性认知狂飙突进之中的血与火、牺牲与奉献的悲与欣，以本性的温暖与清澈，对中西文化深入理解的丰厚积淀与学养，开阔而多元化的胸襟、视角与胆识，对中国的历史与革命的得与失，人性的善与恶，进行了深度的拷问与诠释。历史回声的宏大气场，极具穿越性的禅思一味，激荡于卓有深度的抒写之中，令文本的思想性与艺术性珠联璧合，相互成就。

如：

要知道，在我们这个国度里，近代以来无数的革命与变动，都在有意无意中将历史的痕迹清除得非常干净，而令我们的理想总不得不建立在空虚无力的乌托邦之上。

——《怀念一个老城市·旧房子》

有学者振振有词地论证，当今社会贫富分化的剧烈已经到历史上最严重的地步，其隐患难以预料。听起来，有一种熟悉的感觉。贫富分化与对立，是人类文明产生过程中的必然现象，推动了文明的进步，又引致了无尽的杀戮与战争。这或许就是历史的悖论。而历史，又很容易以相似的面目重复。

——《椰林深处有人家》

　　但有一些东西，会顽固地保存在我们的血脉之中。

　　常常思忖，所谓的天赋，或许就是祖先给我们留下的遗传基因。如对诗文词赋琴棋书画的沉迷，对情操气节理想追求的执着；也如对虚名荣耀仕途庙堂的留恋，对奢华侈丽安逸散淡的满足；还有清高傲世特立独行的性情，骄矜自负随性不羁的脾气……好的，不好的，令人羡慕而欣赏的，让人讨厌而可恨的，复杂，又矛盾，都在浑然不觉中左右了我们的人生。

——《迷失的家园》

　　很迟才知道，那位早逝的革命伟人宋教仁，却是最早的也是唯一的鲜明坚定地主张通过议会道路建立宪政以实现革命理想，坚持以议会道路代替暴力革命，坚持在宪政民主的框架内从事议会政党非暴力的民主选举与和平竞争。他的思想在今日，仍然振聋发聩。但在那个崇尚暴力杀戮横行的年代里，他的声音太微弱了，如同他的生命一般短暂。上天不垂怜苦难的中国，早早带走了这位最清醒的智者。于是，接下来的历史不可阻挡，国共分裂，内战不息，生灵涂炭，暴力复暴力，永无停息，伟人为之奋斗的宪政理想依然遥远而不可即。

——《洪湖水浪打浪》

　　其四，文字是文学作品的经纬丝缕，也是作家的灵魂界标。经典作家的经典作品，与独具一格、颇有魅力的文字血肉相连。我一直喜欢玛格丽特·杜拉斯和张洁的作品，她们鬼魅、奇幻、优雅的文字，令人痴迷。而林梓绝美的文字也是令我一见钟情，心驰神往，如见青山绿野之莹碧、仙风道骨之绝尘、江南水雾之灵秀、美丽女子之妖娆。更惊讶于林梓的文字往往是在随意平淡中就散发其独特的视角和魅力，引人着迷：

这个时候，我是那样惊讶地发现，这个家族里的儿女们都是如此的俊美迷人。

这种俊美，总让我想起十九世纪西方作家笔下描写的那些贵族青年，身材挺拔，白皙整洁，眉宇清朗，眸子明亮。在和他们认识的日子里，我常常在心中惘然感叹，身世竟能如此鲜明地决定了一个人的相貌吗？

——《怀念一个老城市·旧房子》

日子开始变得缓慢悠闲，从容不迫。那样的日子里，书生丢下了昔日所有的困扰和忧虑，读书，写字，作诗，篆刻，回归了一个真正的书生本色。偶尔抬头望出窗外，园子里草长莺飞，花影重重，心间不由涌起丝丝惆怅，回忆起昔日那满山的红旗猎猎，还有那些有着柔婉调子的山歌谣。但他明白，自己心底更喜爱的，还是那些温婉缠绵惜春悲秋的诗词。更留恋的，还是能在自由自在的日子里，用那种有着淡雅花色的信笺，给远方心爱的妻子写信，绵绵情话后捎上一阕新词。

书生的人生底色，或许就不是红色，而是青色。淡淡的青，素净，高洁，傲岸。如李白的布衣，一生放逐荒野，远离朝堂，纵酒高歌，激扬文字。也如宋代的瓷，典雅，清高，却脆弱，孤寂。

——《园子里的花依然红》

眼前河流的名称与城市相同，叫赣江。后来我从资料中知道，这是因为河流由章水和贡水合流而成，"章"与"贡"两个字的合并，便叫了赣江。而城市临江而建，就有了赣州这个叫法。"赣"，成了一个专用的字，冷僻孤独地存在，为了这条河流和这座城市。

不少汉字的产生就是这样，看似随意，却又坚定，一旦有了需要，便固执地坚守着她的孤独，为了使她命名的事物得以穿越历史悠长的时空而留下永恒的身影。

——《一江春水流何方》

　　此书的另一个鲜明特色，是封面设计与插画的精美动人，出自作者的女儿小文之手，传统与时尚完美相糅的手法，简约干净虚实交织而趋于写意和幻象的风格，澄澈空灵而又细致入微、寂静冷清而又柔美淡雅的意象，与母亲的文字灵犀呼应，相得益彰，令此书更具有独树一帜的光彩。以我之见，其格调与品质，可与当代任何一本名著媲美。

　　感谢林梓！读君一册书，让我有了一次难得而丰盛美妙的精神之旅。

2017 年 6 月 17 日　辽宁鞍山

序四　优雅的力量——认识林梓

孙　伟[①]

认识林梓，起于文字，又不止于文字。

多年前，有幸在"华夏知青""老三届"等网站与那许多我敬重的同时代人以文字相识相知。他们的睿智、才华和风采，使我拥有了艰难的日子里精神的港湾，至今心存感激。在这里，我与林梓的文字邂逅了。那是与一种关于优雅的叙述和感知的惊奇相遇。

林梓的小说《女鬼》在网站论坛发布时，那风格感觉并非我所习惯或偏好的。直到《女鬼》不断被顶起，跟帖像梯子一般搭得老高，好评如潮，我才开始了对她文字的仔细阅读。《水魇》《泉变》《蛇精》……[②]一路读去，我得以进入一个与我从前阅读偏好完全不同的语境。那在山野呜咽的小提琴、深匿桂树林的洗罪碑、碾坊飘出醉意的口琴声……山神林鬼与现实两个时空如同两个音乐主题，在自由的飘逸中交融，亦真亦幻。人与事，就在那些蜿蜒曲折湿润柔美的文字中徐徐铺展开来，跌宕之后，留下欲罢不能、欲说还休的疑问与叹息。掩卷抚案，惊奇而想，这该是一个什么样的女性？每每至此，交响诗《舍赫拉查德》开头的小提琴 Solo 就悠扬于脑际，智慧而美丽。

---

①　孙伟，音乐人，居云南昆明。著有《青春咏叹——知青喜爱的歌》《青春咏叹——知青歌集·续集》等。

②　《女鬼》《水魇》《泉变》《蛇精》等篇皆收入林梓所著的中短篇小说集《夏天的倒立》。

现实中与林梓的第一次相识，正是在本书中她所怀念的那座老城市——昆明。

那个冬日黄昏，我们相约在此书中提及的云南大学门口见面。没有意外，人如其文。一个身条清瘦文弱，眼睛清澈明亮，微笑温和内敛，言语和风细雨，穿着貌似随意却透着精致的女性，一如春日微风中泛着鹅黄的河柳枝条。

后来由于公干或知青歌曲的课题，不止一次地去往广州，只要病情和时间许可，她总热情相邀。我们的交谈可谓天马行空，涉猎甚广。我很惊奇，两个性格脾性迥异的人，会有那么多话题的交集。说到激动处，我禁不住手之舞之足之蹈之，她则以微笑相对，并不多言；观点相左时，言辞也并不激烈，静静地听，再慢慢说，她的坚持，是不动声色的。曾设想两人联手组织一台晚会，她说那一定是绝配。我心中窃笑：以我在指挥台上的霸道和她苛求的完美，不知要把她气哭多少回。在我眼中，林梓从艺术创作到生活都是一个完美主义者。我知道，她之所以这样，不仅是为己，也是为他人。她有她不可更改的固执、她的坚持、她的坚强。因此，不要与黛玉、西施去类比，也不须罗列"优雅"与"贵族精神"的定义，林梓的优雅，是装不出来的。

为林梓的书写序实属应该。但一动笔，就犯了踌躇，无端地想起了那把小提琴。那是1981年偶得的一把捷克老琴，音质很好。一热心的工友不堪于琴面的斑驳，主动给琴做了油漆。小提琴焕然一新，却失去了灵动的生命。林梓的写作和出版的艰难，我略晓一二。我生怕我姿纵粗粝的文字，也如我那位热心的工友，生生毁掉了珍品。可我毫不迟疑地答应了邀约。或许，是因为林梓在书中所怀念的那个老城市，正是我居住并深爱着的城市；她所缅怀的远征军，也是我很早就开始倾情关注；还有书中关于民歌、古城、老屋和大海，一样是我迷恋而执着追寻的；更有那字里行间弥漫的人文关怀、家国情怀和忧患意识，能令人不禁把栏杆拍遍仰天长叹。而这一切，又都是以优美雅致、平静温和的方式表述出来，再一次令我更深切地领略到林梓式优雅的那种柔和委婉不动声色的力量。

于是，写下这篇文字，只是为了这份优雅，这份蕴含了令人惊讶而感动的力量的优雅。

《怀念一个老城市》一篇中所指的"老城市"，正是昆明。

很巧，文中所提及的北门街就是我居住多年的地方，距离林梓的公公婆婆居住的大兴坡，直线距离不过百米。文中提及的那些著名或无名的宅院、学府、街道、店铺，大多都在这周边。这里犹如一方舞台，中国史上尤其是近代以来的许多大事，以及与这些大事相关联的人物，你方唱罢我登台，令人眼花缭乱。而正是这些承载着厚重历史的街道和建筑，一次次激发起性情良善、敏感而又聪慧的林梓思绪飘扬，展开丰富瑰丽的想象和思索。

林梓是这样告诉我们的：遗迹旧址是固化的，附着在遗迹旧址上的历史信息均已"过去"，失却了生命的鲜活，而只有那些与这些建筑有着千丝万缕联系的人才使得历史活了。随林梓优雅的文字的铺排，那些人，故去的、活着的人，从昆明的街巷一个个生动鲜活地向我们走来了。儒雅的先生和张狂的学子、赳赳的军人和精明的商人、名门之后和贩夫走卒、大家闺秀和小家碧玉；还有婆婆、"二少爷"、修手表的电大学生、卖烧饼的山东人、归国的女客、开小店的男子、叶家后人……还有那个我熟识的，拉手风琴为自己伴奏《灯光》的朋友。因为他们，历史有了血肉和热度，置身其间，便有了可以触摸的亲近。而那些浩浩历史长河中的芸芸众生，自然也包含了"我们"。历史就是这样延续的，这种延续起伏跌宕千回百转，一个个的家族在时代的变迁中命运不断被改写。故人与今人的联系，如同基因的传承与变异，而蛮横的冲击和断裂最是让人扼腕不已。因而林梓深深叹息：

我在惊惶中霍然醒悟，这个城市在跟随潮流的巨变中，已经丢失了那些老街巷，以及那些深埋在老街巷里的老房子……

没有了，那些地道的老街巷，还有老街巷里的老面孔……

今年终于有人告诉我，小四合院不在了，在城市大改建中也拆了。听着心中黯然。突然感觉自己仍然非常怀念那座小四合院，怀念水汽氤氲中那安详温和的氛围。即便从一开始，我也能敏锐地感受到那内里深藏着的没落和腐朽，就像那个远逝的旧时代。历史就是这么古怪，一旦出现了真实感性的人物与场景细节，就有了生命的鲜活与美丽，令我们感到亲近和留恋。

——《怀念一座老城市·旧房子》

而林梓在这里，痛惜的就不仅仅是老房子了：

要知道，在我们这个国度里，近代以来无数的革命与变动，都在有意无意中将历史的痕迹清除得非常干净，而令我们的理想总不得不建立在空虚无力的乌托邦之上。

——《怀念一座老城市·旧房子》

本书下卷的十来篇，林梓带着我们沿着她大病后行走的赣州、粤北、闽西、湖北、海南等一个个著名或不著名的城市或乡村，接触那些熟悉或不熟悉的人与事，战争、移民、红色革命、苏维埃政府、瞿秋白、柳直荀、扩红女、酒家的少老板、椰林寨的女人……以悲悯的情怀、良善的本性和如水的语境，引领我们去用心追寻历史的真相和思考，去探识一个个超凡脱俗或平凡甚至平庸的心灵。在叩问历史的同时，也在叩问着自己的内心，使思维的张力得以延伸至文本之外。林梓以她对社会人生的深度关怀、深切体验，带读者和她一道登临远目抚今追昔，化解岁月迁流的怆然寥落之情、幻灭无常之感，透过历史迷离的烟云去感悟真谛。

令人惊讶的是林梓这种沉重的历史探寻和思考，丝毫没有影响其温婉、细腻而优雅的文字表达。阅读她的文字，脑际经常会荡起斯美塔那交响诗《伏尔塔瓦河》的引子：长笛清澈的引领，单簧管温暖地回应，两声部的波浪音型轮番交替，佐以小提琴清脆的拨奏，竖琴晶莹的琶音，似两条溪流细细长长曲曲弯弯在林间欢悦地跳跃歌唱着奔向汇合点，阳光下浪花银光闪烁。然后弦乐接替波浪形音型成为音画背景，双簧管进而小提琴，各声部渐次加入，由弱而强引出宽广的伏尔塔瓦河主题。林梓的文字中蕴含的音乐韵律，正是这种唯美而丰盈的感受，在本书和她本书以外的其他文章中，可以随手拈来。

　　登上城墙的那一刻，看到了河流。

　　河流的出现突兀又悠然，犹如在莽莽群山里孕育了亘古之久，无意中撞来了平川，率性舒展她清朗开阔而百般柔媚的面目。时值春水涨满，河面森茫，沙渚隐现，近有渔舟游弋，远落桥影绰约。遥看对岸，平展邈远，远村、远树、远山，原野风光，淳朴如画。

　　穿越逶迤山岭而来，河流的美丽猝不及防令我惊讶而感动。一段飘忽而不确定的记忆蓦然闪现脑海。《牡丹亭》的故事，好像就发生在这个城市郊外的某个地方？柳梦梅与杜丽娘在梦境中的爱情邂逅，也如眼前一江春水，丰盈，温润，且羞涩而慌乱，令人满怀无尽的期待与想象。

　　　　　　　　　　　　　　　——《一江春水流何方》

　　女性行文大抵比较细腻，但细腻到林梓这样的程度，实属少见。这大概与敏感而又严谨的秉性有关，她对完美的追求，近于严苛。字里行间，对事、对人、对景物心理的描摹书写中，那种"语不惊人死不休"的精细，令人感叹。当这种描摹的精细与悲悯的情怀结合时，所产生的力量，尤其让人震撼而痛彻心扉。她能神奇般将史料中不过寥寥数笔干涩的记载，幻化为一个个具体的人物与场景。很难想象，林梓是怎样能在那远去的时空里，让思绪自由轻灵地飞扬，而又以一种理性、冷静而丝丝入扣、逻辑清晰的笔调来表述，英勇的远征军士兵、苦难的慰安妇、视死如归的女情报员、囚室中的书生秋白……皆被赋予了血肉性情，栩栩如生，感人肺腑而催人泪下。

多么惊讶我们的历史中，会有这样一个书生意气十足的共产党人。在敌人的囚室里，在生命的尽头，不愿再伪饰，不愿再矫情，做那么一种坦荡无忌昭明天地的自我剖白、自我谴责。

知我者，谓我心忧；不知我者，谓我何求。

书生刻意用《诗经》这一句开言，一定悲哀地预想到，世人将很难读懂和理解他的文字他的情怀。哪怕是他的战友，或他的亲人。是的，多少年过去了，有谁能真正读懂了那其中的回肠九曲满纸心忧？
……

风停了，雨过了，有时会云破天开，露出朗朗明月。书生已无睡意，披衣走出园子，独立树下，心绪翩然。不由想起李白月下独酌意气纵横，我歌月徘徊，我舞影零乱。却原来，孤独还需孤独解。那一刻恍然大悟，自己骨子里，仍只是一介书生。

——《园子里的花依然红》

咬舌而死，鲜血定会喷涌而出，瞬间染红了大地和天空。

那一瞬间，她也许想起了鸟儿啼血成花的传说。她希望她的鲜血也能化为美丽的花朵，永远装点这大山，装点她热爱的祖国。她希望也能像那鸟儿一样自由飞翔，飞到黄河长江边，飞到中原大地，飞到西子湖畔，去看看祖国的大好河山……

——《雾断归途》

沉郁悲壮的情怀，乃至血腥惨烈的场景，在林梓温情的笔端下依然叙述得如此美丽、清淡而平和，而又以一种强大的力量直撞人的心灵。

或许因为林梓学历史出身，由此她对历史上循环不息的血腥杀戮更为敏感。她以一种悲悯恻隐而又理性冷静的眼光，去探索历史与人性的阴暗诡秘，探索前人实践的得与失，憧憬一种对社会对人性伤害最小而更为温和的理想途径。

中国历史上从宫廷政变改朝换代到下层民众的揭竿起义，都喜欢用极为血腥暴力的方式来进行。到了吴三桂终被朝廷所剿，其孙子吴世璠也是在这个城市里遭杀戮而身首异处。后人说起来，竟都是痛快叫好。这般看多听多了，便从根底上厌恶和抵制各式各样的暴力行径。

——《怀念一个老城市·旧花园》

战争，会提醒我们文明所蕴含的暴力与血腥，让我们不得不直视人类历史中，一次又一次的战争是如何将人类拖入万劫不复的境地。也就有理由让我们相信，人类的内心更渴望和平与安宁。

——《一江春水流何方》

除了暴力和血腥，就没有更好的方式来解决这种对立吗？或许，我们还永远无法真正理解人性的复杂，无法清晰地看清楚人性中深藏的善与恶、正直与卑怯、宽容与狭隘、慷慨与自私。

——《在暮色中走进城市》

民主自由的崇高理想，在专制黑暗中如光明般温暖，吸引着一代书生敏感单纯善良的心灵。

——《怀念一个老城市·旧大学》

一直认为，一个人的文字与其秉性相关。而秉性除了基因的遗传，多是后天的再造，是人在这个过程中的选择和取舍、自律和坚守的结果。我们这代人是从那个没书读没读书的年代过来的。真正意义上的读书，多是从中年开始。然而那已经是一列错过了最佳时日的晚点列车，一切已成定势，以后的自我完善，难以抹去时代的印迹。那些愈合不好的创口，始终显现着粗粝与缺憾。林梓的家境和青少年时代的经历大致与我相同，可令我吃惊的是，在一个文化、道德与精神的废墟里，林梓却不可思议地存留下她独有的这份纯真、这份优雅。

好久没有这样仔细地读书了。电脑、网络、手机、微信……几乎完全替代了书本的阅读。若不是林梓的新书出版，我就差点错过了一次优雅的享受。

是的，是享受！优雅的享受！

谁能相信这些动人的文字是出于一个罹患重症的弱女子之手呢？内心的强大才是真正的强大，是那种基于学识教养的气质，蕴含于优美雅致之中的力量。优雅地书写人生、优雅地赞美真与善、优雅地讲述苦难、优雅地宣泄愤懑、优雅地表达期盼……

文如其人。认识林梓，是我人生的幸运。

2017 年 7 月 2 日　昆明

上 卷

有人说，城市是靠记忆而存在。

怀念一个老城市

楔子

每次到昆明，住的都是翠湖边。

今天那些对昆明很熟悉的朋友都会惊讶而羡慕，那是昆明城中最漂亮的地方哟！接而又说，昆明多美呀！四季如春，鸟语花香，如诗如画……

我听着，微笑着。甚至能看见自己脸上的微笑，虚幻，空洞。我因此困惑而惶恐，这个城市给我的印象怎么会如此的不一样？吸引我的，似乎是另外的东西。而那东西是什么，却又是一时说不清的。细想一下，并不明亮，灰暗着，带着点阴郁，还有苍凉。

到后来，我终于发现，我对翠湖之美的忽略，就如同对这个城市其他著名风景的忽略一样，记住的，只是那些隐藏在一种特殊气味里的东西。

是的。是气味。这个城市独有的气味。

记得第一次到昆明，还是二十世纪八十年代初。适逢寒假。乍从温暖的岭南到来，觉得冷得受不住，接而有了高原反应，连着几天晕晕忽忽的只能睡觉。记得一天早晨终于清醒了，从屋里走出来，站到路边落尽叶子的大树底下，冷冽的空气中一股特殊新奇的气味扑面而来，顿时精神一振。而后回到屋里，在给朋友的信中用很文艺腔的口吻写道：这是一个令我多么惊异的老城市！

我确信，是那特殊的气味给了我这样的印象。

后来每次再到昆明来，都凭着这气味感受这个城市和走进这个城市。渐而明白过来，每一个年月久远的城市，都应该有她一种特殊的气味，那是一种很难细细说明但又令人难以忘怀的气味。

去年暑假再到昆明，发现变化很大，变得像南方沿海的繁华城市一样时尚，也一样整洁。就是空气，也变得干净异常，任何特别的气味也闻不到了。走在那些面目新颖的大街小巷上，我感到了莫名的惶惑和忧伤。

我站在街头灿烂的阳光底下回复朋友的手机短信，我多么怀念那个老城市的气味呀！

当我不由自主地用仍然很文艺腔的口吻说话时，那些埋藏在气味中的记忆，就这般纷纷乱乱地美丽而又忧伤地抖搂出来了。

［篇一］旧花园

> 一个春寒料峭的早晨，镜子前的婆婆一边细心地梳着头发一边对我说，今天我们去唐家花园看樱花吧！语气里的家常淡定和油然而生的熟悉，令我在刹那间对那个叫做唐家花园的地方，充满了无比的惊疑和憧憬。

最早从记忆中浮现出来的，是逼死坡。

我最初对朋友解释这个城市的气味时，也是这样困惑着说，应该是逼死坡上那些早晨里的烟火气吧？

我在翠湖边住的房子，正在逼死坡的最底下，一个十字街口的拐弯处。每当有车从坡头下来，紧擦着窗外而过，带着剧烈的震动声响，像是无法牵制住那太大的惯性，总令屋里的我担心着那车子会一头撞进翠湖的水里头。到了后来听习惯了，夜里临睡前，若是没能听到那如常的声响，还不能安静地睡去。在梦中，那声响格外的急速震耳，半睡半醒的恍惚间，像听到遥远历史的回声，血腥而惨烈。

清晨起床，有时会主动出去买早点。这个时候的街道，通常还很安静，偶尔能见到一两个人走过，也是步履匆匆，一晃而过。若是冬天，更为冷清，空气里无端有了肃穆的感觉。无意中，就觉得那老城市的味道弥漫开了，令我从睡意蒙眬中一点一点清醒过来。走出去，往往经由房子后面的一条巷子，上一个不高但很陡的台阶，台阶上便是街面，沿着街面往上走，便是著名的逼死坡了。

那个时候的逼死坡，还是一个名副其实的大斜坡，高而陡。每次走着，都让我觉得在一个大城市里有这样的陡坡是不太合理的。坡不太长，却并不通直，令人纳闷，只是那么不着眼地偏了一点，人在坡底下就看不到坡头了。那个时候，这一路还是地道的老街。路面很窄，有车经过，眼看着也就只能紧紧迫迫地挤进两辆车的位置。记得那时的公共汽车并不多，疏懒着好长一段时间才过一趟，而别的车辆也少，所以印象中还没见到两辆车擦身而过的险象。

路面是青石条铺成。第一次走的时候，曾惊异于石条的零乱无序与缝隙之大。后来才知道，这样的缝隙有着很好的渗水功能。看惯了，觉得那石条的零乱无序也是一种随意的美。只是这样的路面总见出高低不平，车走在上面自然是颠簸的，会发出一连串的震耳声响。而细心观察，那坐在车里的人和走在车外的人，皆神情坦然，习以为常，也从没见报纸上有什么投诉噪音扰民的报道。

坡两旁的房子，衬着路的年岁久远，一样显得老式陈旧。虽是两层楼，却很低矮，似乎一抬手就能摸着阁楼，且高低不齐整，也有点零乱无序。房子的颜色是一种褚红色，看上去是暗哑的，低调的，给人旧旧的感觉。那些房子多是商铺，有卖杂货的，有饭馆，有一些配锁匙和装裱字画的小店。还有一间卖药的，好几回进去买过感冒冲剂或保济丸这类普通常用的药。印象中，那些铺面都显得小而零碎，过于安静。

多来了几趟后就慢慢发现，这个城市的老街道里多是这样格调的房子。由于房子很紧迫地贴着路边，雨大的时候，屋檐的滴水直接流到路面上来了。行人没处好躲，倒不如直接走在路中间，无意中侧过脸瞧两旁敞开的铺面或住家大门，能看到里面的人看着你，那眼神里有几分怜悯，也有几分庆幸。这一来，屋中格局便能一目了然，昏暗而逼仄。

走上坡头，有一家门面宽敞的国营饭店。当面一扇大橱窗通常擦得锃亮，能清楚看到里面悬挂着烧卤的鸡鸭或牛肉什么的，有时家中来了客人，会顺手在这里买上一些，那也就是吃上了，只是忘了味道好不好。

印象深的，却是饭店门外那个卖烧饼的小摊子。每天早晨的烟火味就是从那里冒出来，然后在一整天的时间里久久散不去，令我迷恋不已。小摊子只在清晨摆上，这个时候的饭店还是紧闭着门，没有了那份嚣张，倒给这卖烧饼的小摊子从容张扬的机会。往往从坡下一路往上走，那烧饼的香味从淡而浓，热乎乎的非常诱惑人。尤其是冬天里，风冷飕飕的，到了炉子边，觉得那香味也是温暖的。

卖烧饼的是个中年男人，听说是山东人氏，瘦高个子，沉默寡言。通常听了你的话，含糊着应诺一声，并没一句囫囵的话，只是动作麻利地抄起炉子上的一把铁钩，唰唰两下便从炉子里掏出了烧饼，一手抓上，一手已经拿过一张纸接着，热腾腾的就送到了你的跟前。匆促下往往接得太急，瞬间感觉烫着了手，不觉哎哟叫上一声赶紧腾到另一手掌上，仍然热烘烘的，却又觉得适应了那份烫。那男人闻声会抬起眼看看你，眼神里有些歉意，但也无话。倒是自己觉得有了点做作，赶紧笑了笑，接过找回的零钱，盯着手中的烧饼，起劲闻着那香味，心中便生出了欢喜和满足。

那些盛放烧饼的纸张，都裁得不太齐整，多是旧报纸，有时也看出是从作业本上撕下来，还留着歪歪扭扭稚气十足的字迹，会猜想那男人家中有着念书的小人儿。要离开时，总有些疑惑地盯着炉子看上几眼，想不透烧饼扔进炉子里烧的时候，怎么不会脏了呢？边揣着这疑惑边往坡下走，一路还闻着那炉子的烟火气味，陌生，又熟悉。过后才想明白，那是让我想起某些老电影中的镜头和某些小说里描绘的场景。

到了白天里上街，也走坡头上来，已是换了另一番景象。

卖烧饼的摊子不见了。饭店开了门，有穿白色而有斑斑油迹工作服的人在走动。其中有显得胖的让人觉得是厨师模样的从里面走出来，靠在门边站着，那端详路人的眼神虚虚地往上高挑着，是一份嚣张。仔细四下瞧，也仍然有卖吃食的小摊子，只不过躲开了那嚣张，隐藏在小巷子里去了。

小摊子的卖家都是些乡下模样的女人，相貌和服饰明显见出土气粗糙，大襟衣，方头帕，还系方围裙，尽是那种叫阴丹士林的蓝色，单纯质朴。这些女人家与人交易时，态度都是极好，好声好气，言语厚道。卖的吃食通常也很平常，价格便宜，是小家子气的那种。

印象深的是土豆饼和豌豆饼，感觉上是这两种东西舂成了浆状，加进糖或盐，然后稀稀地摊在一个大锅盖般的平底锅里煎出来，油少少的，味道却非常香，吃到嘴里引人回味无穷。常常是买上两三张，一边吃一边走在那些也是石板路面的小巷里，也有了一份满足和惬意。这种满足和惬意中，对这个城市的某些记忆和联想便变得清晰生动起来。想当然地以为当年那些西南联大的师生们，也会这样一边吃一边从城的这一头赶往另一头去上课。一年回来，在课堂上情不自禁地给学生有滋有味地这般说起，学生仰起脸惊异地听着，一副向往不已的神情。

这样一些来来往往坡头坡下的时候，总在不经意中，就注意到那块著名的石碑了。

去年专程去看那块石碑，已经被竖到了路边一个修饰齐整的花圃里。惊异地发现石碑原来很高大，很有威仪。竭力寻找当年的印象，似乎很平常，甚至还有些狼狈，歪斜着很不舒畅地竖在坡头的一侧。记得一次雨天从旁边走过，屋檐流淌下来的水急匆匆泼洒到碑面上，那些平日里积累起来的尘土变成了难看的污迹，将上面"明永历帝殉国处"几个字遮掩得零碎难堪。看着心中一震，顿生出无限感伤，想到一个帝王的遭遇竟也如此凄凉不堪。

一直觉得南明那段历史最是末世之声，悲凉而不堪回首。逼死坡走多了，不觉注意了相关的一些史料。才知道当初吴三桂曾坚持要将永历帝以斩首处之，不留全尸，是他人极力阻止方作罢。而后的死法一说是被迫自缢，另一说是吴三桂仍擅自下令以弓弦勒死。无论如何，都见出那个"冲冠一怒为红颜"似也有怜香惜玉情怀的吴三桂，终归是个残忍冷酷之徒，故遭世人鄙夷唾骂而对永历帝寄予无限同情，由此也才有了"逼死坡"这般的叫法。

其实，中国历史上从宫廷政变改朝换代到下层民众的揭竿起义，都喜欢用极为血腥暴力的方式来进行。到了吴三桂终被朝廷所剿，其孙子吴世璠也是在这个城市里遭杀戮而身首异处。后人说起来，竟都是痛快叫好。这般看多听多了，便从根底上厌恶和抵制各式各样的暴力行径。因而，到了朋友们问起逼死坡，喜欢说的只是清晨里纠缠着烟火的烧饼焦味，家常世俗而温情，刻意间，远远回避了那些帝王历史的血雨腥风刀光剑影。

有时走出来，不往坡头上走，而往另一条路去。那是通往圆通山的路。也是一个大斜坡，也不长，但比逼死坡宽敞。从两旁的楼房来看，应该是后来新建的。这个城市里的这种斜坡地势给我印象深刻，慢慢地也就以为居于高原的城市或许就该是这个特点。

很长时间里，我一直以为那山坡上是互不相干的三个地方：圆通寺、圆通山动物园和圆通山公园。而我更喜欢将后者叫成唐家花园。后来才知道，那是相连一体的，就叫圆通山动物园。而人们似乎更喜欢叫圆通山公园，甚至还叫"一窝羊"。这个奇怪的名称，缘由那里的山坡上散落着一些白色石头，远处看去，就像一窝羊隐在草堆树下一般。

一个春寒料峭的早晨，镜子前的婆婆一边细心地梳着头发一边对我说，今天我们去唐家花园看樱花吧！语气里的家常淡定和油然而生的熟悉，令我在刹那间对那个叫做唐家花园的地方，充满了无比的惊疑和憧憬。

顺坡路走上去不远，首先见到的是圆通寺。与一般的寺庙没什么不同，只因是在城内，门面就有了些逼仄，但不失精致，雕刻装饰也是繁复鲜艳那一类，感觉上仍然很完善。也不知是一直就保存得好，还是恢复得及时。后来到了城内城边的另外两三个寺庙，感觉一样，含蓄内敛，清净平和。突然有了想法，在这山高皇帝远的地方，或许许多东西的保存要容易得多。

那个时候，进去烧香的人还不多，几乎清一色的年长女人，其中也有卖小摊吃食的女人那般土气打扮的，走在里面，分不出贵贱高低，神情一样虔诚，还有女人家的安适恬静。后来想起来，佛地的清净该是如此，由女人家的虔诚心营造出来。有一年近着春节，进去看一个兰花展，第一次知道兰花有那么多的品种和五花八门的名字。最清楚记得的是一种名叫仙客来的兰花，想来是因为那独特的花名。看了觉得兰花这般清雅幽静的花儿，也如女人一样，合着在这样的地方出现。

从圆通寺出来再往前走，隔了一条小街，街面和两旁的铺面也是拥挤逼仄。

记得有一间很小的铺面，卖的是平日里少见了的针头线脑这样的物件。一次在里面买到一对急用的鞋带和几枚小扣针，临离开时又发现一枚黄铜顶针，式样古旧，觉得好玩，便也执意买下。这是以前女人家做针线活必备的物件，祖母是有一个的，到了擅长诗词的母亲，虽也会做点针线活，但已经不用，再到了我这里，却是与针线活一样当玩意儿玩了。前几年收拾家里东西翻了出来，看看放到了一边，却是连给女儿玩的心思也没了。知道到她们那一代，是连顶针这个词都不再懂了。历史就是这样，总在我们无意的疏忽间丢弃了许多可爱的细节。

穿过小街，便是动物园的正门。专门去看动物的机会不多，都在女儿还小的时候。印象中，却是我去过的动物园中最好的一个，好就好在有种自然天成的气势，仍然见得到动物的生动凶猛。

一年正巧遇到从西双版纳运回一只老虎，色彩斑斓，形貌威仪，生气勃然，在笼子里啸叫不止，整座园子都有了山摇地撼的感觉。站在笼子外看着，却生出莫名振奋。不觉时间待长了，出来时天已近黑，突然来了雨，慌乱着躲进了坡中间一间小小的国营百货商店里，无意中买到了一只瓷做成的狐狸，极是心仪。突然想起从没在动物园里见过这类动物，不觉心中好生疑惑。而将狐狸这般近乎精灵的东西做成玩物，也是罕见的。那只瓷狐狸形态极柔媚，令我想起聊斋里的那些可爱的狐仙。还记得那天的雨很大，浓浓的潮湿将动物园的气味久久遗留在身上，仍然带我沉浸在那些林深草长的旷野之处，想象起某一赶考的书生在一个雨夜里，如何与一个妩媚动人的狐仙神奇般相遇，成就了一段露水般的幸福姻缘，实在是现实中难以如愿的美妙事情。

后来看到一些文人提出一种说法，中国古代文人沉醉于与青楼女子的爱情，实际与性没多大关系，而是俗世里那种举案齐眉的夫妻生活从无平等可言，倒是在青楼里，能与那些懂琴棋懂诗画也懂风情的女人在一起，才获得了精神上的舒坦和满足。想来聊斋里的爱情也是一般道理，书生遇见的那些青凤婴宁聂小倩们，率性娇憨顽皮刁蛮，爱恋变得百般周折也百般缠绵，反倒有了家中夫妻间没有的情致与乐趣。

最爱去的是唐家花园，却通常绕另一条路从另一个门进去，这大概就是为什么我一直没有意识到它与动物园原是一个整体。

唐家花园的叫法，是从我的婆婆那里听来的。

一个春寒料峭的早晨，镜子前的婆婆一边细心地梳着头发一边对我说，今天我们去唐家花园看樱花吧！语气里的家常淡定和油然而生的熟悉，令我在刹那间对那个叫做唐家花园的地方，充满了无比的惊疑和憧憬。当我亲眼看到了云涌雪堆般的满园子樱花时，确实惊讶不已。一直以为只有在那个遥远的日本国里，才能见到这般特有的壮观景色。樱花盛开时那种难以言状的娇美纯净，令我记忆中对花的美丽的所有形容都变得没有意义。

繁冗低垂的花树下，婆婆紧紧捏住我的手，说了一句话，女人如樱花呀！

有如谶语般的话令我大吃一惊，恍惚间，眼前竟见繁花坠落纷乱如雪满目惨然。

握着婆婆暖暖的手慢慢走出来，已是一路无言。那时刚为人媳，对裹过脚年事已高的婆婆尚有好些隔阂，了解甚少，只略略知道她老人家年轻时读过女子学堂，嫁与人妇后，跟着公公国内国外地颠簸，专心于养儿育女主持家政。后来，又知道了婆婆的几个堂兄弟也如她一般读了新学堂，不同的是出来后还去了国外留学。一个去的就是那个有这般樱花盛开的日本国，到读完回国甚有成就，成了这一方教育界的名人。不知婆婆在樱花树下说起此话，是否心中仍然留存一份久远了的遗憾，要知道，那个年月里，能读新学堂的女子是何其的少和难得。

后来，婆婆来和我们短住了一些日子。那时女儿尚小，我工作繁忙，竟也没什么时间和婆婆聊点我想知道的往事。而婆婆回去后不久，突然病逝。我在巨大的悲痛中想起了那段日子里，婆婆与我说过一句话，女子能读书能自立才好。一时间，感到与婆婆是如此的亲近。

后来再到昆明来，竟没机会遇上樱花开的时节。冬日的疾风里站在光秃秃的花树下，恍惚间，婆婆的手握在我的掌心里，暖暖的，说出了那句谶语般的话，女人如樱花呀！心头一惊，急促回转身来，花路幽深，透着无边凄凉。

有了婆婆的话在先，便一直习惯将圆通山动物园里那个樱花园叫成唐家花园。觉得这叫法，透着一股子令人迷恋而远逝了的气息。那时还没有清醒地意识到，这是一种历史的气息，将牵引着我一点一点地对这个城市的一些老旧的人与事产生兴致。

就是那第一回从樱花园走出来，幽静无人的小道上，婆婆突然扬起手指向路旁一片黑压压的树丛说，那里面，就是唐家宅子了——

婆婆的语气，像在说一个旧日友人的家，很熟悉，却又是很久不来了，有点淡淡的失落。而这点失落，似是对别人家，也似是对自家。听着有些怔怔，顺着婆婆的手往树丛中看去，见到了一幢老旧房屋的背影，被树挡住了好些部分，到底也没看清整体轮廓，只留下一个灰暗而寂寥的感觉。后来的日子里再来，也是这样从那片黑压压的树林边走过，怔怔看去一眼，还是那老宅子寂寥的背影。有时会突然想象起，当年宅子里还住着主人家时，会是个什么热闹场面呢？

这样想象的时候，自然是知道唐继尧这个人物的。只是那个时候，对如他这样近代里对中国历史产生巨大影响的军阀，还是一种从教科书上得来的抽象印象，无一丝好感。所以也没有太大的好奇心走进那树丛里，看看那寂寥的房子和陵墓。到了今年，蓦然生出要看个端详的心思，却已是面目全非了。老宅子没有了，变成了一座热闹艳丽的孔雀园。满怀失落中突然意识到，在二十世纪中期，这个原名叫"一窝羊"的地方被新政府建成了圆通山动物园以后，唐家花园的意义就已经不存在了。

那是个晴朗的好天气，高原的阳光总显得过分的明亮艳丽，我被身旁得意扬扬反复开屏的孔雀弄得心情沮丧，想不清自己为什么会为了一个并不喜欢的历史人物而失落。后来发现，原先那片树丛还留下了一小片，在一个角落，满目灿烂的阳光下仍然黑压压的显得突兀而落寞。仔细看，是清一色的柏树，少见的高大而笔直，一棵与一棵靠得很紧，整齐挺拔，一股子掩饰不去的肃穆俊朗之气，不知何故，觉得与那著名的俄罗斯森林非常相似。

终于见到那位西南大军阀的陵墓了。

令我惊诧的，不是陵墓的大气堂皇，而是墓碑上那些盛誉墓主人的各式文字。写下这些文字的人，也如墓主人一样，在这个国度的近代史上留下过显赫声名。在过分鲜艳的阳光下读那些文字，觉得历史的面目原是如此的变幻无常扑朔迷离。恍然想起，眼前这位从不喜欢的大军阀唐继尧，竟也曾经是投身辛亥革命的志士，与蔡锷、李烈钧同称"护国三杰"。后来从他后人的记述中看到，辛亥革命起义前，他曾与家人约定，若失败则效仿明朝末年的薛尔望，由妻子率全家投西郊外的黑龙潭自尽。这般破釜沉舟毁家纾难的英雄气概，不得不令人肃然起敬。到了在云南大学里，看到了那幢雄伟气派名为"会泽院"的建筑时，更是蓦然生出从未有过的景仰。云南大学创办时叫"东陆大学"，便是以这座陵墓的主人的号"东大陆主人"来命名。

突然醒悟到，在近代政局动荡复杂多变的背景下，如他们这样盘踞地方各自为政的军阀，他们的功过也许是不能简单判断的。尤其是作为一方父母官，为稳固人心，发展实力，不得不也用心于各种治理经营，政治经济及文化建设等方面总有所建树，由此而令当地老百姓记住他们。即便多少岁月流逝人物毁誉莫定，那些扎扎实实沉淀下来的东西仍然屹立如磐。

"文革"时这座陵墓被掘开过，虽被政府及时制止了，但墓顶上原先的水泥面一直没有复原，留下了裸露朝天的红泥土。于是那日久之间，红土上蓬勃生长起各种小灌木。如今看到的墓顶，竟是一派杂树繁茂鸟雀绕飞的景观。游乐场的过山缆车紧挨一旁呼啸而过，掉落一阵阵笑语喧声，似是要鲁莽地撞开历史的古老之门，令人怆然而又惶惑。

知道在墓顶还未被掘开前，常有一群顽劣孩童偷偷来此玩耍，比着谁能一气冲上那水泥砌成的高大光滑的圆墓顶。陵墓与原先那座老宅子相距很近，说是墓主人去世后，宅子里住的是他唯一的儿子。这儿子小的时候，不知是否也如后来那群顽劣孩童一般无畏无知，长大了却是与为父的全然不同，既没有像父亲一样到东洋读个士官学校回来，也没有与军政界搭上一丝关系，而是守着这山上房子做了个清闲寓公，一直到去美国前，也还是独身一人。将日子过成这样的低调，也不知是否因为目睹了父亲辉煌一生，最终却在兵谏中落了个凄惨下场。

那次兵谏中崛起的另一个人称"云南王"的军阀龙云，也在几乎相似的方式下弃权下野，而由他的部下卢汉继位直至这个城市的政权更替。

这三个主宰西南一隅近半个世纪甚至势逼中原的军阀，竟都是出自昭通那个穷乡僻壤，同是彝族人。听起来，觉得云南这里自古以来地处偏远民风强悍独立为政而为中原王朝避忌，是一点不奇怪的。在今天看来，唐家少爷的做派，也许才是一种难得的干净和洒脱了。

阳光下，那片见证无数变乱而遗存下来的柏树林，孤零零地保存着那点孤傲清远的气度。牵着女儿远远地看着，没有走进去。我知道，在那弥漫着潮湿气味的树底下，一定还能感受到历史的陈腐凄凉。我突然不希望我的女儿还像我一样，仍然无可奈何地流连于那些东西之间。

最后走出来，还是当年常来往的那条小道，这里原先是唐家宅子的车道，能一直开进幽深静寂的树林里去。如今的路看起来宽敞多了，路边长起了一排形态秀美的矮树，开一种色泽浅黄的小碎花。依稀想起原来的树是不一样的，高大挺拔，一派肃然。一次单独带女儿走经这里，女儿手中的氢气球一下脱落飞走，挂到了高高的树梢上。仰起脸张望，心中生起莫名的惆怅，感觉那树梢上的天空高远缥缈，似是另一个虚幻的空间。女儿还小，委屈地站在路中间大哭起来，死活都不肯走了。

正值夕阳落尽，暮云苍茫，空无一人的路上顿时显得阴暗森然，女儿响亮的哭声往树梢上窜，也变得空洞邈远。那一刻怔怔往树林中望去，老宅子的背影愈发沉寂默然，一阵风从树林中吹来，我无端打了个冷战，蓦然间，对历史的深幽莫测有了种难以言明的惊悚与敬畏。

那以后不久，家中突然来了一位从国外回来的女客。

乍听到她的身份时，我一时惊诧，眼前一阵风起，心里头涌上来的，竟是那个时刻的那种奇特感受。

女客年届中年，却显得异常年轻，雅致秀丽。在美国华盛顿已居几年，生活也安定，竟无一丝奢华洋派，衣着简单，素面无妆。然而言谈举止神情间，却透出一股子逼人气度。过后思忖良久，觉得那不仅仅是清高，而是倨傲。这个时候，已经知道她父母皆是"云南王"龙云的旧人。

后来我才意识到，女客的出现，倏然将这个城市一段陈旧模糊的历史真实地推到了我的眼前。二十世纪中叶那次巨大的历史变迁中，首先是龙云在香港发表了云南独立脱离南京政府的声明，接而是卢汉在这个城市里幡然起义，不仅以和平的方式完成了一场激烈的政权更替，也为两人的前程铺开了重生的道路。那之后，两人便是身居高位，有了许多的荣誉和安稳。而不似那好些的大小旧人，多是下狱，连带着他们的家眷，终是将光景过得凄凉起来了。

唐家花园的少主人，在 1949 年的政权更替前已然离国赴美，将老宅子留给了一旧人照看。那旧人原也在军政界任要职，后出来经商，在二十世纪的五十年代初以军统罪名处决了。自后那老宅子便空闲着，守着旁边也一样冷冷清清的陵墓。而女客的父亲在狱中待了好些年，出来后日子过得甚是隐秘，旧日的熟人们都无从了解。到了我知道女客回国来是为了办理离婚的事情，心中是一点不意外的，即便那还是二十世纪八十年代。

女客外表娴静秀雅，眉眼间却隐隐透着一股肃冷之气，行起事来的决断和义无反顾令人惊诧。那以后，也就没有了她的音信，只是在外人的口中听说了终于又成了婚，与龙家竟还是有了扯不断的联系。再后来，又听说留在国内的儿子学坏了。坏成如何，却是无从了解了。

我不知自己是不是在逐渐走进这些人与事的时候，才熟悉和喜欢上这个城市的那股独特气味的。我开始对朋友诉说，这个城市的气味里，不仅仅是那些早晨的烟火味……

然而好长时间里，我还是一直不习惯这个城市的干燥，当我感到难受时，便不由怀念起岭南下雨的日子。一年是暑假到的昆明，竟也时常有雨，空气果然湿润了许多。只是这雨一下，就有了秋天的清冷，令人措手不及中还有点受不住。

一日在翠湖边闲逛，适逢雨来了，匆匆躲进一家小店，东张西望看中了一件黑色风衣，是喜欢其宽松简约的款式。店中那俏丽女孩极力鼓动我买下，说是合着我的瘦高个子与气质穿起来好看得很。心一动也就买下，穿上走回雨中天已黑尽了。路灯一盏接一盏地亮起来，雨雾缠绕中变得模糊而又温馨。湖面上吹来了风，竟有了深秋一般的冷意。路上行人寥寥，空荡荡的，就是路边一幢幢的建筑里也是静谧无声，似乎整个地沉入了岁月的深处。

这一带留下不少的老房子，全是各式风格的西式建筑。都说是当年这个城市里那些高官显贵的公馆。而最气派的，自然是卢公馆了。每回走经翠湖公园的大门，身旁的人都带着一种抑制不住的振奋指点着，看，看那小巷，走进去就是当年的卢公馆了，多宽敞，多气派哟……

每回心惴惴着往里看，都被前面的建筑挡住了视线。我不知道自己为什么每次都下不了决心往里走走，去看个究竟。也许，是因为知道那里已经换了人家，怕是破坏了从人们口中听到的那种感觉。

每回能清楚地注意到的，却是前面那栋近在路边的精巧漂亮的别墅。

那是一栋法式建筑。白色墙体，哥特式风格的屋顶，在绿树掩映下格外显眼。当我有意注意了它，已经知道了卢汉留法学建筑出身的背景。眼前这栋漂亮的法式建筑，就出于他本人的设计。

这个发现令我惊异不已。一段时间里我老向人打听，那卢汉的模样帅气吗？像不像一个艺术家？我固执地认定，设计出眼前这栋漂亮建筑的人，还理应保留一点艺术家的气度，而不仅仅是一个军人，一个政治家。

每次从那里经过，我都会情不自禁停下脚步，隔着铁栅栏久久往里面看去。

其实每次都知道看不到什么，总是静悄悄的不见任何人影。也是一个花园，一个小巧的花园，却有大树，高越屋顶，树下有花，花丛掩映着门前拾级而下的精致台阶。台阶下的青砖甬道，常年停泊着一辆甚至是两辆华丽的轿车，靠外一点的地方，还拴着两条驯养过的狼狗。繁杂的一切，提醒着我这里已是人事全非。

当年，这里是主人专门设宴招待客人举办舞会的场所，里面有一个非常宽敞而华丽的客厅。我常常盯着那扇总是禁闭的大门，努力去想象当那大门打开后，会是怎样一幅灯火辉煌的迷人场景。那些在里面随着华尔兹乐曲翩翩起舞的贵宾们，都是当时这个城市里最显赫的人物。

风大了，冷飕飕的，我不由更紧地裹住风衣。突然想起半个世纪前的那个具有重大意义的舞会，是不是也在这样一个下雨的夜晚举行呢？

在这个城市里长大的人，总喜欢反复地给我描述 1949 年冬天里的那个舞会。

我曾经为此翻阅了一些史书，想印证那些说法的准确性。但文字里的记载总是笼统粗略，提到的只是一场宴会，一场为起义而在卢公馆举行的宴会。

然而，在那个夏天下雨的夜晚，我穿着漂亮的黑色风衣走在翠湖边时，我放弃了史书，更愿意相信人们口中流传的说法，并认定那个宴会，我也更愿意称之为舞会，一定是在这栋漂亮的法式建筑里的客厅举行的。

夏天的夜晚因有了雨变得清冷而又缠绵，远逝了的历史给人无限想象而变得格外诡异凄美。我相信，1949 年那个冬天的日子一定很冷，若是下起雨来，更是那种阴冷难忍的感觉。那个时候，南京的那个政府已经在解放军的炮火中覆灭了，但这西南一隅却还仍然宁静如常。所不同的是，涌来了大批准备逃跑的军政人员和他们的家眷。就在那飞机每天不停地起飞往东南海面而去的同时，房子的主人却在筹划一个非常决断而重大的行动，而这行动的先声，则是举行一个盛大的舞会。

于是，那个夜晚，当城里边的那些重要人物都汇集到这个舞会上时，起义正式开始了，在悠扬美妙的华尔兹舞曲中，以这般优雅从容的方式来处理一场巨大的政治变迁，或许正是表现了主人仍然具有艺术家的气质？

雨雾中，隔着重叠错落的树影，能看到那房子的楼上有灯光，还有轻轻的笑语声，细细碎碎掉落到窗外的树叶上，竟是很温馨的感觉。一时惊诧。是住上了什么样的人家吗？那发出笑声的都是些什么人？其中是否也有极雅致秀丽的女子？那一刹那，脑海蓦然浮现出女客肃冷倨傲的眼神，心中竟是一种深深的怅然。那些由政治家们掌握的历史变迁中，无论是大人物还是小人物，都一样在无意中承受了沉重的包袱。

那个寒冷的冬夜，若也有雨，身份显贵的客人们或许也如我一样，是穿着严实裹着的风衣到来的。

当然，那时的大门是敞开的，他们的小车可以直接开进去。楼下的门也开了，温暖而辉煌的灯光如水一般从里面漫流出来，落到门廊和台阶下，甚至将园子里的花木都照个通亮。

客人们从车上下来，他们打湿了的风衣，会有下人殷勤地接了过去。门廊上迎过来的男女主人，如常的笑容可掬，百般热情。客人中多是从那个已经被打败的南京政府里溃逃出来的军政人士，到了这另一番安宁的西南一隅，得到这般的招呼，心中是何其的感动和欣喜。但就在那一瞬间里，他们便成了起义的阶下客了。那个冬夜的舞会，一定令他们终生难忘。那些后来还活下来的人，在囚室里也许还常常想起那个雨夜，当他们脱下湿淋淋的风衣走进灯火辉煌音乐飘飘的客厅时，顿时有了一种多么温暖安全的感觉。

今年的开春前再到昆明，适逢下雪。

我在雪花飘舞中走到了翠湖边，风景仍旧，房子也仍旧。不一样的是多了从西伯利亚飞来过冬的海鸥。白色的海鸥在湖面上壮观地上下翻飞，惊鸿般掠过点点白色身影。无比震撼间，我想起了那个清晨里的飞机场。

也许，那个舞会后的清晨，也下雪了。

夜里的雨，在飘洒了一个夜晚后，终于在清晨到来时变成了雪花。也是这般细小的雪花，轻轻柔柔地从空中落下，在快接近地面的时候又变成了水，渗入了地面，不留痕迹。小别墅的花园在雪中也已经沉入往日的宁静，将夜晚里惊心动魄发生的一切遮掩而去。只是在郊外的机场，或许也像圆通山上一样，气温要低一些，雪落到了地面，没有马上融化，留下了白皑皑的一片，盖住了跑道，也盖住了飞机的机翼。一切，都是静悄悄的。

那些最后从机场走出来的人中间，或许会有那么一个匆匆回过头来，怆然之间，想起了《红楼梦》里那句"落了片白茫茫大地真干净……"

于是，在那以后的日子里，人们开始说，这城市里有着太多的寡妇。

第一次听到这样的说法时，我深深地震撼，急切地问，为什么要叫寡妇？他们的丈夫不是还活着吗？你们对那些被叫做寡妇的女人是什么样的印象呢？她们是不是都很漂亮，很摩登，很有风韵也很忧伤的样子？我这样说的时候，脑海里清晰地闪现出一些电影和小说中的场面。每一个被我一连串追问的人都奇怪地盯着我，通常回答得言辞闪烁。

无论如何，那个重要的夜晚是一条分界线。

白天到来时，这个城市的飞机场已经沉寂下来了。走了的就走了，走不了的就再也走不了了。

走了的通常是男人，留下的通常是女人和孩子。

那些被人称作寡妇的女人，她们的丈夫仍然活着，但都离开了她们的身边，在海峡另一边的那个孤岛上了。又或者，就在近在咫尺的监狱里。她们与她们的儿女们，从此如尘埃一般沉进了这个城市的底层，若不是熟悉的人，是不会再注意到她们了。也许，偶尔在什么场合，有年老妇人会突然提起那当年谁谁的家眷，是如何的如花似玉风采照人。这当儿，或许她就正从身边走过，那衣裳旧了，头发乱了，腰也弯了下来，但你仍然能从她偶然抬起来的眼神里，隐隐看到那种熟悉的逼人气度。

从一开始，我就毫无理由地对那些被称为寡妇的女人感到深深的悲哀。但我始终没有机会见过她们其中的一个。我只能在他人的言谈中感受她们，抽象的，模糊的，带给我空洞而无限的想象。

我能亲眼见识的，却是这些女人孤身带大的儿女，和我正是同一代人。他们中的一些要比我年长几岁，刚出生就遇上了那场重大的历史变迁。也有一些，和我的年龄接近，然而他们出生后，仍然是被视为没有父亲的。

我是在困惑了很久才弄清楚，那些被称为战犯的高级囚犯在监狱里，是允许妻子探监的。但当我弄清楚后，却常常为突然想起的一个问题而揪心：那些女人在怀孕后，是怎样面对周遭种种猜测怀疑甚而恶毒的眼光？而她们的子女，在慢慢长大的日子里，又是如何在玩伴和同学面前，因为无法解释没有父亲而保持固执的缄默？

也许都是这样，每一次重大的历史变迁，当男人退出了舞台，就得由女人来承担那些无人可知的更长久的屈辱和负重。而在这里，还有他们幼小的儿女。

在这样的儿女之中，除了女客，我还直接认识了另外的两个。

他是我在第一次见面时根本没有注意到的。那时，我被邀请到一个私人的家庭舞会，包括主人，都是第一次见面，舞会很热闹，记不清有多少人。后来才知道，他一直坐在角落里，没跳过一支舞。第二次见面时，我们面对面坐在一起说话。我非常惊异地发现，他有一副异常清俊的面容，笑起来沉静中有些羞涩。他的面容与神情给我印象深刻，竟想不起与他具体交谈了些什么话题，依稀记得他读着电大的中文系，可能就说了些喜欢什么小说的话了。还记得他会修手表，将我那只停走了的欧米茄修好然后直接送到火车站来。

气温很低，火车开动时的烟雾很浓很白，他站立在烟雾笼罩中的身影有些虚幻，不知为什么给我一种异常寂寥的感觉。

那个时候，刚刚知道他的父亲是一部非常有名的电影上出现过的人物。当然，那是反面人物。不过，别人对我说起的时候，口气却是赏识的，二十多岁，可是南京政府最后任命的最年轻的将军之一哪！说是在东北那个城市的解放战役中，从最初的顽强抵抗到最后的起义，本也以为是大势所趋投奔了光明有了平安，但后来终是以军统的罪名而被捕入狱。到了二十世纪七十年代病逝时，还待在内蒙古的劳改场里，没能赶上最后特赦的机会回到他的妻子和三个儿女身边。

听后怅然良久。这之间长长的二十多年里，内蒙古和昆明，这一北一南，是多远的路程呢？在这个儿子的心目中，父亲的形象又是如何存在的呢？也和我们同龄人一样，是从那部有名的电影中看到的吗？

后来，听说他到美国去了，没再读书，做的什么事，已无从知道。偶尔想起他的时候，眼前还浮现起烟雾笼罩中那个寂寥的身影，内心生起隐隐的惆怅。也许，我遗憾没有问过他这样一句话，在长大的过程中，会不会想念父亲呢？还有，他清俊的面容和沉静的神情，是不是也像了父亲？我甚至想象着，这样的面容和神情，穿起那少将军服该是如何的英气逼人。这样想的时候，我是那么深切地感觉到一个人的成长过程中，父亲的始终不在是多么沉重的缺憾。

另一个是个女孩。

我始终还将她叫做女孩，是因为我在大学里认识她的时候，她还是个年轻的女孩。然而，她的外表更给人男孩子的感觉，帅气强悍，咄咄逼人，无一丝女儿态。

她常常与一个漂亮娇媚的女孩走在一起，亲密而小心呵护的样子，让人觉得她更像是保护那个女孩的年轻恋人。这种感觉，在我们女生宿舍里引起无数的猜测和非议。那个时候，对同性恋这样的事情还非常忌讳。她的率性坦然，也令我们所有的人惊诧而困惑。

她学的是新闻。后来才知道，这是她父亲的职业。其实她一直没有和她的父亲生活在一起。这种专业的选择，是不是潜意识里的作用？

还在她读大学期间，她父亲从那最后一次的特赦中出狱了。但并没有留在这个城市里陪伴他已经冷落了多年的妻子，而是去了香港。在那里，他很快又唤起了当年那种对政治对新闻的热情，他的才华重新得到了施展，他又重新获得了新的声誉，甚至还获得了新的爱情。于是，女孩毕业那年，也一样毅然离开她的母亲走了，去的是美国。只是不知她走的时候，有没有路过香港，去看看她的父亲。

后来，零零星星听到一点她在美国的信息，结了婚，没要孩子，偶尔会过去另一个城市探望原先那个漂亮娇媚的女孩。去年到昆明，听说她近年已经回国居住，生活得也很舒适惬意。突然很想见她一面。印象中，还是那个假小子的模样，帅气强悍，咄咄逼人。我在香港一家有名的杂志上看到过她父亲的照片，精神矍铄无一丝老态，仍然一副桀骜不驯的神情。果然如我想象的那样，她的相貌和气质都非常像她的父亲。

每回听起别人说她的事情时，总是冲动地想问，那她的母亲呢？那个在几十年里被人看成寡妇最后仍然被丈夫冷落的漂亮女人，活得还好吗？还在这个城市里吗？有时走进那个充满家常气息的菜市场，我突然会有这样的感觉，身边走过的女人们，或许就有她在其中。我自信，我仍然能从那偶然的眼神和不经意的举止中，看到那骨子里隐藏的东西，看到那个冬夜舞会上的优雅和从容，就像我在她们的子女身上看到的一样。

到了今天我才突然发现，我认识的这几个人中，他们的名字里都有一个"云"或一个"南"。

我惊讶地想，他们的名字是他们的父亲起的吧？那他们的父亲应该就是云南人。

每次在翠湖边远远眺望讲武堂那橘黄色的屋墙，我会有种感觉，这是一个崇武尚武的城市。近代以来，这里先后出了很多军人。这些军人从云南走出去，又从不同的地方再走回来，他们的生涯充满了荣誉也充满了耻辱。

到了今天，人们再提起他们的时候，已经宽容了很多。但在很长的时间里，他们如同那个在二十世纪中叶失败了的政权一样，在这块大陆上永远地沉寂了。他们的后半生，与他们的前半生形成了完全不同的色彩。

不知他们在离开这个世界的时候，会不会为自己当年投身军界的人生选择有过深深的痛悔。或许，他们想得更多的，是他们对妻子儿女们永远无法偿还的愧疚。

过了好长的时间，我才发现，我之所以对这几个男女的身世如此敏感，是因为他们一点不会令我感到生疏。还在我的少年时期，我的身边就有这样的朋友。令我惊诧的是，无论是西南这个大城市，还是我居住过的那个岭南偏远的小城，这样一些与旧政权关系密切的人们，他们的命运却是非常相似的。

1949 年那场巨大的历史变迁，从北边往南方而来，那些能走了的就走了，而没走成的就走不了了。

历史的偶然，却在一瞬间决定了这些人终生的命运。我记得朋友中的那个男孩说，要是我的父亲走了，我就不会在这个地方出生，就不会这样——像狗一样地活着！

他在说这话时，眼神里就有那种桀骜不驯咄咄逼人的东西，尖锐而令人悚然。我听着，面无人色。那个时候，我和身边所有的人一样，毫不犹豫地将他的父亲，那个一直待在远方的劳改场从不回家的人，归于一个黑暗反动永远遭唾弃的时代。

另一个朋友的父亲，却是见过的。但那种见面，总给我一种噩梦般的感觉。

多年之后，都无法忘记我在那个黑暗的门洞里要摔倒时，那双突然伸出来扶住了我的手。那一瞬间，我如此吃惊地发现，那是一双多么漂亮的手。白皙，修长，柔软而灵活，终日里的泥巴粪水，竟也没有改变它。

到了今天，我已经能猜想到，他一定曾是军队里一名出色的外科医生，我甚至能想象起他在抗日战场上抢救伤员的场景。但我知道，他一定等不到今天的日子了。那时，我就知道他有严重的肺病，脸色异常苍白，时时发出低低的咳嗽声。他的女儿是我的朋友，总是一边厉声呵斥他，一边从那黑暗的墙角或脏乱的床底下翻出他多年前的藏书。

那些书或杂志，已经纸张发黄，没有封面，摆在地面像一堆废纸。多年后我买到了《沈从文文集》时，惊异地发现，里面的好些文章我早从那堆废纸般的书里读过了。最有印象的，应该就是《湘西散行》和

《边城》。那些温婉纯净而充满灵性的文字，那些神奇动人又充满诡异的故事，还有那些美丽的或纯真或妖娆的女子，或粗鲁或温柔的水手，或剽悍或英俊的军人，构造了我少年时期一个崭新丰盛的精神世界。

到了今天，我还常常在一种深深的失落中去做各种各样的猜想，那个学了医而又热爱沈从文文字的男子，为何非要弃文从戎，而致使自己的后半生和他的女儿们终日生存在一种卑微而屈辱的状态下呢？

每当这样想的时候，眼前便出现了那个旧花园里满目繁盛的樱花，在料峭春寒的风雨中骤然坠落。

［篇二］　旧房子

> 湖边的路上新开了一间小小的茶馆，夜晚再从这里经过，总能听到里面播放一些老旧的歌曲。其中有那首熟悉的《山间铃响马帮来》，换了一种流行的唱法，调子变得低沉忧伤，水一般流过心田，令我不由自主在一种深深的惆怅中，去想象着城市外面那条早已沉寂的茶马古道，也想象着城市里头那些老房子昔日的辉煌。

今年年初，从西双版纳返回这个城市，逢气温骤降，还下雨。早晨在寒风袭人细雨霏霏中出门，没坐车，徐徐缓缓走到了那片老街。都说是城市大改建中已经拆毁了很多老街道，连有名的回民街也没有了，倒是将这里的部分老街巷留了下来，为的也是旅游的需要。

其实，在我还比较年轻的时候，并不认为自己是喜欢老房子的人。只是每回到昆明来，都要遵循着公公婆婆的意思，去拜访一些长辈，或亲戚，或世交。而这些人家，通常都住在一些老房子里。到有意识地回忆起来时，我才惊诧地发现，这些老房子，一点也不像翠湖边那些西洋风格的公馆别墅一般张扬堂皇，而是毫无痕迹地隐藏在这个城市的深处。也还记得，那个时候在这个城市里还没有太多的高楼大厦，很多地方仍然保持着老城的原貌，狭窄的青石板路面，低矮的铺板商店，幽幽巷陌走进去，青砖院墙拥着略显逼仄的石板路。往往就在走深了无意一抬头，眼前一高大门楼，飞檐翘角，漆黑门板，素淡古朴中又见大气庄重。猝不及防间一惊，身边的人开了口，是这了。恍然，果然是大户人家。

走进那些老房子里，我的感觉是复杂而混乱的，陌生而又熟悉，疏远而又亲近，喜欢而又隔阂。

那个时候，这个城市到处能看到艳丽盛开的罂粟花，令我十分诧然。后来才知道，这是只供观赏而不结烟籽的品种。每当我在这个开满罂粟花的城市里行走着，觉得历史就像这些艳丽奇特的花，既被她的魅力所迷惑，又惧怕她那股腐朽的气味。

去年夏天来的时候，突然发现没有了那大片大片的罂粟花。我在惊惶中霍然醒悟，这个城市在跟随潮流的巨变中，已经丢失了那些老街巷，以及那些深埋在老街巷里的老房子。

细雨无声。

路面湿得精透，露出了凹凸不平的寒酸。两旁的房屋开始低矮起来，显着陈旧沧桑的模样。路也窄了，梧桐树紧挨着墙头窘迫地生长起来，仍然端庄巍然，叶子快落光了，留在枝头的几片犹如剪影一般印在天空上，见出了一种孤傲。我静静从树下走过，心底无端生出丝丝凄凉。

初走进去的一截叫甬道街，很热闹，卖各种时尚货物的摊口，凌乱嘈杂摆到了窄窄的街中间来，显得拥挤逼仄。往前走，就到了景星街。知道原来的老街名叫粮道街，一个听上去充满历史韵味的名称。还知道，街内曾有一间四川人开的客栈，号为"临阳栈"。当年朱德在云南陆军讲武堂从学从教从军时，就住在那里面，并与店主的女儿相识相恋而结成姻缘。想到那样一个威武豪气戎马倥偬的开国将军，年轻时也曾有过这般平凡世俗的小街恋情，心中顿觉亲近起来。

走到一个丁字路口，路面稍稍宽敞了，两边的铺面也整齐起来，果然还是熟悉的面目。两层建筑，木门木窗，褚红色调，看上去平实低调。仔细想，觉得这样的格调，符合这个城市的商业特点，是与上海武汉那大片高大耸立的洋行建筑很不同的。直走下去的十字街口，有一幢三层楼的建筑突兀显眼，铺面也较大，占着拐弯处的整一片。这是一间药铺，名"福林堂"，说是这个城市里的老字号了。药铺对面是一家铺面也不小的餐馆，号为"大救驾"，卖的是饵块饵丝这类著名吃食。

问起才知这"大救驾"名号深有来头。当年明朝永历皇帝被清军追赶至腾冲，疲惫不堪，饥饿难忍，留宿的房主人图快，炒了一盘饵块送上。永历皇帝吃后赞不绝口地说："炒饵块救了朕的大驾。"从此腾冲炒饵块便改名为"大救驾"。公公婆婆都是腾冲人，家中是常吃这炒饵块的。都说腾冲的饵块才是最好的，细糯、色白，有筋。家中做的炒饵块也是极讲究的，饵块切成菱形片，加鲜肉、火腿、酸菜、葱段、番茄丁、糟辣子、鸡蛋等炒香，再煨上肉汤焖软，然后调味。配上酸菜汤，吃起来确实极有风味。那做汤用的干酸菜，也是专门从腾冲带过来。因而每回一吃，公公会说，我们这才算得上是真正的"大救驾"。口气是极夸耀的。初初听的时候，还不知道腾冲人在这城中商界举足轻重的地位。

记得与那家"大救驾"餐馆隔街的另一面，则是一溜刻印章的小店。靠近十字街口的一家摊口，随意摆到了街面上来。停下来拍照时，不小心碰着了，回过头连忙轻轻一笑，是为歉意。摊口后的年轻人没反应，表情漠然。四周的凌乱嘈杂涌在眼前，无端有些落寞。幽幽想起逼死坡头静悄悄的早晨，那个卖烧饼的山东籍男人，在寒风里将热气腾腾的烧饼仔细包好放到我的手中，带着一点歉意看着我，令我心里头是一股暖暖的开心。

没有了，那些地道的老街巷，还有老街巷里的老面孔。

我知道这个城市里，曾有着以经营不同行业为特色的街道，有专做雕刻印章文房墨宝的，有专卖丝绸洋布的，也有专卖鞋帽的。年岁高的人会津津有味地告诉你，在那专卖鞋帽的小店，能定做不同尺码的鞋子和帽子，就是那种曾经很流行的瓜皮帽，也能做得极是精致地道。前些年还一直很热闹的正义老街，以前都是绸缎布料庄，一间连一间的，整一条街面，甚是壮观。

还知道，从这里走出去没多远，有一条叫文庙直街的街道，以雕刻印章为特色。街上有一家姓叶的，祖上开始的家业是象牙雕刻，除了精雕各式工艺品外，还雕印章。老昆明人爱用象牙刻的印章，名气就容易出来了。这般精细幽微的工艺，往往靠家传渊源延续其独特精湛的技艺和风格。有人告诉我，曾私下见过他们家传的一件宝贝，一块如核桃般大小的象牙上，竟雕出了十二匹各式姿态栩栩如生的奔马。不知到了今天，他们的后人中还会不会有重操这行业的。

二十世纪中叶的政权更替后，叶家的第二代人中还有一个继承着祖业，生意仍然兴旺。到后来，公私合营了，人还在，手艺也还做，只是名声渐渐沉寂了。到了老人们偶然提起，口气讪讪间总有些惋惜有些失落，就像提起当年哪家绸缎庄的瓜皮帽做得地道，哪家糕饼店的回饼味道最正宗，那是对一种久逝了的而又曾经熟悉而喜爱的生活方式的缅怀。

身边的人告诉我，这截的老街名叫的是文明新街。心中略略诧然，这名字并不老。转而一想，这城市的商业发展也应该是近代开启的。自1905年开商埠，1910年滇越铁路通车，这个古老的城市便开始建立起自己宏大坚实的商业，并一点点改变着人们的生活方式。我是在走进这个城市的深处后，才开始慢慢去思考这样一个问题：能以深远意义影响个人生活的东西，到底是政治还是经济？是这些从生活方式上改变人们观念和行为的经济发展？

我突然非常渴望找到老街里的那些大户人家的老房子。

我一直就知道，在这个城市里，有很多的老房子，或四合院，或洋楼，中式的，西式的，土的，洋的，矛盾而又融洽。就如房子里的主人，穿西装也穿唐装，喝茶也喝咖啡。

那就是一个如此特殊的时代里，一群特殊的人物。他们仅仅是经济界的人，不像政界的人掌控着时局风云，但他们往往在无意中，就决定了这个城市的一种生活方式，一种文化形态。过了好多年，他们的名字，或许也如同他们的事业一样消逝了。但那些已经形成了模式的生活，却是稳定不变的。

到了今天，人们还爱怀念的，往往是哪一年用上了电灯，哪一年用上了自来水，哪一年有了城里的第一家照相馆和电影院。还有，哪一家钱庄最早改为银行，哪一家绸缎庄最早卖起洋布呢绒，哪一条路上最早开起卖面包的西点店。

时代的进步，都藏在了这些琐琐碎碎的平常日子的记忆里。

快近中午，雨终于停了，仍然天低云暗。高原的冬天阴沉着，是一种空寂的肃冷。

走进一条叫大银柜的小巷，静寂无人，巷道石板铺成而窄，两边青色砖墙耸立，终于看到两个高门楼，上有字匾雕花。我要找的老房子应该就是这里了。一户紧闭着门，看上去已是久无人气。另一户干净些，显出新修饰的痕迹。试着敲门，开了门缝露出个上了年纪的男人面孔，冷冷板着，说是里面装修有待开放，说毕急匆匆紧闭上了。晃眼间，从门缝中看到里面是一座两层楼房的四合小院，重檐华美，栏杆精致。只是不知这重新修饰好的，是完全的原装还是添加的。

不甘心着再往巷子深处走，前面竟已是一片断壁残垣，成了绝路。惊之。原来还是拆了。来之前，人人都告诉我，这一带原先全是些大户人家的四合院子，高门耸立，庭院深深。

左右问人。

问到的人都在说，不知道咯！不知道咯！

终于栖栖惶惶走了出来。老街外不远，有一街心花园，很小，左右纵横走估计也就五十来步。里面却有大树，风拂扫过高高的树梢，倏然落下一片飒然之声。突然间想起翠湖边，也有这般高大的树，一排排的密集耸立，有风了，也是这般满地的飒然之声。

那些夜晚，我常常要绕着翠湖边的路走回住所。

这个高原城市的夜，也如她的白天一样，仍然能看到高远空旷的天空。晴朗时，常常是一种幽深透明的钴蓝色。

湖边的路，有一排排高耸笔直的云杉。这些云杉，即便在冬季里，也仍然郁郁葱葱不落叶。疏落的路灯总有些不够亮，黑黝黝的树影从头顶笼罩下来，神秘诡异，令我顿生一种在森林里迷路的惶恐。

那个时候，我对这个高原城市抱着许多朦胧神秘的猜测，总以为那城外边，就是绵绵无尽林深路幽瘴气弥漫的原始森林。也知道，有那么一条茶马古道从森林里穿越而来，将这个老城市与四方边地以及更远的国外联系起来。还知道，从那条茶马古道上走出来的许多人，后来都成为这个城市里最早的商人和最早的工厂主。这些商人和工厂主，在二十世纪中叶以后，其实已经渐渐远离了他们原先的身份和名气。到了后来的人喜欢提起的，就只是那些老房子了。

后来的一年，湖边的路上新开了一间小小的茶馆，夜晚再从这里经过，总能听到里面播放一些老旧的歌曲。其中有那首熟悉的《山间铃响马帮来》，换了一种流行的唱法，调子变得低沉忧伤，水一般流过心田，令我不由自主在一种深深的惆怅中，去想象着城市外面那条早已沉寂的茶马古道，也想象着城市里头那些老房子昔日的辉煌。

第一个想起的，是一幢建于二十世纪二十年代末的洋楼。

然而我穿过那些拐来拐去的街道和巷路第一次走进这幢老房子时，却一点也没意识到它曾是一幢多么气派的洋楼。不是因为它已经太陈旧，而是由于它的里面住进了太多的人家而显得杂乱无章拥挤逼仄。但别人告诉我，当年它的主人在这个城市里是何等显赫的人家。

后来我才注意到，远在这幢洋楼建起来的时候，这个城市里已经有了一批真正的近代实业家。用历史教科书上的语言来说，是民族资本家。他们靠着与海外的联系，早早就开始了他们脚踏实地的创业之路。

当我到了那个称之为极地的腾冲城，那些实业家的后辈告诉我，腾冲人向来很自大，因为早在二十世纪二三十年代开始，他们已经穿西服喝咖啡说英文，与当年的上海没什么差异。那里走出来的实业家，遍布整个西南地区，尤其是进入了艰难的抗战时期，他们几乎成为大后方最活跃也最重要的阶层。别说是当年的重庆政府将这些人视为座上宾，就是到了 1949 年之后，他们也一直受政府保护而享受着各种特权，使他们和他们的子女仍然能过着稳定而优渥的生活。当然，他们也像当年在抗美援朝时向政府捐赠飞机，也一点点地最终将所有的实业资产奉献出来，以表明他们对新政权抱着一种真诚的拥护和商人应有的诚信。

到了我熟悉了他们之后，却常常不由自主地将他们与那些沦为阶下囚的旧人相比，而无法判断他们是幸还是不幸。

在我走进这幢洋楼的同时，其实已经知道了它就是公公家族里的老房子之一。而如今在这居住的是公公的兄弟，一个在这个城市里有着许多实的虚的职务的老人。

还记得那次的拜访，仍然让我感到如常的窘迫。我总在慌乱中担心着自己的衣着是否合适，仪态是否端庄，在光线灰暗的客厅里，毕恭毕敬着给与我祖父一般年纪的老人鞠躬问安，然后小心翼翼地回答一些该要回答的问题。心中渴望着赶快从房子里逃跑出来，对着大街上灿烂的阳光长舒一口气。这只有到了多年后，那些老人都一一离世了，我才渐渐地领悟到，自己却在轻薄无知中，丢弃了深入接近那些在一瞬间就永远消失了的历史。

要知道，在我们这个国度里，近代以来无数的革命与变动，都在有意无意中将历史的痕迹清除得非常干净，而令我们的理想总不得不建立在空虚无力的乌托邦之上。

　　然而，我终于还是记住了那幢旧洋楼里的那位老人，以及那一屋子满满当当的书画。

　　老人瘦小精干话锋极健，完全不像公公的高大健硕沉稳寡言，令我感觉他确实比公公更合适挂满那么多的实的虚的职务。是午后了，老人和他的客人们照常坐在厅堂里靠窗的地方，继续喝着茶说着话。

　　这些老人们，都曾是这个城市里举足轻重的人物，他们的工厂、商号和银行等，关联着这个城市的经济命脉。可以想象，他们也曾是那样的年轻，那样的意气风发踌躇满志，对自己的事业以及对这个城市的前景都充满了自信。还有，他们还一定习惯了做实实在在的事，说实实在在的话，而不是像如今，远离了他们熟悉的工作和地方，而挂着虚的职做着虚的事。因而，他们喝着越来越浓的茶，话却谈得越来越淡，往往无话了，眼光都不由自主地往窗外看去，虚虚的，远远的，落在那高高的天空一角。

　　这个城市里亘古不变的，是仍然高远辽阔的蓝天白云，仍然明亮艳丽的阳光。

　　也是那个渐渐沉默下来的时候了，老人悄悄拉我走开，说要让我看点好东西。老人孩童般的神态令我吃惊而又好玩，却没想到老人带我去看的是他一生的心爱收藏。

　　走进那间光线不够而显得昏暗的房间时，老人一句，怎么样？

　　我大惊，脱口而出，满室生辉！

　　老人击掌大笑，几近手舞足蹈。

　　时隔多年后，我仍然记得我站在那满屋藏画面前是何等的震撼和欣喜。都是一个个如雷贯耳的大师：齐白石、张大千、徐悲鸿、傅抱石、林风眠、李可染……即便在后来的日子里，我常常在我居住的城市里那个漂亮的美术馆流连，也从没有见过这么多的名家瑰宝同时在一间房子里摆放。

　　印象中，老人跟在我的身后滔滔不绝地说了很多的话，可惜我被那些画迷住了，根本没在意他都说了什么。模糊记得说得最多的名字是张大千。那个时候，在国内的一般人对这位大师还没有多少了解。他的每一幅画几乎都令我陌生，并深为那种恣意不羁的画风折服。还有林风眠，那种说不出是土还是洋、是传统还是现代、是简单还是厚重而如此大巧若拙返璞归真的画风，令我大为惊叹而又困惑不已。后来，我才了解，这位在 1949 年后便沉寂了的画家，才真正是中国现代派艺术的开山大师。

后来我醒悟过来，若是那天我向老人讨一幅画，老人或许会答应的。我对那些画家和画的喜爱与肤浅认识，竟让他像遇到了知音一般高兴和感动。

后来，我终于得到了一幅徐悲鸿有名的骏马图。是公公留下来的。

我不知公公是否在无意中，就满足了我的一个多年的心愿。还在乡下当知青的日子里，我住房的墙上就张贴着一幅徐悲鸿的骏马图。当然，那是一幅很幼稚粗糙的临摹。在那些困窘无望的日子里，我常常看着它，也许只是一种精神上的满足而已。

得到那幅徐悲鸿的珍品后，却从没有挂到家中的墙上，我甚至不知如何保管它才好。因为它的稀贵不仅仅是画家的马，还有上面的题词，当年国民政府一位元老的漂亮墨宝。每回小心翼翼打开看的时候，我都困惑于这种艺术家和政客的完美结合，是否说明了那个历史时期的什么现象呢？常常无端联想起法国的路易王朝时代，伏尔泰那些文化大师们在宫廷里的显赫地位。其实我很早就意识到一点，在绘画领域里的所有大师和他们的杰出作品，也如其他所有的艺术一样，只出现在 1949 年之前，即便那是个有战争有黑暗有贫穷也有痛苦的年代。

常常听搞艺术的朋友和学生说起，绘画也和文学一样，不是仅仅靠经验积累靠勤奋就能成功，还一定得有一个天性的底子。而在我看来，正是这天性的底子，使所有的艺术家都需要比常人更多的自由，一种心灵不受丝毫约束的自由。一次与几个学艺术的学生说起这话，举座无语。

后来，我还想到，老人并不是艺术家，甚至不是太懂艺术。但他是否在失去自己原先的世界之后，在艺术里找回了自己心灵上的自由呢？老人早已离世，无从得知。

有时在美术馆里看到某位熟悉的大师的画时，耳边会突然响起当年老人的击掌大笑。笑声里我恍如看到，那幢深埋巷子里的旧洋楼抖落下重重尘埃，现出了当年的气派与灵性。

也是一幢老房子。

但是一座很地道的中式四合院了。那个夏日的午后，我穿过深深巷道走进那座小四合院，一阵轻柔的风带着水的湿润吹过来，脑海里顿时清凉惬意，蓦然闪现出一个遥远的场景，少年的我，坐在低矮的屋檐下读一本小说，那是巴金的小说《家》。这时，一青年男子从屋里迎出来，我差点脱口而叫，二少爷——

青年男子高大俊美，对我温厚一笑，有阳光摇曳着从走廊穿越过来，眼前一片金黄璀璨。

青年男子是大学里认识的朋友，读的是外语系。在走进这间老房子之前，我还认识了他的妹妹和他的大姐。他妹妹也是和我同在一间大学里，读的是医学院。而他大姐，则已经是省城里一个有资历也有名气的妇产科主治医生了。

在一些周末里，我会受朋友的邀请到他的大姐家中做客。那个摆着钢琴挂着丝绒窗帘有一个小巧花园的家，坐落在市区里一个环境幽静的高级住宅区。每回到那里去，都让我感到紧张和兴奋。仔细思忖，觉得那紧张和兴奋里，包含着一种对一样陌生的但又欣赏的东西的向往。于是，当我到她的父母家做客时，又感觉到了那种陌生的紧张和兴奋。在那里，我一并认识了他们兄弟姐妹中的另外两个。

这个时候，我是那样惊讶地发现，这个家族里的儿女们都是如此的俊美迷人。

这种俊美，总让我想起十九世纪西方作家笔下描写的那些贵族青年，身材挺拔，白皙整洁，眉宇清朗，眸子明亮。在和他们认识的日子里，我常常在心中惘然感叹，身世竟能如此鲜明地决定了一个人的相貌吗？

当然，除了俊美，他们身上还有一种他人永远无法仿效的气度。那种气度，我曾经在很长的时间里，都苦恼着无法用准确的词汇来形容。不仅仅是优雅，是矜持，是高贵，还有着别的一点什么，是从容淡定？是闲适慵懒？还是宽容温厚？这后者的东西，复杂微妙，尤其是我们这代人的身上欠缺的。后来我才慢慢地意识到，那种近似超凡脱俗的气度，是需要许多的条件养成的。有了先天的精神底子，还得有后天的生活安稳优渥。而在那个年代里，与他们同辈的我等许多人，恰恰是无法获得这样的优裕。于是我们的身上，即便也自觉存了点书卷气质，还存了点高雅气质，但常常还是摆脱不了那样一种窘迫焦虑与躁动，这只能是长期困围于各种压力之中而形成的。

只有朋友同父异母的大姐，让我一开始就感觉到了些微的差异。她的年龄，明显地比她的弟弟妹妹大了好多，而气度上也有了与弟弟妹妹不太一样的地方。仔细想想，可以说是多了一分倨傲。在后来与他们日渐熟悉的日子里，我觉得那倨傲里，有对家中地位的一种微妙的抗拒，也来自她的少女时代，还经历了家族最辉煌富裕的时代。好多年过去了，她终于用一种很不平静的口吻对我说，家中真正的好房子，不是那座小四合院，而是在城西的另一幢洋房。那里面，有很大的花园，有游泳池，有网球场，单是厨房就有三间，一间做中餐，一间做西餐，另一间专做家乡菜……

当然，这幢漂亮的洋房，在二十世纪中叶后就失去了。

朋友的大姐已老了，却仍然雍容华贵，只是脸上我熟悉的那一丝倨傲，变得明显起来，而略略见出了一点怨恨。我坐在她的对面静静听着她说话，心中怀念着她和她的弟弟妹妹们，当年那种无与伦比的俊美和气度。这个时候，他们的老父亲小四合院的老主人已经去世多年，那个强大稳固的大家族也随之破裂四散，席卷去所有的安逸与平静。朋友和他的妹妹远走异国，极少再回到这个城市里来。于是，我完全理解和原谅了那一点令我不快的怨恨。我回忆起当年第一次走进那座小四合院时，心里还装满了疑惑和惊讶。

那是座平房小四合院。

外面看极普通，隐在一条窄窄的巷子深处，门楼虽高却素净无甚艳丽装饰。走了进去，才感觉其精致完满。

后来回想起来，那四合院并不小，只是它的精致细巧给了我错觉。记得院子里有花草，还有一个漂亮的水池，池里有玲珑假山，水中有游来游去的金鱼。四周房子规整干净，各是厅堂厢房厨房等。前后穿过房子还有两个小花园，也一样有着花草水池假山和金鱼。中式人家的风格，似乎一一具备。

我很快就发现，走进这房子里感觉到的水的湿润，是从那些养着金鱼的水池里弥漫出来的。那个时候，高原干燥的空气还常常令我不适，老房子里湿润温软的江南情致，令我惊讶而感动。

细听了，知道老房子里除了住着朋友一家，还有他的伯父一家。后来，又渐渐发现了这个城市里的大户人家，竟也多是这样大家族居住的方式。也就像了巴金的小说《家》中的描写。这样的大家族，继承着共同的祖业，一起经营共同的产业，还住在同一幢富丽豪华的房子里，吃着同一口灶上烹调出来的珍馐。

我是在后来长长的日子里，一点一点了解到朋友家族的往事。这是个拥有雄厚产业的家族，纱锭过万的棉纺厂，听说已经超过了上海滩上的同类实业。因此在1949年发生翻天覆地的变化之后，这个家族的地位仍然显得非常重要。

在我们的历史教科书上，那个巨变的过程被称为工商业改造运动。称革命也好，称运动也好，最终都意味着对私有财产的否定和剥夺。在当时，这是一种任何个人力量都无法抗拒的时代洪流，自愿或不太自愿的，皆被裹卷着往前而去。也许只有到了多年后，身陷其中的人，才能慢慢地意识到他们到底失去了什么和得到了什么，是庆幸，还是悲哀。

去年秋天，我去了一趟武汉。在那个同样有着悠久历史的城市里，我一样看到了不少的老房子，听到了不少有关老房子的故事。

突然发现，在我们这个国度里，每一个城市的历史演进都是惊人的相似。一场称之为伟大的运动，颠覆了一种旧时代带过来的经济体制，这种颠覆轻易而彻底，并以非常冠冕堂皇的理由获得了强大的正当性，几乎没有一人能质疑，即便不是一种诚心诚意的拥护，也是一种屈膝拜服的顺从。

在那个城市里，有一户我熟悉的人家，也像朋友的家族一样，最终将他们庞大的家族产业毫无保留地贡献出来。

那个城市的秋日异常干燥，空气中飞扬着一种不知名的白色蟓虫。老街巷里显得宁静而闲适，我独个儿在那里徘徊，想象着眼前这长长深深小巷里的居民们，当他们兴奋着从容着搬进去的时候，有没有对房子的真正主人有过一丝的感恩之心呢？尤其是房子的主人在献出自己所有的房产后，竟令自己一家和年迈的老母亲在长长的日子里，一直住在和别人合租的房屋里，逼仄困顿。

历史的真实面目总是令我的想象失去意义。

因为我知道，并不存在我想象的感恩，房子的真正主人在做出这样的举动时，也只有一种由衷的欣喜和解脱。对于那位年轻朝气向往革命的主人来说，拥有这样庞大的私人财产是一种罪恶。他和他同样出身富家的夫人一样，对这个新时代满怀由衷的热爱和憧憬，在他们后来长长的一生里，果然从来没有为自己的选择后悔过，他们甚至为自己能紧紧跟随时代的步伐而庆幸而骄傲，并常常以此来教育他们的子女。

而我朋友的父亲，那个拥有过上万纱锭产业的男人，又是什么样的心理呢？

朋友的父亲是很有威仪的一个男人，和我朋友一样，有着高大挺拔的身材，即便年纪明显大了，仍然器宇轩昂。多年后，我还清晰地记得他说话时，眼神熠熠发亮，咄咄逼人，令我深深震慑中一时想不透这种气势，是早年为产业骄子时就养成，还是后来身居官场多年的习惯。

在那个年代里，这样的人家由于贡献显著，不少人都理所当然地获得了政治上的显赫地位。朋友的父亲，在那以后一直居于这个城市的高层领导。由于这样的身份，他们仍然可以保留了这座精巧完满的小四合院，也保留了仍然富裕稳定的经济来源，由此使这个大家庭里几乎没有改变原先的生活轨迹和生活品位。和朋友一家认识的日子里，我常常为他们的举止优雅仪态万方所迷恋。我相信，那只能是与生俱来，只能是一种安稳优渥极富品位的生活环境熏陶出来的。

因此当多年过去了，朋友的大姐给我津津有味地描绘起那幢拥有三个厨房拥有游泳池网球场的洋房时，我仍然相信，这一个个相貌俊美风度迷人的儿女，从来就属于那幢极尽排场的洋房，从来没有改变过由那样的环境所养成的生活模式和生活品位。

还非常清楚地记得那天在小四合院里做客，吃的是过桥米线，这个城市里最有名的吃食。尽管后来我一而再地吃这种食物，但始终没有那一次的印象深刻。我总不厌其烦地对别人说，在那里吃的过桥米线，应该才是最正宗的。

其实，味道如何我根本就忘了，记得是吃的场面。那场面极安静平和，男女主人亲切殷勤着招呼，兄弟姐妹们微笑着端坐在次序严格的座位上，一碟碟一碗碗的菜式佐料，从身后毫无声息地摆放到眼前最合适的位置。墙上的老时钟嘀嗒嘀嗒不差分毫地摆动，饭桌上的一切，在不动声色中流露着精细讲究的程序。

我努力放松着，却一直在紧张，为了对席上的每一个人摆出合适的仪态。因为，在要走进这座老房子里做客前，我被及时地告知，家中有着两个女主人。一个是朋友的生母，另一个是他大姐的生母。当我在光线灰暗的厅堂里拜见家中主人时，对座上的两位女主人都一样含混着叫了伯母，那时，我感激那些昏暗的光线，非常及时地掩饰了我脸上窘迫非常的神情。其实我很快就意识到，我的窘迫完全没有必要。座上每个人皆神情若然，让旁人相信他们在很久以前就已经习惯了这种复杂的关系。朋友亲热地叫着大姐的生母为大妈，而大姐却非常自然地称朋友的生母为小妈。

饭桌上的气氛继续平和放松着，我终于能定下神来端详家中的两位女主人。我发现，第一个太太尽管年岁大了，然个子娇小，五官精巧，白皙细腻，看得出年轻时候一个古典美人的模样。而朋友的生母，却是另一种美，粗放一点，却又是艳丽的，带一点异国的韵味。这让我揣摩朋友兄弟姐妹们的血统中，是否继承了母亲？但细看，觉得还是父亲的血统在起作用。几个同父异母的兄弟姐妹，在相貌上都有着非常相似的地方。

那个时候，懂得了一点中国古代的移民历史，便认为这个家族的姓应该来自中原地的大族。只是无法知道，到了这边鄙之地，丢弃了仕途上的特权之后，他们的家族又是如何维持一种社会地位的优越？只知道近代以来，朋友的祖上在商道出得早，从有极地之称的腾冲开始，到了父亲一辈，生意已经做到了整个西南甚至华东一带。后来也才知道，朋友的父亲年纪轻轻就承继了家族的庞大生意，很长一段时间是居住在上海那个繁华大都市里，若不是朋友的母亲百般阻拦以死相逼，朋友的父亲还会从上海滩上带回第三房太太。

这般听来，仍然惊讶。惊讶的是那座充满江南情致的小四合院里，弥漫着一种令我感动的平静祥和与温情。自然在那个时候，还不会想到有一天，这一切都出现了变化。当朋友的父亲小四合院的老主人去世后，失去了强大的政治屏障，也失去了维持平衡的权力，所有老式大家庭可能出现的争执破裂，就一一在那个曾经恬静安逸的家庭中发生了。自此，我便开始陆陆续续地听到这个大家庭里的各种纠纷和决裂，偶尔听到他们诉说相似的怨气和苦恼。在左右为难和痛惜中，一点一点地看着当年的祥和与温情在失去，看着昔日里的优雅和矜持变成了平庸与委顿。

在后来的日子里，每次再来，我都会不由自主地问，那小四合院还在吗？还有谁住在那里面吗？

其实我一直是知道的。朋友和他妹妹大学毕业后就去了异国，接而老主人大太太先后去世，再后来，小太太也搬出了外面。那小四合院的热闹，早已经没有了。

今年终于有人告诉我，小四合院不在了，在城市大改建中也拆了。听着心中黯然。突然感觉自己仍然非常怀念那座小四合院，怀念水汽氤氲中那安详温和的氛围。即便从一开始，我也能敏锐地感受到那内里深藏着的没落和腐朽，就像那个远逝了的旧时代。历史就是这么古怪，一旦出现了真实感性的人物与场景细节，就有了生命的鲜活与美丽，令我们感到亲近和留恋。

我开始习惯向他人打听，这样人家里的儿女们，今日都是如何生活的？有没有哪一个在商场上能取得他们祖辈父辈那样的辉煌成就吗？在得到答案后，我常常在无端沮丧中为一个突如其来的想法所惊异：这是不是就意味着五十多年前的那场改造运动，是成功了呢？

我从不同的人的口中反复听到过这样一个事例。

1957 年刚过去的那个春天，五个要去参加全国人大会议的代表，在机场上等待着飞往京城的专机。就在临上机前，其中的三个被告知他们得留下来。冲天而起的飞机带走了其他两个，长长的烟雾不仅撒在了蓝天下，也落进了这五个人的心里。也许，在那一刻，无论是机上的人，还是下面的人，都不约而同地想起了 1949 年冬天里发生的那场巨变。春寒料峭中，每人却是汗流浃背。

这五人，代表了这个城市里那个庞大的工商业阶层。他们每个人的名字就像他们的产业和商号，都为这个城市里的人们所熟悉。新政权成立后，他们用自己的真诚和实际行动来表达由衷的热爱和拥护，并由此获得了政治上的显赫荣誉和地位。他们为此而感激，而骄傲，也为此而自以为要对新政权披肝沥胆。他们读过私塾，也懂西学，崇仰明君谏臣的传统，也崇仰天下众生平等的民主。因此，他们渐渐地活跃起来，参加了各种民主党派，找到了做主人的良好感觉，并在那个重要的1957年里，说了话，上了谏言。而最终，等待他们的是那个春天早晨机场上的变局。

在机场上留下来的那三个人，都成了右派。这三人中，我认识两个，一个就是那个珍藏一批美术大师作品的老人。而另一个，我没见过他的面，但熟悉他的孙子，一个沉静内秀的男人。我还知道的是，从那以后，这两人原先开朗善谈的性格就变了。当然，变了的还有上了飞机的人，以及他们那个庞大的阶层。也许就是在这种变化中，人人习惯了一种沉默，一种服从，一种迎合。

在认识这些老人的日子里，我常常惊讶于他们在人前总能保持着一种温和内敛小心慎言，使我从没有机会问起当年的话题，只习惯了看着他们聚坐一起，喝着浓浓的茶水，说着淡淡的话，窗外依旧蓝天高远，彩云涌动。

去年和今年来，少了许多的应酬。突然醒悟到，是因为在公公婆婆去世后，与他们同一代的那些老人也都不在了。他们真的老了，终于走了，带走了一个永不复返的时代。那一代人的离去，对这个城市意味着什么呢？

夜里还从湖边的路上走过，那些大树还在，只是多了不少喧闹的建设，原先的宁静却是没有了。仔细看，那间小茶馆也不在了。怅然间想起往常的夜晚，从里面传出那首熟悉的老歌，流水一般趟过心田。

太阳升起、白云散开，山间铃响马帮来……①

古老悠远的气息，还在什么地方保存着呢？

去年的暑假，去了瑞丽腾冲保山一带。在经高黎贡山到保山的途

---

① 电影《山间铃响马帮来》主题曲。

中，同行的人告诉我，那条神秘的茶马古道就隐埋在这大山的深处。

这些年来，很多人都知道了这条古道，也有很多人怀着好奇怀着景仰亲自走进去了。望着山中林密涧深云雾迷蒙，不禁想象它到底有多么的曲折和险恶。

在腾冲时，专门去看了一户人家当年的骑马场。这户人家常年经商，养有一队马帮，建了这骑马场，是让自家的子弟学骑马用的。这样人家的子弟，自小得接受学业训练和意志磨炼，除了在家乡的学校读了书，还送出国外学外语学经商，到了成年，就要求他们自己出去创业。即便是家业雄厚，也要让他们亲自去体会创业的艰辛，让他们懂得每一分财产都是血汗凝聚而来。

今年走过一条改建过的商业大街，尽是高楼大厦，繁华景象，恍然想起那里原先有一个老剧院。公公非常喜欢京剧，婆婆却不感兴趣。因此，公公常常只能与那些和他一起喝闷茶的老人一起去看戏。依稀记得有时路过剧院门口看到张贴的告示，其中曾有著名的京剧演员关肃霜的演出。那个时候的我，已经知道关肃霜的武旦名震梨园，最拿手的是《打渔杀家》。后来又知道了她丈夫也是唱京剧的，唱的是老生，只是不知是否也如马连良那样擅长《赵氏孤儿》。我常常想象着公公和他的朋友们应该更喜欢《赵氏孤儿》。到了那老生一开腔"老程婴提笔泪难忍，千头万绪涌在心……"，必是满场叫好，雷吼一般。那些坐在前排老人中间，会不会有人忍不住拍椅而起，潸然泪下？

从来就以为，《赵氏孤儿》是一幕最典型最悲壮最具政治色彩的中国戏剧。中国男人，无论是文官还是武将，甚至是商人，都无法摆脱与政治那种微妙复杂生死攸关的关系。

小一辈的，却喜欢反复地与我讲述另一个事例。

他们在讲述时，总显得急切而有些焦虑，往往直接说的只是最后结局：迟了！就迟了那么一点呀！京城里的人火急十分赶到时，那个赫赫有名的"火腿大王"已经命丧土改队枪下了……

我听了无数次，仍然无数次地惊异，惊异讲述的人那种始终不会减弱的深深感叹。

到了好多年以后，我才领悟到，这样人家的子女，在时代与家族命运的交织变幻中，最能敏感和深刻体会到政治的庇护是何等重要。但细细想深了，也许是因为他们在这种庇护中，习惯了享受各种各样的生活特权，却在无意中失去了他们父辈那种艰苦创业的精神和独立奋搏的本领。因此，即便他们仍然聪明，仍然优雅，而倚赖的习惯，还是使他们在失去了庇护之后，竟感到如此的难以生存。有的时候，我甚至感觉到这样的生存状态，也令他们从父辈那里潜移默化地承继了那种谨小慎微内敛温厚的性情。

他们其中的好些人，也许仍然生活在这个城市里。到春天来了，他们或许也习惯像其他人一样到圆通山去看樱花。也像他们的父母一样，把那个地方叫做唐家花园，也还清楚地记得孔雀开屏的地方曾经是那所漂亮的唐家老宅子。他们甚至在年幼时，也和其他顽皮的孩童一样，去攀爬过那座华丽陵墓的墓顶。他们站在那里的一瞬间，或许还会怀念起当年那个唐家少爷，在老宅子里做着清闲寓公时的安逸与富足。

这样想的时候，他们会不会为家族与个人的命运多变而感慨万分呢？

朋友常常会在深夜里打来电话，那是他的早晨时间。

他每天开车送了妻子去上班后，就回到那个自己开的小店里开门营业。小店很简单，卖的是一些护肤卫生用品，有固定的近处顾客，生意清淡，除了周末请一个临时工顶班，平时就是一人坐镇了。

这般琐琐碎碎听他诉说的同时，我能看到纽约明丽的蓝天下，那片街边小店里，朋友孤独困窘的身影。听说他到了国外后，一直不甚顺利，有一段时间什么工作也找不到，家中经济来源依靠着他的妻子。而他那个学医的妹妹，很快嫁了一个非常富有的同乡，没几年却又离了婚，靠着丰厚的分割财产维持生活。

朋友在电话里的声音没有因岁月的流逝而改变多少，还是那样低沉缓慢，一板一眼，只是听长了，便感觉到已经失去了原先的那种从容不迫，隐隐透出一丝的失落无奈。每回感觉到了这点，眼前蓦然恍惚，又回到了那座小四合院里，那个高大俊美的青年男子迎上来，温厚一笑，令我差点脱口而叫，二少爷——

风从眼前拂掠而去，心底一片惆怅。

后来，我发现在这个城市里，人们喜欢将如我朋友这样的人称为"子弟"。

这是一个古旧的词。初初听到，一时不知这是对他们那样一种与生俱来的气度的由衷赞美，还是隐含着对近似一种纨绔子弟的讥讽意味。到了如今，再听到有人这样称呼的时候，我还会想起另外两个男子。他们同样是这个城市里的商家子弟，只是他们的生活姿态完全不同。

在西双版纳的时候，无意中听人提起了一个姓叶的劳动模范。说的是这叶姓男人在农场多年来，一直以非凡的吃苦耐劳甚有名气。细问之下，竟就是叶家的后人，那是在这个老城市里以经营象牙雕刻为著的叶家。其父没有继承家传手艺和生意，而是自主选择了人生道路，在法国人办的学校读完书后，成为这个城市里的第一批无线电报务技术人员。1949 年后，则由于曾服务于旧军队以历史反革命罪被送去劳教，自然连带着影响了子女的升学就业等问题。这个叶姓劳模，是在考大学落选后，于二十世纪六十年代初到了荒僻的西双版纳，当了农场职工，一直到前些年因肝癌去世。去世前，他承办了农场的一个公司，研制出国内最早的薯片。知情的人说，他是那样兴致勃勃地到处奔走，将薯片送给朋友熟人尝试。

是在饭桌上说起叶家后人的事情。那是农场边上的一间傣家餐馆，简朴的竹楼四面透亮，黄昏的阳光照射进来，仍然鲜艳明丽。我心中溢满无边伤感。在那里的日子里，我走了不少的农场，知道吃苦耐劳在那里意味着什么。

我突然问道，他长什么样子？帅气吗？好看吗？

我不知道自己为什么要这样问。也许那一刻，我想起了有人告诉过我，他父亲年轻时候多神气，一个干干净净很好看很"子弟"的男人。

很"子弟"！

我想就是那个时候，使我第一次意识到子弟这个词的含义很复杂，既统称这些出身大户人家的子女，又专指这其中最能显示这个阶层应有的容貌和气质的。

被问的人愣了好一会，似乎还一时想不起那人的相貌。然后用坚定的语气说，不！不好看！很黑……

我不再吭声。

自然是黑的，接近一种深入似墨的黑。西双版纳阳光下的热带雨林里的艰辛劳作，我几乎没见到一人能保留白皙的肤色。就是那些已经不用再到露天下的人，也仍然保留了那种深入皮肤而无法去掉的印痕。我没再问下去，我害怕对方还会告诉我，那劳模不仅肤色黝黑，背还驼了，是个很难看的男人了……在这里，我见过有与他身份一样的男人，就是这样一副令我看到顿时心如刀锉的模样。我突然那样深切地感觉到，无论是女人还是男人，其实都是一样会注重自身的相貌，当后天的环境将原先的优越带走，也是一种人性的残酷。

饭桌上有人在说，他中毒太深了……

中毒。

这个词深深刺痛了我。

我迅速扭转了脸。竹楼外面的风景总是优美旖旎，透过丛丛蕉树，能看到远处山冈上的橡胶林子，这是当今的西双版纳里处处可见的风景。我不知当年那个叶姓的子弟，在胶林繁重残酷的劳动中，那内心里的赎罪感能否减轻。

从小和他一起长大的人告诉过我，少年时期的他也曾顽皮也爱闹恶作剧，到了考不上大学去做仓库临时工时，还常是一副没心没肺吊儿郎当的模样。有时会偷偷顺手牵羊拿回一小包核桃什么的，与家境富裕的邻家小孩换面条吃。那个后来长大了的邻家小孩还对我说，他在拿到面条急匆匆赶回去煮出来并狼吞虎咽地吃下去，是躲过家中所有人的眼光的。那么，当他在农场里当上劳动模范时，能不能吃饱肚子了呢？

再后来，又听到别人提起，他和他的父亲都各有一绝活。父亲能弹一手好三弦，而儿子，则能在一宽幅钢锯片的背面上，用二胡的弓弦拉出任何美妙的乐曲。听来颇觉神奇。细细思忖，又觉得是有手艺人的家传渊源。

从西双版纳回来，我最不愿意与人提起的就是他。其实我一直知道，并不是所有的商家子弟，都有小四合院那个朋友那样安稳优渥的生活背景。他们中的多数已经落到了社会的普通底层，一生窘迫平庸。

但我却是很迟才了解到，在那场改造运动中，对工业主和商业主的待遇是有差异的，而后者之所以要接受更严厉的改造，是因为界定了他们的财产拥有更接近剥削的含义。这种强硬而近乎蛮横的解释令我万分惊异，继而，是久久的悲哀。

另一个男子，则是一个完全不一样的男子。

我常常怀着一种无比美丽的心境回忆起他。那回忆令我在任何时候，心中都是一片星光灿烂，浪漫而又凄清。

他是我第一次来这个城市时就认识的。

也是在一座老房子里，但小多了，感觉上只有半边，街外面的嘈杂声响跟随着涌进来，陈旧中见出了逼仄。

后来才知道，这半边房子的老主人经营着一家绸缎庄，中等家产，但也有名气，想来是有好声誉。这房子确实是一半，另一半归家族另外的人所有。不再维持大家族的规模，不知是因为老主人死得早而后世道巨变，还是别的什么原因。

这半边房子居住着年轻的夫妇俩和他们尚为年幼的儿子。房子小，院子更小，但一切很有条理，整洁精巧，赏心悦目。

在进去的好长时间里，我都待在那个小院子里，看着男主人兴致勃勃地摆弄晚餐要吃的食物。记得那次晚宴，饭菜丰盛而讲究，都由男主人亲手做出来，然后兴致勃勃地告诉我是什么菜名，五花八门，别出心裁，令我根本反应不来。后来只想起了其中一个菜式叫青蛙跳石板，用料是当地上好的奶酪饼和蚕豆，白是白，绿是绿，煞是好看，但吃起来却不是很合我的口味。男主人懊丧着拍腿大叫，你这南蛮之地来的小姑娘原来这般挑食呀？说完又是哈哈大笑。我窘迫着满脸通红，说不出话，心中却不由暗暗赞叹：真是一个充满魅力的男人。

来之前，知道他大学里学的是数学，也在中学里教数学，脑子极是灵活，每回上课前拿着课本翻看着走过来，到了教室门口说，行了，便是从从容容上了讲台，讲了个滴水不漏。如此这般听来，还以为是学究模样，一见面大吃一惊，着实"子弟"。高大俊朗，风度翩翩，捎带着几分艺术家的落拓不羁。客厅里，摆着一架风琴，说是他从什么地方用几十元买回来的，墙上贴满他画的油画，说不上好不好，却是灵气逼人。

小小的院子，小小的房间，再看不出当年有过什么样的富有兴旺，却温馨迷人。男主人幼年丧父，再遇上世道巨变，家中光景必多有逼困窘迫，却依然不负天性，养出如此浩然之气精致品位。

多年后，他对我说，其实自己在成长过程中内心一直饱受压抑，充满自卑和忧伤，但始终坚持不让自己沉沦，凡是能学习的事物，会努力去争取学好，凡是能做的事情，会尽量去尝试，努力营造充实而快乐的生活……

听着感动。不是每个在逆境中长大的人，都能坚守对生活的热情和爱。

还记得，当年那个温馨小家的厨房，是男主人自己动手搭出来的，占了小院子的一角。厨房外种着一株葡萄，已经上了架，只是在冬天里落光了叶子，看不到绿叶郁郁时是什么样子。

男主人豪气地说，夏天再来，请你吃葡萄了！

我听着，心中暗笑，嘴里酸酸甜甜的。

站在葡萄架下长长的时间里，我注意到小厨房的那扇小窗子。男主人在忙碌中反复地转过脸来说，这是他最满意的杰作。神态口气得意而明显嚣张，令人忍俊不禁。小窗子的式样，洋气而别致。后来才想起来，那是一种典型的俄罗斯风格。

他的朋友们都对我说，他一生迷恋的就是俄罗斯。

男主人是"文革"前65级的大学生，那一轮年轻人大都对俄罗斯有着难解的情结。但到了很久以后，我才知道，男主人的俄罗斯情结要比身边的人深得多，因为那与一个美丽的俄罗斯姑娘联系在一起。

那段美丽而伤感的爱情故事，其实我了解得非常简单，刻骨铭心的只是那个悲剧结局。那个美丽的俄罗斯姑娘死了，死于白血病。她在这个老城市里出生，在这里长大，在这里开始她的爱情，也在这里结束了短暂的生命。她的父母，受不了失去独生爱女的伤痛，终于放弃了那间小面包坊，离开了这个城市而回了遥远的家乡。那个时候，男主人也和那个美丽的俄罗斯姑娘一样，还是那样的年轻而单纯，对生活充满了热爱和憧憬。

在这个老城市里，一定还有不少人记得那间味道很好的面包坊，或许也依稀记得那对俄罗斯夫妇有一个美丽的女儿，但他们也许并不知道，曾经发生过这样一个美丽而伤感的爱情故事。而在好长的时间里，我也无法想象这个本来有机会成为绸缎庄少老板的男子，是如何在长长的日子里始终保留着那份纯真执着的怀恋，保留着那份丰富浪漫的情怀。

早些年来的日子里，我喜欢在晚上独自出来散步。

这个高原城市的夜晚，不冷而又没风的时候，清澈温柔而宁静。那时的老街巷，都是老房子，路不宽敞，也不过分喧闹，入夜后，行人更少了，街面很安静，路灯常常不亮，只有树在黑暗中婆婆娑娑，发出些诡异的声响。从树下走过，靠近路边房子的窗口，能看到有灯光隐约闪烁，时而杂带着一些轻轻笑语，温和地掉落出来。

老房子的灯光也通常是不够亮的，昏暗着，一种云晕雾气般的黄，从窗口缓缓掉落到树叶上地面上，又柔和了好些，却格外温馨，暖暖地落进心的深处。那个多情浪漫的男子和他的恋人，是不是就在这样的夜晚这样的灯光下约会呢？那些老街巷老房子，或许就是有了这样的夜晚，这样的灯光，还有那一对青春倩影，就有了永恒的生命和美丽，使人们到了今天缅怀起来仍然感动不已。

后来，这位男子终于有机会去了他梦寐以求的俄罗斯。这个时候，他似乎唤起了他的祖先给他遗传的本领，开始与俄罗斯人做起了生意。不同形式的生意，失败了一桩又做另一桩，是什么似乎已经没有什么关系了，主要的是他能来到这个地方，他心中那不朽恋人的家乡。他着迷地收集俄罗斯的物品，大叠大叠的古典音乐唱片，各式各样的手工艺品，甚至还有一个偌大的锡茶壶，令人难以相信他是如何千里迢迢不辞辛苦地抱回来的。

我听着，既惊讶又感动。毫不犹豫地认定，那一大堆的俄罗斯物品之中，一定有一盏灯，一盏能在黑夜中闪烁不灭的灯。

再后来，也知道他始终没有放弃对俄罗斯文学艺术的热爱与迷恋。他接触了不少当代的俄罗斯画家和诗人，和他们交朋友，自己翻译他们的诗歌，并自制成非常精美的诗集印出来送给朋友。他也给我寄过来了。

读着那些美丽而忧伤的诗句，依然为他那从未改变的情怀深深感动：

> 我沿着街道从屋边走过，
> 那里是我迷恋的孩提时代，幻想、痛苦和徘徊，
> 在这里，树叶飘落何处和突然转眼即逝的记忆，
> 那里是自己恋爱的岁月以及造成的忧伤……
> ——［俄］弗拉基米尔·纳冉斯基《古老的托母斯克很晚的晚上》

那些老街巷老房子，或许就是有了这
样的夜晚，这样的灯光，还有那一对青春
倩影，就有了永恒的生命和美丽，使人们
到了今天缅怀起来仍然感动不已……

我采摘了美丽芬芳的百合花，

它们好似一群纯洁的少女，腼腆得那样孤寂，

犹如痛苦，于是心儿颤抖地紧缩在一起，

苍白的花朵把头摇曳，

我又重新向往那遥远的愿景，

有关那个国度，我曾和你在一起……

——［俄］安娜·阿赫玛托娃《百合花》

他告诉我，他频频搬家，那半边的老房子早已经不在了。

这个消息令我深深失落。突然特别怀念那个漂亮的小窗子和来不及尝上的酸酸甜甜的葡萄……

还记得我们见面的那个夜晚，大家痛快地吃呀喝呀说呀闹呀，不拘形迹。最后，是男主人拉起了手风琴。琴艺不太精湛，却充满灵性，充满激情，如他的人一样，深深感染着身边的每一个人。朋友们都喜欢说，他是那样的聪明，那样的才气横溢，什么都会摆弄，钢琴手风琴小提琴，从来没见他练习，就把多少曲子奏出来了，就这样毫无顾忌地在朋友们面前展示了。

夜渐渐深了，他一边拉呀一边唱呀，时而停下来，笑着嚷着，唱呀，唱呀，一起唱呀……朋友们谁也没回应，安静地微笑地看着他，在那个寒冷静谧的深夜里，在那座有着一个漂亮小窗子的老房子里，聆听着他的琴声和歌声。多年后，我仍然会在猝不及防的一瞬间，泪水盈眶地回忆起那个夜晚里的琴声和歌声：

有位年轻的姑娘

送战士去打仗。

他们黑夜里告别，

在那台阶前。

透过淡淡的薄雾，

那青年看见

在那姑娘的窗前，

还闪烁着灯光……①

灯光，老房子窗前那些永恒的灯光，犹如无际星辰穿越以往和未来，伴随着这个男子一生中的每个夜晚，无论是寒冷还是孤独，一样温暖如春，一样璀璨如花。不能想象，若是没有了那些黑夜里的灯光，这个情怀细腻深远的男子，又拿什么来抵御生活中的平庸和残酷？

［篇三］旧大学

有一年的春天暖得早，那块著名的草坪长出了新的嫩芽。蹲下来用手轻轻拂过草丛，水一般柔软的感觉顿时涌满心胸，眼眶便热了。那一刻我突然意识到，与这所旧大学相关的所有记忆，早已珍藏于心的深处，就犹如珍藏生命中一段刻骨铭心的恋情。

今年在昆明遇上了冬来的第一场雪。

夜里朦朦胧胧中，还听到雨打在铁皮窗檐上的嘀嗒声，明快热闹。早晨醒来，已万籁俱寂。拉开窗帘，竟是满天白花花的飘雪，细小轻柔，也如微雨纷扬，落地即融，留下一片湿润，如同雨天一般。出去细看，那高处的屋檐墙头挂住了一点点的冰凌，很是可爱。园子里的花树，不知是否矮了瘦了，却是一星一点的也留不住。知道昆明偶然会下

---

① 苏联时期流行的俄罗斯民歌《灯光》。

雪，以往也多在冬季里来，却从没遇上。

一个人上了圆通山，喜出望外。草地和雪松上是大块大块的积雪，晶莹而柔软，极为动人。

再往高处一路走去，空无游人。园子里的樱花还没开，不见叶子也不见花蕾，光秃秃的树干却是挂不住积雪，更见了枯寒冷寂。到了山顶，有大树耸立，风霍然大了，雪也大了，从高高的树梢上横扫而落，竟有了苍茫气势，与往常的温存宁静迥然不同。往山下城郭看去，天低云暗，风疾雪迷，将一城繁华旖旎遮掩而去，留下黑白底色，宛若一张搁久了的老照片。

猛地想起，这圆通山上，应该还保留了一截老城墙。

记忆里却想不起那截老城墙在哪个方向了。清晰记得的，却是山下面的一个个地名：北门街、先生坡、文林街、大西门、西仓坡……然后，是一个大学校园。

在很长时间之后，我才忽然醒悟过来，在我既不了解那些旧军人的历史也不了解那些旧房子的历史之前，这座老城市之所以能吸引我，是因为一所旧大学。

一所在中国近代历史上留下绝代风姿的大学。

绝代风姿。

从书上读到这句话，犹如风声飒然云霓涌起，一群身着长衫的书生，从眼前匆匆而过，牵动了我终生的仰慕和思念。

有一年的春天暖得早，那块著名的草坪长出了新的嫩芽。蹲下来用手轻轻拂过草丛，水一般柔软的感觉顿时涌满心胸，眼眶便热了。那一刻我突然意识到，与这所旧大学相关的所有记忆，早已珍藏于心的深处，就犹如珍藏生命中一段刻骨铭心的恋情。

西南联大这一名称，小时候就知道了。

从小住的是一个校园。一间中学，很大，也很老，因此，也就有了不少老式的人。年龄要比我父母大，经历也比我父母复杂，或读过私塾，或留过洋，因此他们在服饰风度上，也有了与我父母不一样的地方。而聚坐在一起的时候，还会讲起一些更老旧的人和话题。那些老旧的人和话题里，有时很自然地就提到这一名称了。有时说的，是某某君当年从法国留学回来，到了清华大学任教，抗战期间在西南联大艰难以度，终于也能将学问做到誉满天下。有时又说，那第几届的某某君毕业时，瞒着家里跑去昆明考西南联大，一去多年无音信，家人都以为他在炮火连天的途中丢了命。

后来从父亲口中知道，那位做出大学问的西南联大教授，还是家族里的长辈。只是家族里的人提起他，叫的仍是他的原名。自然，喜欢说他的大学问大名气，也喜欢说一点他的家常情事。

再后来，也听母亲说一点她零零星星的记忆。先说中学里的年轻老师，都爱讲那个远在西南边陲的大学，爱讲闻一多李公朴的事情。到进了大学，教现代文学的老师正是毕业于西南联大，当年闻一多先生的学生。人非常年轻，却很有学问，品格也高，甚得学生喜爱拥戴。偶尔在课堂上讲起西南联大，讲起闻一多先生，滔滔不绝，慷慨激昂，一改平日的斯文沉静。

到我读大学了。在另一个城市的另一个更大的校园里，认识了更多的老先生。那些老先生的年龄很大，学问名气更大，和他们在一起的时候，也一样听到了这所旧大学的种种往事和人。一年，从昆明去的一位老先生来任客座教授，陪着他散步的时候，他问，知道西南联大吧？不及我答，已是津津有味地说起来了。都说了什么我记不全了，却对他说话时的那种神采飞扬印象深刻。

突然发现，从小到大，那些不同的人，在不同的场合下说起西南联大，都是一样的口吻，熟悉而热爱，却又小心翼翼，带着一种由衷的喜悦，也带着一种悠远的伤怀。

这所已经不再存在的旧大学，就这样在长长的岁月里，带着不同人的记忆，一点一点地零零碎碎地撞进了我的生活，突兀，朦胧，却又昂扬强烈。

那个时候还不知道，这种记忆将会追随我的一生。

毕业后，我也留在了大学的校园。每当站到讲台上，偶尔往窗外眺望，天远云深处如有无数高山耸立，那种突兀朦胧而又强烈的感觉便一下袭来，心头无端沉重而惶恐。

是什么令我内心不能安宁？

一年，一个快毕业的女孩子在校园的路上遇到我，静静站着那么一会，突然问道，老师您能和我们说说，今天的大学与当年的西南联大有什么不同吗……

我大惊。答不上话。我知道女孩子来自这个城市。她模样恬静温存，常常在下课的时候站在一旁听别的学生和我讨论各式问题，却从不开口。

时值二十世纪九十年代中叶，人们对物质的重视似乎远远超过精神的需求。学生们爱戏说，校园里也放不下一张安静的书桌了。然而，从这个城市出去的那个女孩，用一双清澈如水的眼睛，固执地看着我。

也许就是那年的秋天，我怀着一种惶惶惑惑的心情，开始在讲台上给学生讲起这所旧大学。

这时候才发现，有关这所旧大学的东西，在我的记忆里，即便常常犹如洪水般涌来令我窒息，但都是零零碎碎，断断续续，飘飘忽忽，似是抓住了什么宝贵的东西，却又无法悟透那是什么。于是，我的讲述也是零零碎碎，断断续续，飘飘忽忽，天上地面，云中雾里，却依然觉得说不清说不透那其中脉络万千气象。而学生却总是津津有味听来，如食世间珍馐，如闻空谷幽兰。听完了，仍然不走，翘首以待。

于是心中惶惶，又在那些暑假或寒假的时间里，一次又一次地来到这个与这所旧大学有着最紧密联系的城市。

然而很长一段时间里，我常常是失望的。我甚至拒绝再去看那个被喧闹拥挤着的纪念遗址。那里太干净，太矫饰，太小气，太空洞，完全不是我心目中的形象。

　　但那时候我知道文林街了。我牢牢记住了读书期间，那位来自这个城市的老先生眉飞色舞地说，到昆明要去文林街，那条小街，是当年西南联大师生最喜欢去的地方……

　　恰好，我住的地方离文林街非常近。

　　我常常喜欢沿着翠湖边的路走去文林街。

　　那个时候，湖边的路还很安静，即便是白天也行人寥寥。从铺满落叶的树下走过，可以静静听着脚下的细碎声响，任凭思绪在高原鲜丽的阳光下自由飞翔。翠湖上总有风吹过来，风带着水的味道，还有一些植物的味道。后来读到汪曾祺回忆西南联大的文章，说那个时候的翠湖没有荷花，只生长着大片的水浮萍，湖面吹过来的风里，也带着水浮萍的味道。常常做着猜想，水浮萍的味道，是不是也这般清凉而有点泥土味呢？

　　说是那时候的西南联大学生，都喜欢到翠湖里的一间图书馆里看书。那图书馆的模样像个清净道观，仅有一个管理员，每天从家中来开门，时间无定，进了门则随手将墙上一个不会走的挂钟用手拨到八点，到下班走的时候，又将之拨到十二点。来看书的学生也就随着这般奇怪的方式等待进出，从无怨言。读罢甚向往之。如此精彩的图书馆和人，也只有那个时候，让西南联大的学生能遇上吗？每每这般想来，不禁扼腕叹息，恨自己生不逢时。

　　走完湖边的路，就看到了云南大学的校门。越门而过，则是往文林街去了。那一带，年复一年地保持着原有的素净简朴。黄昏温软的残阳中，往往安静得犹如一幅郊外小镇的风俗画。

　　今年再走近这个地方，一派车水马龙的喧闹，大吃一惊，竟不敢再往前走去。左右惶惶而问，文林街呢？文林街呢？

　　没人答我。

　　正是下雪的那个傍晚。雪停了，气温却更低，空气冷冽肃净。来往行人匆匆，都赶着回到温暖的家。我一个人呆呆站在暮色渐浓的街头上，心中涌动着欲要哭泣的感觉。

我还很清楚地记得，这里应该是一个长长又窄又陡的坡，叫大先生坡。这名称一直令我非常好奇，却始终无法了解是什么出处。但总以为，有了这大先生三个字，就只能是与读书的场所有关，与有大学问的读书人有关，也就不再深究了。只是每回与人说起来，总有一点说不清楚的惆怅。好像担心自己在不小心中，漏失了什么宝贵的东西。

沿着大先生坡走上去，就是文林街了。

印象中，街面到了坡头是陡然拐了一个弯往右转去，似乎带动着整个坡整条街往一边倾倒，令我每回走上去，都有一种摇摇欲坠的感觉。街两旁的店铺，也是如逼死坡那边一样的逼仄矮小，还要更草率陈旧一些。那些小小门面的店铺，应该有各式的不同经营，但在很长的时间里，我只注意了那些书店。每逢和已经熟悉文林街的人谈起来，我都发现，只有我记住了文林街有很多的书店。面对他人质疑的眼光，我仍然坚持我的记忆是对的。我不可置疑地说，那是些多么可爱的小书店呀！一家挨着一家，毫不相让……

这样说的时候，眼前如电影场景一样闪现出那些小书店的面貌。有的小到几乎就那么两扇门面，从这边进去，那边出来就是另一家了。进到了店里，模样也差不多，从没有整齐过，书凌乱地摆放在架子上，看书的人也凌乱地依靠在一旁，甚至有坐在地面的。一次往里走找一本书，无意中踩着了一个男孩子，慌乱着赶紧道歉，那男孩翻转了一下让开了路，照样聚精会神地看他的书。那边结账的是个女孩，也在埋头看书，闻声抬起眼看看，也不言语，仍然垂下头看她的书去了。倒是自己讪讪一笑，环视一屋子都在专心一意翻书的人，不知再做何反应了。

前几年来，发现这城里开了一间很大的私营书店，颇有开明风气，里面设置了好些座位。每次进去，能看到很多学生模样的年轻人坐在那里看书，那阵势是能一看到底，毫无要买的心思，竟也从不见被赶，特别为此而感动。想到我居住的那个城市的大书店里从来没有座位，竟深深羞愧。我对朋友说，果然得了文脉是不一样的呀！

这样说的时候，就怀念起文林街那些可爱的小书店了。

记得每回在那些小书店里，总能淘到几本心仪的书，便大老远地抱回来。到了上课了，把书带去，翻开里面给学生讲上一两段。有时，书也没翻，只是静静地摆在一边，到了临下课了，会突然悄声对学生说，这书是在文林街带回来的哟！当年，那是西南联大的师生最喜欢去的地方——

学生一时屏声静气，目光肃然。然后，他们会在下课的时候拥挤着上来，看着，会有人伸出手轻轻去摩挲书的封面，有人嘘的一声，那手又慌乱着移开，眼睛怯怯抬起来。那一刻，我们相视而笑。有时，书被学生借走了，辗转着久久回不来。我有些心疼了，却又安慰自己说，没关系，我还要去文林街的。

当我又来到文林街，靠在某间小书店的书架潜心翻阅书本，午后的阳光照样鲜丽地掉落眼前，心中一片温暖而宁静。尽管那时我仍然觉得，自己离那所旧大学和那些日夜思念与仰慕的书生们还非常遥远。

往往从书店里出来，就近了黄昏。高原的阳光终于也变得温软起来，金黄色的光斑晃动着从屋脊上掉落，在残旧着的青石路面上见出了那么一点颓废，空气里便无端弥漫起一种伤逝的气味，似乎一不小心，就要惹出满眶的泪水。心惶惶地往家里赶，总能看到街边有地摊摆卖起许多新奇古怪的东西，多是吃的，却又叫不上名字，来回彷徨着终是没敢买来尝。

一直走到了湖边，猛然发现肚子却是饿了的。揣摩着回到家还未必就能吃上饭，便拐进了街角那间卖米面也卖面包饼干什么的店里，左右看看，也还是买了那喜欢吃的云片糕。那云片糕的味道觉得很正宗，知道在这个城市里也是一种传统点心了，只是不知当年西南联大的师生们是否也喜欢吃。

后来读到汪曾祺的文章，说起这个地方有一间小店，里面卖一种价格非常便宜的核桃糖，为西南联大的穷学生最爱吃，每回路过这里，便用很少的钱买上一大块，一边啃着一边溜达到翠湖里面读书去了。此外也在别的回忆文章中读到，当时城里有一间著名的包子铺，据说是西南联大一位副教授副业所经营，专卖天津包子，价格相当贵，却是门庭若市。每天落日之后，便可以看到许多操着北方口音的人，冲着高高飞扬的热气而来。

多么神奇，那段特殊岁月里一所临时建立起来的大学，也在令这个老城市的日常生活风貌随之发生变化。

那个时候，我也知道茶馆了。文林街的小茶馆。

文林街应该有很多小茶馆才是。当年的西南联大学生，几乎人人都是泡茶馆的能手。

汪曾祺专有一篇文章写此，就叫《泡茶馆》，写得那个生动传神，百看不厌。说是文林街的茶馆几乎已成了西南联大学生专用，偶有外边的人到了门口，看看里面那些年轻人执书端坐的模样，快快地便离去了。那些茶馆的小老板们，竟也习惯着如此这般光景，不仅不会赶这些一杯清茶占着位置的穷学生，还常有诸多照应，赊了账，并借钱给他们去看电影。每每与学生说起，都是满心崇敬。一个国难家破的年代，书生们在这个老城市里能得到如此眷顾，真真是万幸。

但当我拼命从记忆中搜寻那些茶馆的印象，竟是非常模糊。后来有人告诉我，二十世纪六十年代后，文林街已经没什么茶馆了，它们被当作一种腐朽的生活方式淘汰了。

我开始为自己因为不习惯喝茶而深深遗憾。

今年再去。有人兴致勃勃，带你去茶馆吧？翠湖边一长溜门面精致典雅的茶馆，在眼前招摇而过。

我摇摇头。

还是文林街当年的茶馆吗？

北门街和文林街的感觉是不一样的。

这两条街其实相隔很近。顺着圆通山的山势，由上而下，先到北门街，然后从北门街的半截处走一个落差很大的陡坡下来，绕过云南大学校门，就是文林街了。

记得每回下那个落差很大的陡坡时，都有一种很惊奇的感觉。那种陡而直，快到坡底又急速地折了一个直角般的弯，就像当初是匆促着沿山势凿成，毫无刻意。常遇到一些大胆的人，骑着自行车从坡头直冲下来，旋风一般，令人远远避之唯恐不及。下雨的时候，雨水顷刻间便成溪流，哗啦啦地欢快着直奔坡底，看着也是令人惊奇不已。

到了坡底，有一间小饭馆，名翠云楼。门面简朴，且透着一点古意，是这个老城市里独有的古意。低矮的阁楼敞开着半截子，透过简单的栏杆，能清楚看到上面围桌而坐的客人。有时走过，还能见到那其中有外国人，一副惬意舒坦兴致勃勃的模样。依稀记得在一篇文章里看到，说这里也是当年西南联大的师生们喜欢来的地方。后来，又听说这样的说法不对，因为这间小饭馆是后来才有的。始终没有再细细打听，说不准哪种说法是对的。但喜欢人们将它与那所旧大学联系起来，也喜欢它那副简单朴素的模样。年年来，看到的都是一个样，没有变化，就觉得像这个地方一幅固定的风景照。而到了去年夏天再去，发现面目全改，变得豪华艳丽起来，前面停了五花八门的轿车。在那里愣愣站了好久，心中极是失落。

北门街也是时常走的地方。每回要到云南大学的后院，便是顺圆通街进北门街，长长地走尽了就到了。

那个时候的北门街，也如文林街一样老旧。

没有大坡，走上去要平坦从容一些。不过也明显窄而逼仄。走多了，就发现青石板路面有了好些坎坷处。两旁的房子重叠低矮，门面深浅不一，长长地从这头走过去，视线便被那些横斜出来的房屋挡住。这样一来，倒有了幽深有致的韵味了。

印象中，街边有零星小商铺，经营并不喧嚷的生意，低调着不张扬。而更多的，则是住家房屋。因此白天里走过，感觉是很安静的。有老人坐到门外来，静静地晒太阳，偶尔抬起眯着的眼睛，对那些撒跑着的小孩子吆喝一声，也是短促的，没惊扰小街的一片宁静。倒是夜里走过，听到屋里有了说话声笑闹声，和着暖暖的灯光传出来，显出了白天没有的生气。或许是这些印象，令我一直觉得北门街更接近家常平凡的居家感觉，而不似文林街，简陋清淡里就弥漫出书香气。

还记得有些时候经过，能闻到淡淡的花香，混杂在那家居的烟火气里，很是可爱可亲。驻足顾盼，却又见不到花的影子，想来是隐在那深深庭院里了。怔怔站着，不由生出了些许怅然。

一次是夜里走过，遇到突然而来的雨，慌乱着躲进了一户人家的门楼。那门楼低矮逼仄，不断转动身子往里靠，不经意间从漏开的门缝里看进院子，顿觉红艳艳一片的晃眼。一惊怔，仔细一看，是山茶花。那屋里有灯光照出来，看得清楚，也看得耀眼，一片纯正的红。山茶花是昆明常见的花，曾在西山一寺庙里见过一株巨大的山茶花树，说是开花时满树满枝，红彤彤的热闹辉煌，令人叹为观止。往年里来没遇上开花季节，想不到这山茶花在如此简陋的小院子里，也有这般灿烂怒放的华丽。

一时看呆，不知雨什么时候就停了。花上仍然有水光，晶莹闪烁中，那红色通亮而深邃，似穿透着无边夜的静谧而来，直撞进心坎。

花儿为什么这样红？

突然间，屋里有些细碎的声响传了出来，静谧的夜顿时生动起来。猛一惊，一个熟悉的场景闪现眼前。那两个著名书生的鲜血，在半个世纪前哗然泼洒地上，是不是也如花儿这般红呢？

著名的北门书屋就在前面不远。

还没有到过这个城市之前，我已经熟悉了那个地方，如同熟悉李公朴和闻一多的名字。他们的名字被提及太频繁，在书本上，在许多人的口中，贴上了固定的标签，太熟悉，太高大，以至于让我觉得陌生和疏远了。然而那个雨夜，我蓦然间感到了一种逼真的亲近。这种亲近令我在惶惑迷茫中，回到了那个血色弥漫的清晨和夜晚。

花儿的红深邃而又尖锐，一下子击溃了雨夜的缱绻与温情。

突然反应过来，闻一多遇难的那个日子，就与我的生日同在一天。七月里，盛夏的日子。

七月高原的夏天，既炎热又清凉。在清晨和夜晚里，常常是有些雾气的。罪恶的枪声冲撞着雾气而来，尖锐昂扬。

"先生已经走近了家门，仅仅一百米了……夜的静谧中，能听到屋里的某些声响，是妻子的剪刀碰撞到什么东西，还是孩子们的吵嚷？先生也许已经微笑了，为听到了这些熟悉温馨的声响而感动。这种感动，令他在刚刚的演讲会上的激愤中渐渐平息下来，而化作了另一种柔软细腻的东西。就在那一瞬间，枪声响了。冰冷的七枪，划破了厚重的夜色，尖锐而准确地落在先生的身体上……鲜活而高贵的生命在一刹那消逝而去。鲜血浸透了那个城市的土地。到了今天，那块土地上，或许已经开出了红艳艳的茶花……"

那一年，我从这个城市回去，在讲台上就是这般讲述，讲述了半个世纪前那个血色弥漫的夜晚。

诗意的虚幻般的语言，在刻意掩饰一种锥心透骨的伤害。

我和我的学生，终于真实而悲伤地走近了那些书生。

去年的夏天，重新去了那个著名的遗址。带我去的人再三欣喜着说，刚开了一个隆重气派的纪念盛会，新竖了一个纪念碑，也新建了一个纪念馆。

纪念馆果然很漂亮。室外的空地上，也很用心地修饰起来，有了好些塑像和浮雕，是一些与这所旧大学有关的名人和某些具有纪念意义的相应场景。有男人，也有女人，有先生，也有学生，竖在树下草地上，甚而直接铺在地面。女儿对这些比对纪念馆里的东西更感兴趣，转来转去地问，那个时候的大学是不是跟今天很不一样呀？那些老师和学生是不是跟我们也很不一样呀？

女儿在读大学，也像我的学生一样会思考这样的问题了。

他们的心——比我们更自由。

我不由自主地说出这话的时候，正站在那间铁皮屋顶的教室前。空落落的窗子里，能清楚看到里面的简陋摆设。没有人，犹如落了幕的舞台布景，顿时没了生气。

当年在里面的那些可敬可爱的教授和学生，都到哪儿去了？

阳光热烈，白晃晃的耀眼，我仍然能看到一片夜色苍茫中，那个穿越草地小径而来的先生，总是步履匆匆，总是怀搂一大叠的书和文稿。在所有人的回忆中都这样说，当年闻一多先生开的"古代神话与传说"课程最是叫座了，不同学科的学生争相选他的课。住在城市另一头的工学院的学生，不惜走长长的路穿越整个城市赶来听课。

那是何等壮观的情景！

大教室里里外外都是人，没有玻璃也没有挡板的窗子，趴满了很多来旁听的学生。还说，闻一多先生喜欢上夜晚的课，喜欢抽烟，也让学生抽，每逢讲楚辞，一开口是吟诗般道来一句："痛饮酒，熟读《离骚》，方称名士！"

多么喜欢那个闻一多呀！

我站在讲台上就这般由衷地说出这句话，神飞色动。

学生皆一脸惊诧。我能读出他们眼中的疑惑，这与他们从教科书上熟悉的闻一多是如此的不一样。

那块著名的民主草坪，象征性地保留着一小块的面积，年复一年地如常不变。上面的小草，总也长不高，也长不乱，纤弱细小，平凡卑微，与它们承受的重大意义是如此的不相称。

草坪上竖立的那尊闻一多塑像，是原来就有了。

一年，在这里看到一位上了年纪的男人，面色黧黑衣着土气，想着该是从那大山里头出来的某位学生家长。他也和我一样，站了长长的时间，凝神仰望塑像，最后转过脸来，笑了，带着一种满足舒坦。然后说，看上去是个好先生哟！

我听着极感动。急声答道，是的，是个好先生！

我喜欢这尊塑像低俯着头的形象。眼神睿智而平和，姿态矜持而从容，而不是以往从某些画面上熟悉的那个振臂高呼慷慨激昂的形象。我知道，自己更心仪的，是那个在教室里抽着烟侃侃而将饮酒与《离骚》并论的先生。

塑像下面，常有男孩或女孩坐着看书，很安静的样子。看着他们，觉得是熟悉的，但从未和他们交谈。是心有忐忑。年青的一代，对那所旧大学还有多少亲近的感觉呢？

离开草坪往外走是一小径，一旁是一池水，一旁是一排树，树下也有花。想起汪曾祺的文章里提到，这个地方原先就是一个很大的池塘，池塘中间有一小岛，实是一座大坟，上面长满野蔷薇，花盛时，香气四溢。当年池塘边的这块草坪，也很大，是学生喜欢自由集会的地方。几乎每个晚上，都有各式讨论会和晚会。每次集会，学生都邀请先生来主讲和一起讨论各种各样的话题。那些德高望重的教授们，也将此当作上课一样严谨的事情来做，匆匆吃完晚饭后，踏着月色走过坑坑洼洼的路准时赶来，认真地将他们苦心钻研的学术成果和学生一起讨论。而有时，先生们还会兴致勃勃讲起一些有趣好听的故事，让那些在饥寒交迫中的学生能享受到一种纯粹的快乐。

一所战争威胁下的大学，一种学术的严谨态度和自由精神仍然没有磨灭，一种乐观热情的生活态度仍然张扬，如夜空上的星光闪烁，温暖着这个民族已是遍体鳞伤满目疮痍的胸怀。

后来，那些集会上的学术讨论渐渐地少了，更多的是有关政局的宣讲与辩论了。再后来，就流血了。

一个多灾多难的国家，政治永远笼罩着校园。那些心灵敏感而深远的书生，会自觉承担起一个民族沉重的忧患，甚至是流血。

是不是每一个国家的大学校园里，都有过这样的经历呢？

无论如何，有了那些夜晚，有了那些书生，这块草坪永远充满魅力。

每年到这个老城市的日子里，我常常有更多的时间逗留在另一个大学校园。在那个校园，有着更开阔的空地和草坪。

是云南大学。

这里离那所旧大学很近，之间仅隔着文林街和凤翥街。当年西南联大的师生们，或许也像我一样，走着走着就走进这另一个校园里来了。那个在战争中匆促建立起来的大学校园，一直非常简陋寒微，而云南大学里宏大精美的建筑，一定令他们回忆起在京津地的母校里那个美好的和平环境。

多年前，这个校园还保存了很多旧的痕迹，旧的建筑，旧的人，旧的景致，弥漫着古雅的书香之气，给我熟悉而亲切的感觉。我甚至在很长的时间里，觉得这里更接近我对那所旧大学的想象。

去年夏天，再在这个校园里转悠的时候，专门去了有名的明代贡院遗址。遗址保存得很好，似乎刚修缮了一番。那名为东号舍的考生宿舍，粉刷得有些刻意，倒见出了格局的逼仄寒酸。靠着路边的墙上，挂一碑记《重修贡院东号舍记》。细看，是今人所写，却也措辞古雅，文采渲染。主体建筑是"至公堂"，比考生宿舍堂皇多了。想来这里应该是贡院祭礼集会的地方，故而得肃然大气一些。只是看着不是太喜欢。喜欢的是门前那几丛竹子，在明亮的阳光下如纤纤少女，摇曳生姿，凭空就添了书香地的静谧。明末天下动乱时，这里先后遭受两次变动。先是成了农民起义军大西军的一个将军府，后来又作了南明永历帝的皇宫。书香地的温雅和静谧，在狂飙政变中必是俘掠而空。闻一多先生著名的最后一次演讲，也在这个地方。那个夜晚，演讲完了回去的途中，先生遭遇了枪杀。政治的阴险和罪恶，再一次如巨大的阴影笼罩了这个书香地。

我熟悉这样的书香场所。

从小居住的校园，也有着从书院到县学再到新学的历史。小时候，我们常常在那些保存下来的遗址里跑来跑去，钻出钻进。最喜欢爬上那座又高又陡的魁星阁，在布满蜘蛛网和充斥霉味的黑暗里，什么也看不清，却被一种莫名的兴奋和恐惧而诱惑。长大了，才知道那里面供奉着可以保佑读书人顺入仕途的神像。

2002年回去，看到正在大张旗鼓地维修，很是吃惊。在下面久久徘徊，心中充满惆怅。想到长长的日子过去，一代又一代的读书人，也许都是一样的，都无法摆脱对仕途的渴望和追求，无法摆脱对政治的亲近和狂热。

那个时候，我与多年待在境外的大伯父有着频繁的联系，他年纪大了，也喜欢怀旧了，和我说起当年在这学校读书的时候，最早的文才与文名，是在那些进步壁报上写政论写时评显露出来的。听来非常惊讶。终身为教师的大伯父，历来给人不问政治埋头学问的印象，想不到年轻时候也有过这般激扬文字纵论天下的经历。

后来细想，那一代绝大多数的书生，或许都有过我伯父这样的经历。当我在不同的校园里，与不同的老先生们相处时，总情不自禁地想从他们沉静隐忍的外表下，去猜测他们年轻时候是否也有过这样一种热血沸腾自由激扬的气度。

那天，我终于走近了一处名人故居。李广田的故居。

我熟悉李广田。父亲很推崇他的散文。年少时读他的文章，有些懵懂，觉得说得很白，又觉得说得很深奥。到了成年后再读，能感觉到那是一种极淳朴清远的境界和韵味，犹如泥土的清香。而一开始就喜欢他的诗，更愿意叫他为诗人。就像到了今天，我更愿意将闻一多先生称为诗人或学者，而不是战士。

这个城市的很多人都熟悉李广田，喜欢称他是教育家，也有人喜欢称他是战士。他是这所大学的老校长。因此，我在这个城市里认识的一些人，也都直接认识他，是他的下属，是他的同事，或是他的学生。我最早是从他们那里，知道李广田也曾是西南联大的教师。那时的他还很年轻。他的后半生，是在云南大学度过的，最终也将生命留在了这里。但在很长时间里，我发现那些熟悉他的人，对他的死亡往往是不愿意多说的。就是说了，也是含混不清。听上去令我疑窦重重，总想再问点什么。但到了后来，我不再问了。不忍再问。

故居原来就靠在那座雄伟的会泽楼的一旁，一幢浅黄色的两层小楼。每次走过会泽楼跟前，它那宏大雄伟的面目都给我非常震撼的感觉。尤其是那四根罗马圆柱，高耸着令人肃然起敬。这所大学的原名叫东陆大学，东陆一词，便是取了那位大军阀的字。而会泽，则是东陆主人的家乡。不知为什么，东陆一词，又总叫我联想起那个叫东洋的国家，觉得叫了东陆这字是不是与主人曾在那读过士官学校有关呢？进而深想，不禁惊讶，近代以来活跃在各界的风云人物，竟也多是留学生。到了西南联大，那些教授们几乎都是留美留欧留日回国的。这些堪称中国社会精英的书生们，在学成后，毫不犹豫地选择了回国的道路。而当时的中国，正是如此的贫穷落后遍地烽火满目疮痍。

那一代胸怀学术救国科学救国教育救国大志的书生们，也许从一开始就知道他们要为这个民族承担各种苦难，甚至为这个民族流血，献上他们的生命，无论是什么形式。如闻一多，也如李广田。

从会泽楼右侧转过去，就看到那幢小楼了。

之间是块开阔的空地，不知什么时候修起了一个精致的花圃，开着一大片从未见过的草花，矮矮的，贴近着地面，花的形状是简单的五瓣，颜色是淡淡的紫色，清丽素净。禁不住蹲下来仔细端详，低低的，就闻着了泥土特有的味道了，干燥的阳光下，显得格外的湿润和清凉，禁不住伸手摸了，却又有着微微的温暖。怔忪中，心头一点一点涌上很柔软很温暖的感觉。泥土的味道和感觉，也该是诗人熟悉和喜爱的。诗人最著名的诗篇，名为"地之子"。

"我是生自土中，来自田间的，这大地，我的母亲……"

后面的竟想不起来了。

印象特别清晰的，却是诗人的另一句诗："把一粒笑的种子，深深地种在心底……"

记得是少年时读到的，非常惊异于它的朴素简淡，像孩童口中说出的话。

眼泪簌簌而下。瞬间融入泥土中去了。写出这般美丽诗句的诗人，哪儿去了呢？

这里地处校园偏僻一角，很宁静。小径上偶尔走过一两个人，也是轻轻而来，轻轻而去，风一般，不留声响。夏日里格外明亮鲜丽的阳光，无遮无拦地普照着树林草地和鲜花，似乎也留不下一点阴影。小楼在寥廓天地间静寂无声。

光阴流逝如水，往事坚硬如磐。

我远远地站着，隔着那一大片美丽的草花，始终没有走进那幢小楼。我知道诗人最后死去，并没有在这里，在这个开满鲜花和散发着泥土清香的地方，而是在一片水中，一片污浊冰冷的水中。

我始终没有去莲花池那个地方。那个与一绝代美人有关的地方。

我拒绝见到那里的水仍然是污浊的，冰冷的，充满罪孽的气息。我坚信，当年诗人死后，在水中数小时直立不倒，腹中滴水不藏，一定是在向活着的人们隐喻着独有而深刻的含义。那个时候，已经是初冬了，夏天里发生的事情在延续着。昆明的初冬应该开始冷了，夜里的低温会延续到清晨，无风而寒，水面上的薄雾凝止不动，阴森惨淡，令每一个赶到池边的人从心底打起了冷战。

后来，我又听说了另一个细节，诗人死之前的那段长长的日子里，被独囚在一间小室里，无人探望，无人交流，令他几乎失去了说话的能力。到最后，他努力试唱《东方红》，却发不出声音来了。

这个细节令我非常震惊。

我甚至不愿意相信。我下意识地感觉到，诗人在走向死亡的时刻，想起的应该是二十二年前的那个夜晚里另一个诗人的死亡。他一定愿意像当初那个诗人那样，在敌人的枪弹底下慷慨激昂地死去，而不是如此屈辱地死去。或许，他还会无比困惑而悲哀地想到，他们曾经共同追求而愿意为之献身的理想在哪儿呢？

民主自由的崇高理想，在专制黑暗中如光明般温暖，吸引着一代书生敏感单纯善良的心灵。

小楼前面有一小亭子，古色古香，题匾上是"风节亭"。

此亭子也是贡院的遗址之一，与诗人的故居相近，不知是不是历史的巧合。古往今来，书生们对风骨气节的极力推崇，是因对政治的眷恋而起，还是为远避政治的阴险而立呢？

想起了在我居住的城市里，也有一位很著名的书生，陈寅恪。

到了今天，陈寅恪的名字在很多人的心目中，几乎已等同了风骨气节的象征。而人们提起他，也像提起李广田、闻一多一样，会即刻联想起那所旧大学来。

走出来，大路旁有一大树，巍然壮观。走近伸手一比，似乎两个人都无法合拢。一问，是银杏树。知道这是一种稀贵的古老树种，在恐龙存在的侏罗纪时期就有了。它是怎样生存到今天的呢？听说，其树龄可达4 000年。这是多么惊人的寿命。

那所旧大学也犹如这古老大树一样，即便已经不再存在，却在人们的心中深深地扎下了根。而这个老城市，似乎要得到更多的滋养。

我知道，西南联大的八年中，这个城市里的中学教师绝大部分是西南联大的学生或老师兼任的。如闻一多这样的著名教授，也有过与学生在同一间中学兼教的经历。到了西南联大北归解散了，仍然有个别的教授和不少的学生，继续留在这个城市里的教育领域。这是一个多么幸运的城市，在那样一个兵荒马乱灾难重重的年代里，却额外得到了中国最优秀的教育资源。那些年里，这个城市里陆陆续续入学受启蒙的孩童少年，竟在懵然无知间，就得到了如此珍贵的文脉的滋润。

大树后面，是一片开阔的草坪，坐着三三两两假期里也没有离校的学生，或在看书，或在低声交谈，或在冥想什么。都是安静着。

风带着金子般的阳光，吹拂在那些年轻的脸庞上，留下明亮妩媚的光彩。

五十年前，六十年前，阳光也是如此的灿烂鲜艳吗？而当年那些少年和青年的脸庞上，又是什么样的神采呢？

去年从昆明回来，和一位远在贵州的亲戚通上电话。

听说我在准备写点有关西南联大的东西，他兴奋异常，脱口而出，我们那代人，可是深得西南联大的遗风呀！像以往一样，喜欢咬文嚼字地说话，一副地道的教书先生派头。这也是一位被人称作老先生的老人了。他的少年和青年时代，是在昆明度过，他的中学老师和大学老师都是西南联大的学生，甚至就是当年的先生。他说，那个年代习惯叫先生。接而还说，我的四年中文系，也如西南联大的学生一样，是在文林街"泡茶馆"泡出来的……

说到这里，老先生的口气昂扬而充满激情，夸耀甚而嚣张，一改往日的谦抑自制和沉静隐忍，令我在电话这头惊诧不已，接不上话。

说着说着，说起了另一个遥远的年度：1957。那个特殊的年度里，身边那些熟悉的不熟悉的先生和同学，有多少在一夜间成了右派，被打入了社会的另册。接而说，他们多像当年那些西南联大的先生和学生呀！忧国忧民，直言不隐，一身正气，一腔激情……

声音沉了，仍然咬文嚼字。

在一个雨夜里，听着那些遥远但不陌生的往事，我被历史的复杂和诡异深深震撼。我看见了高原那金子般明亮鲜丽的阳光下，那些少年或青年的脸庞，一样洋溢着纯粹的热忱和激情，还有勇气和悲壮。

到了今天，我已经深信，那些在这个城市长大的优秀学子，一定从他们师长的身上，潜移默化地得到了那所旧大学的精神真谛。他们会为一种崇尚真理崇尚科学的信念，而拍案而起，而奋声呐喊。

想起了另一个也是从这个老城市出去的人。

他出生在这个城市，也是在这个城市里接受了少年和青年时期的知识启蒙。到了读大学，离了家乡，去了京城那间著名的航空学院。

在我认识他的时候，已经是二十世纪八十年代了。他偶尔会到家中来，来了就喜欢喝酒。他很能喝酒，喝深了，脸红了，话多了，神态动作也多了，乱了，没了拘束，忽而滔滔不绝，忽而低语缠绵，忽而悲声婉转，忽而酣畅大笑。其间最叫人难忘的是那眼神，炽热沸腾而逼人，好像那深藏已久的东西被酒精燃烧起来，如火山一般抑制不住。一次，他在泪水纵横中对我说，当年大学里三个好友中，如今只剩下了他一人。另两人，都病死在那大山里，再也回不来了……

后来是别人告诉我，当年京城校园里那有名的三才子，在一夜间沦为右派，相继被逐出京城流徙到云贵高原的大山深处，干了最苦最累的活，过着最下贱最屈辱的日子。他们不是病死的，是累死的，是苦死的，心里头的苦。

听着，说不出任何话。即便这样的事情我已经听得太多，但每回面对那炽热的眼神，就不禁想起当年那几个风华正茂的年轻人，是如何在一场风雨肆虐中毁去了人生所有的理想和抱负，心中便有了万般的苦涩和悲凉。其实，有个问题一直想问他，你们当年办的那份文学刊物，为什么要叫"青草地"呢？叫那样一个充满生命充满阳光充满自由的名称？后来，他去了境外。我们很久没再见面，偶尔听到他消息的时候，还总忘不了他醉酒时的眼神。那样的眼神里，深藏着一种桀骜不羁自由飞翔的思想和胸怀。当年他和他的朋友在校园里长声吟诗拍案而起时，年轻的眼睛里一定闪烁着这样的光芒。

这样的眼神，我还在另一个男人的眼睛里见过。只不过他从不醉酒。

这另一个男人是家族中的人。论起辈分，我得称他为兄，虽然他仅比父亲年少两三岁。

他在 1957 年的遭遇，和众多的同命运人大同小异。几年劳教后，便被远远地从东北遣返回岭南的故乡，在后来长长的岁月里，成为村子里那个孤独而贫困的放牛人。到我在二十世纪七十年代末见到他时，他薄衣褴褛，蓬头赤脚，站在那间逼仄简陋寒风四进的小土屋里对我说，历史的黑暗中，只有思想能自由飞翔……

说这话时，他的眼睛熠熠闪亮，如电光石火般鲜明激荡，瞬间照亮了那间黑暗的土屋子。很久以后，我才意识到，那一幕如此震撼地走进我的记忆，深刻影响了我的专业选择和后来的人生态度。

那时我已经知道，他和我们家族中那个做出大学问的长辈有着更接近的血缘关系。若是他早出生几年，也一定会长途跋涉到这个老城市来投考西南联大。不仅仅是因为那长辈已经是西南联大的著名教授，而是因为这所大学的精神魅力早在感召着他年轻的心灵。

多年以后，我是在读他的遗作时才深深领悟到这点的，并理解了他为什么能在与他同时代的人中，非常另类地坚持了一种"君子不党"的特立独行的姿态；理解了他为什么仍然能在长年困苦屈辱的生存中，坚守了对学问对思想的追求。当他重新回到讲台上后，仍然能以独特的知识和思想深刻影响了他的学生。但还是太晚了，太多的时光流逝，太多的东西被消磨被阻隔被损害，他终于没能够实现自己更多的理想和抱负。他是抱憾而去的。

他逝世之前，我们通了一次电话。电话里，他的声音变得格外消沉。他说，我写不出好东西来了，太迟了……

我无言以对。满心悲凉。

他的同龄人，包括我的父亲，总是喜欢提起年轻时候的他，是那样的才华横溢知识渊博思想丰富，他甚至影响了身边很多的朋友和同学追求进步追求革命。而他自己，却始终在革命的漩涡中不放弃"君子不党"的立场，令所有熟悉的人都深为惊讶和不解。到了胜利的权力摆在眼前时，他远远离开了家乡，到了东北的一个城市里，当了一名普通教师。这个时候，他放弃了大学里学的哲学，改选了历史。

正是这个机遇，使他成为我参加高考的历史辅导老师，由此在冥冥之中主宰了我对专业的选择。因此，我仍然喜欢称他为我的启蒙老师。那个时候，所有的人和我自己都以为，我应该会选择中文专业。这正是家族中那位声名赫然的长辈从事的专业。

大学三年级的时候，我终于见到了那位长辈。他是以贵宾的身份，到学校里来作学术报告。

会后，我们见了面。他站在风情旖旎的棕榈树下，仍然精神矍铄，西装革履，头发乌黑光滑而一尘不染。那风貌，那气度，就犹如他还刚从那个叫法兰西的国家回来。

我万般悲凉地想起了那间漆黑寒冷的土坯屋子里，他的晚辈我的启蒙老师那薄衣褴褛蓬头赤脚的形象。他是多么幸运呀！始终能在他热爱的学术殿堂里，做出大学问来。而当年那些与他一起在西南联大的同僚们呢？是不是每个人都有这样的幸运呢？还有他家族中，那些也是从小天资聪慧勤奋努力的晚辈们，为什么就再也没有一个能与他比肩呢？如我的启蒙老师，也如我的父亲。

好多年之后，我才知道当年西南联大北归后，这位长辈先是到了岭南大学执教，对还是少年才子的父亲极为欣赏，嘱咐父亲读完中学后考到他门下。然而，父亲此时已经卷入了校园里的各种激进活动，临毕业前就放弃了报考大学直奔游击区去了。到了今天，我已经无数次地设想，倘若父亲不是投奔游击区，而是投奔了他门下，会不会也修出了好学问，写出了好作品，成为纯粹的文人，从而避免了后来仕途上的诸多险恶和坎坷呢？

但我却非常清醒地意识到，这样的设想是不可能的。

父亲的身上，更多的是如同闻一多那样诗人气质的激情和浪漫。即便他到了岭南大学，也一样会被那个时候波澜壮阔的时代潮流所席卷，只能离学术的殿堂越来越远，离文人的纯粹意义更远。也许，这就是那一代许多年轻学子的宿命。而相比来说，我觉得我的老师还是幸运的。即便他受了更多的磨难和屈辱，却能在远离政治殿堂的荒野田间，在世人眼光不容的孤独长夜里，坚守了个人的学问和思想。

在我居住的那个城市里，人们喜欢到那个著名的大学里瞻仰陈寅恪的故居。听说那里保留了一条白色小道，是当年为了方便有眼疾的先生走路。

这个时候，人们又喜欢用先生这个称呼了。

但是，我从不去那里，我害怕在那条白色小道上，真切体会到一种孤寂无边的悲凉。我坚信，先生走在那小道上从来没有温暖，只有冰冷，只有一种无人同行的悲哀和落寞。他坚持着走下去，是因为他心中坚守的东西对于他来说，是一种生命的期待，一种精神的依托。为此他宁愿忍受寂寞与黑暗，跋涉于漫漫长途，在心灵深处守护了一个真正的自我。他的学问，本应该做得更大更辉煌。但在一个万木萧落的年代里，他毕竟还能在艰难坚守中成为大树。

而更多的人，绝大多数的人，却没有机会生长起来了。尤其是那个特殊的年度——1957 年以后。

我后来才知道，先生也曾在我读书的那所大学里任教。多少年过去了，见过他的人仍然满怀仰慕地说，那是一个多有风度的老先生呀！任何时候走在校园的路上，都是那般神若气定傲然一切的气度风姿。听来令人心驰神往。霍然理解了当年西南联大的学生们，为什么总在津津有味地向后人描述他们的师长们的风采气度。那种特立独行，那种磊落正气，风一般自由轻灵，风一般坚韧执着，竟已绝尘。

到我进了大学，校园里也还有不少的老先生健在，仍然做着大学问，受人敬仰。他们的表面，尽管还保留了良好的修养和儒雅清远的气度，但在骨子里，却已然少了那种傲然一切特立独行的东西。他们在现实面前，往往更是一种隐忍沉默，一种曲意应和。每当看到他们面对丑陋仍然缄默不言，站在讲台上仍然说着违心的话，心便是痛的，如同看到心中无比喜爱的东西受到了亵渎。

西南联大那种自由坦荡的胸怀，纯粹高贵的文脉，什么时候就中断了呢？

熟悉这样一位老先生，也在陈寅恪最后生存的那个校园，到了今天，他有了令人景仰的学问，还有了清醒的思考和深邃的思想，甚至成为思想界的泰斗。但有些熟悉他的人，却始终不愿意认同他，始终对他当年出卖学术良心的不齿作为耿耿于怀。我常常为之困惑，我们需要这样苛刻吗？我一生的时间几乎都在校园里度过，觉得自己是那样熟悉这些书生，熟悉他们的生存就如同石头下求生的植物，在长长的岁月里，不得不一点点扭曲自己的身体和本性，不得不一点点放弃自己的理想和信念。

到了今天，每逢我想起他们，便不由自主联想到一个可怕的疑问：若是闻一多活到了 1957 那个特殊的年度，他还能拍案而起奋臂疾呼吗？

这是一个无法解答的疑问。

二十世纪中叶天翻地覆的巨变后，对于这些书生们，也是以同样的一个词来作为他们生命的分界：改造。

到了好多年过去后，我重复地从上一辈人口中听到这个词，是一种无法言状的心痛。鲜活生动的才学、思想和生命，面对这样一个粗鲁野蛮的词汇，是什么样的伤害呢？

我常常想起另一个与西南联大并无关系的人，曹禺。

多年来，不知为什么，我总是那么沉醉于与学生们一起排演《雷雨》。我对学生说，《雷雨》在我心目中，是永不落幕的。我始终痴情地去喜欢那剧中的每一个人物每一句台词，还有每一个动作和每一个神情。那是"五四"一代人的苦闷和努力，那是一个年代里的人的思想和喜怒哀乐，痛苦和渴望，那一个时代里人性中复杂深刻的隐忍和忧伤。那里面，才充满了作者真正而伟大的艺术品格和生命光彩。我甚至相信，如果我在那个年代里，也会是剧中的任何一个人物或角色。

仅仅有了这《雷雨》，作家在我的心中，也有了如同莎士比亚一样的伟大。

据说作家老年的时候，在墙上悬挂着挚友给他的信，那信中有一句话是这样说的，你失去了通灵宝玉。他是每天看着这句话，沉默着走向生命的尽头。在知道这些之后，潸然泪下，为心目中那幕永恒的《雷雨》。

也许，那一代的书生们，在二十世纪中叶以后，都失去了他们的通灵宝玉。

或许正是这样，人们才那么爱怀念那所旧大学，怀念她那如风一般自由轻灵率性不羁的精神风度和思想情怀。这种怀念，成为一种永恒，使人们在回顾心灵上的尘埃和污浊时，禁不住要饱含泪水仰望她，冀望着能获得新生。

下雪的那个夜晚，我一个人从北门街走回住所。

夜深了，街上没有了行人，静谧如磐。偶尔一辆车子呼啸而过的声响，也似在莽撞着跌落进来，瞬间了无痕迹。雪不下了，也没有了雨，路面变得干燥。抬起眼往高处望去，天空异常干净，一种纯而暗的青黛色，显得深邃廓远。想象着天穹深处，便是那浩瀚无边璀璨美丽的银河星辰。

这条小街也已经面目全非了。街面宽敞起来，将两边的房子一下子远远地隔开。路边的树没长起来，走在平坦的人行道上，感觉过分的干净和空荡荡。细想，是房子高了，退后了，看不到以往那些跌落到路面上的灯光，也没有了那些可以随时躲雨的矮门楼，看不到那庭院深深里是否还有红艳艳的山茶花，也闻不到那种温馨宁静的家居气味了。这个老城市的老气味，终于还是随着她的不断改变在消逝。

而那些前人给我们遗留下来的文化精神，会不会也这样丢失了呢？

我知道离北门街不远的一条小巷里，曾有过一栋精巧漂亮的小公馆。小公馆的主人，是晚清一位大人物的直嫡后人。第一次看到介绍他的文章称他"末世王孙"，大吃一惊。后来才了解到，这叫法，竟是他背上右派身份时的一句定论。顿感悲凉，也生了景仰。想不到这样一个隐匿于市的闲人居士，也有在那个年代里说出铮铮真话的勇气。

到了今天，这个城市的人更喜欢告诉我，他是一个名副其实的士大夫，饱读国学，满腹经纶，擅长诗词，精通书画。在那些文化荒芜的岁月里，这个城市里的一些年轻人慕名上门求教，成为他的私授弟子，竟分文不取。这些年轻人中间，有的后来也成了著名的书画家。我见过他的一些书画笔迹，一手赵体果然骨清俊逸，一纸梅墨也独得风韵。都说他爱梅如痴，以"梅妻"称之，正是向世人表露其清白一生的心迹。想来那小公馆的庭院里，或许也是栽满梅花，到了冬末春初，梅花的幽香散发出来，令路过的人流连不去。

白天我在细雪飘洒中到处转悠，随意地，毫无目的，经过了那一带，伫立好久，也看不出原先那个逼窄深长的小巷口了。听别人说起，那座小公馆已经没了。心中不禁生出深深的遗憾。

我知道在这个老城市里，还有像他这样的人，可以靠着曾经显赫的家族底气，来保存一种隐士般的生存方式，保存自己的价值，也给后人延续一点传统的文化精神。今天的人谈论起他们来，往往喜欢用名士一词，是赞赏，也是羡慕。但不知道为什么，每逢听别人谈论他们的往事，内心都涌动起一种深深的伤感。有谁知道，他们在努力保存那点名士风度时，内心又是如何的寂寞凄凉。像小公馆里爱梅的那位主人，一定深谙"寂寞开无主"这句古诗的境界。他最后以割腕自尽的方式结束自己的生命，带走了那些外人无法理解的孤苦和无奈，也带走了一种已近绝迹的生存方式和人生格调。

离那里不远处有间书店，宽敞而安静。

走进去，看中一套《旧版书系》，很薄的小书，封面装帧是一种接近泥土的褐黄色，质朴而又古雅。挑了两本，其中一本是李广田的《西行记》。似不尽意，抬头问道，可有沈从文的《边城》？有人笑容可掬地迎上来，那边的架子上有他的全集。我摇摇头，没过去看。那一套套精装的集子我有了。而我想要的，是这样的旧版单行本，有古旧的色泽和气味，带我回到那些遥远的年月。

从书店走出来，雪还在下，大了，雪片飘舞着落在我的衣襟、脸颊和眼帘，感觉到丝丝的冰冷。那丝冰冷浸润进内心，无边惆怅顿时蔓延，想起了我最喜欢的作家沈从文。作家也是在正当壮年时，要用割腕的方式结束自己的生命，没有成功，却从此结束了文学的生涯。

那一年的京城，应该也是下雪的。

到了今天，这个老城市和其他很多城市的书店里，已经摆满了沈从文的文字，还有他清癯忧郁的肖像。那是他晚年的肖像了，一种悲苦异常忧伤至深的神情，让人不禁猜想那是否因为他的内心里，曾经拥满了对自由太多的渴望和追求。

走在这城市雪花飘舞的天空下，我突然感觉到他和闻一多其实是相像的，是亲近的，他们各以自己的方式，来表达对自由的一种渴望和追求。他本也应该像闻一多一样，不会被忽略，被遗忘。可他的作品，在长长的时间里，只能以非常隐晦的方式保存而被人们阅读和思念着。

我常常想，要不是少年时期那么早地接触到那些自由率真丰盈美丽的文字，或许我没有勇气走进文学。他教给了我什么是真正的文学，在经历了那么多虚伪之后，寻找到一种真实表达自己心灵的方式。

很迟才知道，沈从文也是西南联大的教授。但在当年西南联大那个著名的教授群里，他却是另类的。

他之所以被忽略，也许是因为他与政治的疏远。他完全没有闻一多那种高昂的政治激情和狂热，他更像一个本分的教书先生，每天揣着一个裹着书和稿子的蓝花布包，低头沉静地走在校园的小道上，走进简陋的土坯教室里。即便有时只是寥寥几个学生，他也一样认真地讲授认真地板书。有外系的学生慕名而来，趴在空落落的窗台上听课，惊讶于这位先生说话的文雅与谦和。下了课，他还为他的学生细心地批改文章，为他们推荐给报纸和杂志去发表。空闲下来，喜欢在这个老城市的街巷里转悠，收集各式民俗物件工艺品，如红黑两色的漆盒，如一些民族的印花挑花布。常常兴致勃勃地请众人来观看他收集的工艺品，喜欢上的他就送人。

那个下雪的夜晚，我独自走在这个城市空廓寒冷的
大街上，感觉他们就在天穹深处默默注视着我，以他们
的光芒温暖着我孤寂忧伤的心，带引着我前行。

他是如此的天真无心机，平淡低调，就像他笔下那条家乡的河流，安静柔媚，无波无澜。也像他笔下那些他温爱着的农人、士兵以及那翠翠、二老、大老们，淳朴率真，情致动人。在那个战火纷飞水深火热的年月里，他那些自由轻灵而温情美丽的文字，散播在这个国度的每个角落，如同空谷幽兰、月下清辉，滋润着不同的人他们苦难的心。我认识的一个国军的小军医，在抗战的战场上，仍然在他的背包里装着那些美丽的文字。而多年后，那些落满硝烟也落满屈辱的文字，竟被一个非常悲伤的小女孩读到，给她带来了生活的勇气和快乐。这个小女孩在长大以后，才知道了写下这些文字的作家，竟试图一而再地用自尽的方式来结束生命，结束自己的文学生涯。面对斥责，作家垂泪而答，快乐，也是要学习的。

这句话，令我在深深震撼中潸然泪下。这句话，令我面对文学，永远是一种深刻极致到无法言状的忧伤。

有风了。

风从空廓静谧的街面上吹来，温柔地拂扫过我的脸颊，泪水因此变得冷冰。

在这高原的城市里，常常有风。风，是不是亘古不变，能够永远负载着长远历史的记忆呢？

路对面的北门书屋静悄悄的，闭着门，还保留着旧式模样的窗子，隐隐露出淡淡的灯光。白天经过的时候，也是安静的。听旁人说，有一段时间这里成了一间咖啡屋。那么，会不会也像这个城市里其他的场所一样，变得热闹喧哗了呢？那些坐在里面的人们，还会不会想起在这里，还有在和这个城市紧邻的其他地方，曾有过那样一群个性鲜明风格异殊自由坦荡率性不羁的书生，在一个战争年代里，为了一种共同的信念和追求，聚集在一起，写下了一段前所未有、后无以继的辉煌而美丽的历史。

记得有人说过，城市是靠记忆而存在。

　　我一次又一次地到这里来，一次又一次地徘徊在那些熟悉的陌生的街巷校园里，也许就是我相信着，他们的身影，他们的气息，还留在这个高原的老城市里。白天，他们仍然出现在纯粹明亮的阳光中，出现在湖面吹拂过来的清风暖香里；到了夜晚，他们也仍然隐在月光漫流的树影下，隐在璀璨美丽的银河星际中……

　　于是，那个下雪的夜晚，我独自走在这个城市空廓寒冷的大街上，感觉他们就在天穹深处默默注视着我，以他们的光芒温暖着我孤寂忧伤的心，带引着我前行。

2007 年暮春写成

2016 年岁末修订　广州

下卷

那个春暖花开的日子，大病初愈，决心放下书本和思想，出门旅行。一路走去，历史的影子依然紧追身后……

一江春水流何方

车子在城边停下，已是斜阳欲坠。

远处飘起淡淡雾气，光线变得有些朦胧，景致也有了些朦胧，见出了一点暗淡。蓦然生出些失落。这座古城的外貌，似乎过于普通，与之前的想象相去太远。

一面斜坡前，导游说，走上去，就是城墙了。

北宋留下的城墙。刻意强调的语气。

斜坡是裸露的土面，坎坷不平，没一根草，没一棵树，也显潦草，平常。不由想起西安的古城墙，那长长的台阶，齐整的青砖铺成，宽敞，庄严。能让人想象起帝王的仪仗队浩浩荡荡登上城墙，曾是何等辉煌壮观的场面。

登上城墙的那一刻，看到了河流。

河流的出现突兀又悠然，犹如在莽莽群山里孕育了亘古之久，无意中撞来了平川，率性舒展她清朗开阔而百般柔媚的面目。时值春水涨满，河面森茫，沙渚隐现，近有渔舟游弋，远落桥影绰约。遥看对岸，平展邈远，远村、远树、远山，原野风光，淳朴如画。

穿越逶迤山岭而来，河流的美丽猝不及防令我惊讶而感动。一段飘忽而不确定的记忆蓦然闪现脑海。《牡丹亭》的故事，好像就发生在这个城市郊外的某个地方？柳梦梅与杜丽娘在梦境中的爱情邂逅，也如眼前一江春水，丰盈，温润，且羞涩而慌乱，令人满怀无尽的期待与想象。

很长时间里，我只熟悉瑞金的名气，却对这个名叫赣州的城市非常陌生，甚至在提笔书写"赣"这个字时，都有些犹疑，好像担心写错了。临行前一天，兴奋中竟有些莫名的忐忑。一夜有梦。梦到自己到了一个满目荒凉的地方，很多的山，山上有树，有草，也有花。好像是桃花，花的模样怪异，叫人惊诧。在车上时，我问随行的导游，那里有很多桃花？

梅岭有很多的梅花。答非所问。

我知道梅岭。但仅仅知道那是从北边进入岭南的第一个关口。北边来的人翻越梅岭，就进入岭南之地了。那座高高的山岭上，保留了唐代修下来的驿道关口。据说是因为驿道两边都是梅花，故曰梅关古道。第二天，当我们顺着这条古驿道返回岭南时，果然看到梅花了，但多已败落，疏枝黯然，说是因为今年暖得太早。还在盛开的是桃花，娇嫩俏丽，令早春的山岭明艳动人。

可梦里，怎么没有河流呢？

河流，总给我从小就熟悉而温暖的感觉。我甚至熟悉和热爱与河流有关的神话传说。

在盘古开天辟地那个最远古的传说中，盘古是用自己的英勇献身造就了大自然的一切，左眼变成太阳，右眼变成月亮，毛发变成树木花草，血液变成江河海洋……一种对自然界生命的生动述说，令我对盘古这个奇形怪状的神灵的畏惧中，始终保存了一丝暖意。

站在古老的城墙上看到了河流，远古的记忆便以一种奇异而伤感的形式呈现，令我在瞬间惊异地感受到那种来自内心深处的震颤。

城市，就本该有一条丰盛美丽的河流。

所有的历史书里，在讲述人类文明起源时，一定会提到一条河流。如尼罗河，如印度河，还有我们的黄河……这些河流，因此而永恒，受到人类永远的崇仰和赞美。我们从小就熟悉着这样一首歌：

一条大河波浪宽，风吹稻花香两岸……①

我们如同咏唱圣歌，将民歌平板的旋律夸张到咏叹调一般华丽的腔调，以表达内心澎湃不息的热爱与崇敬。

第一次到中原，从飞机上努力往下俯视，想看到那条孕育了我们这个民族的伟大河流。无垠的平川，黄土疮痍，看不到水的痕迹。到了地面，有人告诉我，已经三个月没下雨了，所有的江河都断了流。

第一天的行程，是去瞻仰那尊著名的半坡少女。

下雨了。雨丝细长而轻，落到地面，便不见了痕迹，扬起一片迷蒙尘灰。少女裸露骨感的肩和肩上那个永恒的水罐，在轻雨和尘灰中，一点点涂抹上斑驳难看的痕迹。中原空阔漠远的天空下我颓然伤感，想起了那首著名的唐诗：

渭城朝雨浥轻尘，客舍青青柳色新……②

临别的那个晚上，我登上了昔日的长安城墙。夜色与灯光，遮掩了城墙脚下街道和楼房的干燥与枯涩，见出了一番动人心弦的端庄与古朴，与我想象中的古都终于契合。无边的静谧中，我听到了仰慕已久的秦腔。昔日丰沛美丽的河流，已经隐藏在悲凉高亢的音律中而成了绝唱？

蓦然间，特别怀念我从小生活的岭南，那里处处河流纵横，满目葱茏。

我少时生活的那个小城，也有一条河流。小城有一个古名，如这个城市一样，也叫"州"。很长的时间内我曾以为，那只是一个行政单位的称谓。但我无法从那个小城的历史上寻找到她曾具有"州"的地位，她一直只是一个县，或一个府，微小而毫不起眼。

---

① 电影《上甘岭》主题曲：《我的祖国》。
② （唐）王维《送元二使安西》。

后来我才明白，州，是河流的标志。小城依河流而建，便能叫了"州"。家乡那条河流最美的特征，是洁白如雪的沙滩。我猜想，是因为这沙子的洁白，使那个小城有一个美丽的古名：白州。就像赣州，也因为河流而有了名称。

眼前河流的名称与城市相同，叫赣江。后来我从资料中知道，这是因为河流由章水和贡水合流而成，"章"与"贡"两个字的合并，便叫了赣江。而城市临江而建，就有了赣州这个叫法。"赣"，成了一个专用的字，冷僻孤独地存在，为了这条河流和这座城市。

不少汉字的产生就是这样，看似随意，却又坚定，一旦有了需要，便固执地坚守着她的孤独，为了使她命名的事物得以穿越历史悠长的时空而留下永恒的身影。

当然，城市本身的产生，远比她的名称要复杂得多。

大禹治水的故事，我孩提时就能背诵了，只是还不能去想象，那正是一幅人类在携手合作治理河流的过程中，开始艰难地迈进文明门槛的动人画卷。到熟悉另一个与大禹有关的传说"龟贡洛书"，我已成年，能自己去读懂很多深奥的历史书了。我在不断怀疑这个传说的蒙昧与生硬的同时，却愿意相信那幅"洛书"的真实存在。在这个传说里，大禹的形象成熟了，他成功治理了洛水，由此感动上天，派了神龟出河献书。那部神秘的"洛书"刻在龟背上，上以黑白两色的圆圈标出了所谓的"九宫图"，大禹便以此图将天下划为九州而治，并立九章大法。

多么的神奇深奥而又简单。

从"大禹治水"到"龟贡洛书"，我们充满智慧的祖先，用如此简洁明了的方式诠释了一个伟大文明产生的过程，从部落到城郭，从文字到制度。文明产生了，城市产生了，天下的秩序也建立起来了。而这一切，都与河流息息相关。

然而神话往往还过于简单和粗糙，使人们很容易忽略其间深含的意义。河流，却是丰满细腻的，会以一种生命的鲜活方式保存这种古老的记忆。中原那条大河两岸的先民们，也以代代相传的方式将这种记忆顽固保留下来了。因此，当他们不得不一次又一次地离开中原往南方迁徙时，这种记忆便变得非常重要。他们在悲戚、失落与惶恐中，依然满怀着对河流的热爱与依赖，一步一步地走上未知的险恶之途。

赣州，是一个中原移民建立的城市。

大禹初治天下的九州图上，赣州这个地方属于扬州域。也即后来的楚地，包含了今天南方的大部分地区。《楚辞·九歌·少司命》里有曰："与女游兮九河，冲风起兮水扬波。"诗人美丽的描述，给了那些中原移民们极大的安慰、想象和灵感。他们满怀期待与憧憬，依循着河流去寻找新的家园，建起新的城市。

我相信，是河流，使中原的文化与历史在这块广袤的大陆上保持了始终如一的连续性。当我们的祖先在灾难面前不得不一次又一次地迁徙，是河流指引着他们，去寻觅重新生存的地方。赣州这个城市，也是这样产生的。

按学界里的说法，客家先民是因中原不断受到西北游牧民族的侵扰影响，逐渐辗转迁移到中国的南方来的，因而自认为是中原最纯正的正统汉人的后裔，从语言到文化都保存了中原先民最早的面貌，甚至在一些客家人非常集中的居住地，血统也保存了纯正的延续。我还清晰地记得大学里我的世界史老师，在讲台上眉飞色舞激情飞扬地说，只有客家人，才能称之为真正的、最纯粹的汉人。

到了今天，所有的历史学家都无法准确地将这个巨大的变迁梳理清楚。这是一个文明进行大迁徙的过程。人们在声称这个文明是世界上唯一的不中断的奇迹时，却往往忽略了这漫长的大迁徙的意义。倘若没有南方广袤的地域，古老的华夏文明早被扼杀在那条大河的两岸之间了。文明的保存，未必像人们以为的那么张扬有力，而往往要以非常卑微软弱的方式。一次又一次的外族入侵，将中原人逼往南方。那是一段长长的历史，从西晋末一直到明末。因此我们甚至可以说，在中原一而再再而三地遭受侵扰破坏的过程中，是南方保存了中原的文化血脉。唐宋实行科举制之后，人才一直多出于江南直至赣闽之地。政治中心的北方，其经济、文化乃至人才的输送，很大程度上都依赖于南方。

到了这里，我才知道，这是南方客家人聚居最多的一个城市。其居民的百分之九十五以上，都是客家籍人。

听着差点失声叫起来，还有谁是土著人呀？

客家，即客居之人。这个称谓的顽固存在，或许是中原移民们在很长的时间里，都只把自己当作客居者。他们的内心里，永远只将中原视为真正的家园，真正的故乡。

依学者们的推论，大批南迁的汉人始于东晋的"五胡乱华"之际，最南达赣江上游，即赣州境内。之后再随着一次次动乱带来的移民浪潮，推往闽粤桂之地。因而，赣州被视为客家人最早的聚居地和集散地。

那是一段长长的面目模糊的历史，细节已经无法得知。但能确定的是，随着这些中原移民的到来，文明的光芒才开始照耀这块蛮荒之地。文明的力量是强大的，抹去了这里原先的蒙昧与蛮荒，山岭由此疏朗俊秀，河流由此清媚开阔。

然而，文明的进程也是残酷的。

《山海经》《南康记》等史载中有关"赣巨人""山都""木客"（皆形容成有人形、有与人类近似的文化习俗但不愿意与人交往的野人）的种种传说，神乎其神，难辨真伪。但应该能证实一点，在中原移民来到这里之后，那些原住民便被驱逐到深山老林里去了。

或许，那些神乎其神的史载并非完全是谬说。这里的原住民一定曾为保卫自己的家园做过坚忍不拔的抵抗。但他们终归被打败了，被赶走了。但他们对文化的固守也像中原汉人一样的顽强，即便流落到最偏僻最贫瘠最闭塞的地方，也不会改变自己的一切，包括服饰打扮，包括相貌体态……因此，他们在中原的文明人眼中，是怪诞的，是异类的。

那是南边吧？

我遥指河流的下游。

不，那是北边。

一愣，而惊。

在我有限的地理知识里，中国大陆是北高南低西高东低。因此我以为，所有的河流都应该是向东向南流淌。如同我家乡的那条河流，就叫着一个直白的名字：南流江。

这个城市的河流，却是往北流去。

往北，是江南，然后，是中原，是当年移民的最早故园。

当年的中原移民，原是逆水而来，奔往一条从群山中奔流出来的河流，前途更为艰险莫测。但他们相信，有了河流，就有了生存的机会，哪怕是荒山野岭，遍地荆棘，毒虫猛兽出没，瘟疫瘴气弥漫。

漫长迁徙路上的艰辛、茫然与失落，还会在这些中原移民们的记忆中保存多少？

有北方的朋友说过，你们客家人的相貌似乎总有一种挥之不去的沉郁之气。初初听来是愕然的，想想，便生了悲戚。或许，是记忆中那些无法抹去的凄凉与感伤，已经永远存留在我们的基因里了。

江边，是赣州人为纪念客家先民南迁而建造的纪念坛，造型宏大壮观，令人望之肃然。据说当年客家先民溯江而上，冲破十八滩的阻隔，就是在此弃舟登岸。纪念坛的基座，完全借鉴北京地坛的建筑形式，寓意客家人的根在中原。地坛，是社稷坛，祭地之坛。土地，我们这个农耕民族生存的根基，最早膜拜的神祇。

我下乡插队的大山里，每个村子也有类似的祭社之地。哪怕只是非常简单的数块石块，也是摆成严格的方形平面向心式。在那个不允许任何民间崇拜存在的年代里，山民们依然将之视为不可侵犯的神圣之地而用心保护着。那里的山民，是清一色的客家人，甚至每家远远近近娶来的媳妇，也一定是客家籍人。他们纯正的客家口音和鲜明的相貌特征，让我相信，这些身居僻远深山的客家人，也像我的世界史老师说的，保存了纯正的中原汉人血统。

还记得，那个小山村也有类似城墙的炮楼高墙。用小河里的鹅卵石和糯米红糖打成的石灰浆砌成，非常结实，说是"大跃进"时花费了好多人工才挖掉了一小部分。高墙表面有稀稀落落的瞭望口和枪眼，让人想象起这些客家人的祖先辗转流徙到此深山，为建立和保卫新家园的过程也是多么的艰难险恶。

导游在介绍中不断强调，城墙是为防洪而建。

这种有意识的强调令人怀疑。那些被外族侵略者逼离家园而来的客家人，也许更愿意用和平的理由而不是战争的理由，来解释他们重新建设的一切。他们的内心里，远远回避着战争狰狞血腥的面孔。

我也愿意相信导游的说法。防洪的因素要比战争的用途更为重要。战争，会提醒我们文明所蕴含的暴力与血腥，让我们不得不直视人类历史中，一次又一次的战争是如何将人类拖入万劫不复的境地。也就有理由让我们相信，人类的内心更渴望和平与安宁。

那年在西安，竟有机会在一个静寂无人的夜晚登上古城墙。温柔的夜色，掩饰了一个个炮台枪眼箭垛的冷硬尖锐。城墙脚下传来的秦腔，竟有了薄云遮月雾锁荷塘的悲婉之声。让我满心伤感地想象起当年城墙上的守兵，心中百般思念的，一定是家乡父母的慈祥笑容和恋人的鬓发幽香……

往前走，是圆形炮城。格局与我在山西平遥看到的瓮城很相似，但要大得多，也厚实坚固得多。从炮座的瞭望口往外看，是辽阔的水面。河流，为城市筑起了天然的屏障。据说赣州因有如此坚固的城墙与一条大江相隔，易守难攻，故有"铁城赣州"之称。前有太平军两次攻城，后有中央苏区时期红军六次攻城，皆以惨败告终。

往事如烟，人事皆非。唯有城墙，如同经年屹立的山岭，穿越悠远的时空，从未改变其坚毅沉稳而静谧的面目。

墙面斑驳，留下长年风雨剥蚀的痕迹，即便上面不断累积着后人用心的弥补和修饰，也无法掩饰其厚重的沧桑。而河流，存在了亘古之久的河流，依然灵润妩媚，生气勃勃。

蓦然感动。城墙与河流紧紧相依，使城市保存了最原始的记忆和永远生机勃勃的面貌。

突然明白了为什么在平遥的时候，我感觉不到这般的心灵震撼。也许，是因为那里的城墙已经远离了河流。没有了河流相伴，城墙显得枯涩尖锐。城市，也失去了灵气。

紧靠着城墙的郁孤台，建在贺兰山上。

贺兰山。

听来一时诧然。

我熟悉的这个名称，应该远在西北之地。古代，那是一个个游牧民族先后崛起的地盘。每当这些游牧民族跃马横刀像洪水般涌下富饶文明的中原之地，便是遍地狼烟，生灵涂炭。一个个王朝由此灭亡，一个个世家大族因而衰落，一拨拨人群只有不断地往南逃亡，迁徙……

于是，岳飞一首《满江红·怒发冲冠》，代代相传，老少皆诵。

驾长车，踏破贺兰山缺。壮志饥餐胡虏肉，笑谈渴饮匈奴血……①

战争中流徙而来的中原移民，在这座山岭下筑墙建城，抵御外敌，胸中洋溢的，依然是岳飞的《满江红》。

贺兰山这个地名，包含了什么样的心酸？美丽富饶的故乡，已遥远而不可即。

郁孤台下清江水，中间多少行人泪。西北望长安，可怜无数山。青山遮不住，毕竟东流去。江晚正愁余，山深闻鹧鸪。②

---

① （宋）岳飞《满江红·怒发冲冠》。
② （宋）辛弃疾《菩萨蛮·书江西造口壁》。

从岳飞到辛弃疾，两代英豪，两代诗人，萦绕在他们心胸的，一样是国破家亡的悲痛、愤恨与失落……

远处高高耸立的八镜台，精致玲珑。说是历经了几次火灾，一次又一次地重建起来。或许，就是为了保存那些无法忘怀的顽强记忆。

城市，因文明而产生。而文明的产生，又来自残酷的竞争之中。这个过程，充斥了人类的私欲、野心、权力的膨胀。战争，总追随着人类文明的步伐，带来一次又一次的灾难和毁灭。

常常以为，历史学家就应该是悲观的。因为他们总能清晰地洞察到文明进步繁华的背后，充斥了太多人性的阴暗与龌龊。人类因永远困扰于自身的欲望，而一次又一次地陷入苦难之中。

第二天，翻越梅岭。

翻过梅岭，就是岭南地界了。导游对我说，这山的南北两面，常是寒暖各异，气象不同。梅花也开得奇异，往往是南枝花落，北枝始开。

路边的花枝草丛上留着残雪。残雪在太阳底下一点一点地消融，留下星星点点的光亮。拍到镜头里，却是什么痕迹也没有了。梅花多已开过，尚存少许，疏疏落落留在枝头，红的，白的，依然冷峭傲然。一树树桃花正在争相怒放，娇艳明亮，令我惊诧而迷惑，想起了梦境中大如凉席艳若云霞的桃花。

当年的中原移民，从这里越过山岭进入荒僻的岭南。脚下的驿道，相传是唐代名相张九龄率人所建，工程浩大，耗费了不知多少时日和人工。路面大大小小的石板与鹅卵石，或许就从山下那条美丽的河流里捞起，已光滑如碧。近两千年里一拨拨移民的往往返返，集聚了多少的烟火气息，又留住了多少的雨光雾气。

满山岭的梅花，是什么时候栽下的呢？前人栽下，是为了让后人更清晰地辨识道路？还是为了慰藉无尽长路上的疲惫与惶恐？或许，仅仅是为了寄托一种思乡之念。洁白的梅花，能让人永远缅怀北方中原漫天飞雪的景象。桃花，又是什么时候栽下的呢？也许，是那些心思敏感的文人，在茫然失落痛苦中，聊解心中美妙的桃源之梦。

我知道我的祖先，也从遥远的中原迁徙而来。

但那已是一段长长的无法理清的历史。只是零零星星地知道，家谱里有过长长的多少代的记录，还有过多少荣华富贵显赫功名的辉煌。那年去了山西晋祠，看到了那所著名的王家书院。回来与堂兄说起，大惊，怎么能到了自家宗祠也不进去拜祭？一下惶然。那天是看着人挤人拥的，只在门外站了一会，没有进去，竟回忆不起有什么异常的感觉。细细想来，是之间的距离早已遥远而淡薄，生不出亲近之意了。

那个初春的日子，我走在梅岭崎岖的山道上，突然有了一种寻根的冲动。我不知我的祖先，当年是否也曾循着这条路进入岭南。他们背井离乡，失去了显赫的地位与家业，心情是如何的呢？

融融的阳光在头顶闪烁，前方山遮树掩花影重叠，不见尽头。迷茫中，恍如看到天边处游动着一道长长的蜿蜒不绝的人流，也如一条河流，一条往南而去的河流，一条沉默而悲伤的河流。他们只有往前，不断往前，将无边的思念与悲哀，留在了山岭那边的那条往北去的河流。

忘了从什么书上看到这样一句话：客家人，一个永远在赶路的汉族民系。

站在山顶，风很大，带着一种陌生与莽撞，刺痛了我的脸颊。

过了高高的梅岭，地势似乎低下去了。所有的河流，是否都是往南流了呢？

第一批移民到这里的时候，还是荆棘丛生，满目荒凉。河流深深掩埋在暮色中，不知名的水鸟倏然从水面窜起，甩下凄切的叫声，令人心惊。然而，已经没有了归途，只能一路向南、向南，义无反顾地走下去，顺着有河流的地方，安家落户，重新建立根基。当然，也有的，走尽了河流，没有了地盘，只能往山中走了。在深山里立户的客家人，也是需要有水的，找到有水流的地方，哪怕是一条小小的溪流，也是生命的源泉。他们埋头苦干，艰辛地建立起新的家园。每逢春水涨满的日子，他们站在水边，或许就会想起他们的故园，那遥远的中原北方，那条波浪翻滚的大河。

莫名的悲伤，犹如山下边那一江春水霎时间涌满心胸。那是我第一次，对遥远的不可知的祖先有了亲近的感觉。

　　　　　　　　　　　　　　　　　2016 年 6 月 26 日　广州

在暮色中走进城市

　　喜欢在暮色降落的时候，走进一个陌生的城市。

　　尤其是那种地处偏远的城市，往往还保留一点日出而作日落而息的古朴风气，在那暮色悄然飘起时，该关门的地方就关了门，走出来的人们守时地匆匆往家赶，街上一下子见出了松弛慵懒和停滞。各色灯光还不会那么匆忙地亮起，便由着那暮色肆意漫来，悄悄然遮掩了白天过分的喧腾夸耀，城市变得温柔安静起来，那点古朴之气就悠悠地弥散出来了。

　　踩着黑黢黢的树影走进去，穿越长长的骑楼，然后拐进一条窄窄长长的巷道，陈旧的瓦当屋檐将暮色也挡住了，灰暗中只留下模糊的轮廓。有人从屋里走出来，脚步声在清凉的石板路上踏踏而去，孤寂而诡异。让人猜想，那其间隐藏着许多不为人知的故事。那些故事，或许被人突然相遇而披露出来，而更多的时候，却是永远湮没而去了。

　　到赣州的那天，在城边逗留久了，从老城墙转到了老城门时，已是暮色渐浓，不知不觉，眼前的景物就凝重起来了。

　　模样古朴的城门，在薄暮中冷冷清清而显得平常起来。门下几个卖水果或卖小玩意的小摊子，悠闲安静，一点不张扬。很久了，有人喊出一声，很好吃的梨子啰！声音慢腾腾的，有点沉滞，像是裹了暮色。闻声回头，觉得那声音那暮色，也是在这里飘荡了长长的岁月。

　　出了城门是江，有一条浮桥通往对岸，像是一个码头。拾级而下，也有两三个小摊子，卖点五颜六色的小东西。近了江边，却是有卖鱼和买鳖的了，一看就是刚从江里上来，拎着几条鱼或一两只鳖站在那，鳖呆呆的不动弹，鱼却是起劲蹦跳着，活泼招人。有人问价了，一副匆匆要成交的神情。

浮桥和城墙城门一样，有着古老的历史。听说有专门负责的机构，每年定期做精心检修。桥搭架在一只只小船上，桥面便贴近了水，在水花活泼泼的拍打中摇摇晃晃，人走在上面像是在船上，而不是桥上。左右江面很开阔，雾霭搅动着浓浓的水汽，苍茫清冷。一条捕鱼的船靠在浮桥边卖鱼。鱼都比较大，破肚开膛在甲板上血淋淋的，一下子就簇满了一堆人抢着买了。那些买鱼的人，看上去都是从城里下班回家的，买了鱼，带着心满意足的神态赶回对岸。身后的城门在暮色中越来越模糊，终于沉入了一片静谧之中。恍惚之间，让人觉得这个城市从一千多年前的宋朝开始，也就是这样一种生活常态了。

这是一个我完全陌生的城市，却又从书本上得来好些复杂的印象。学历史的我，仍然被那些错综复杂的印象弄得很迷糊。于是，匆忙出来的时候我什么案头功课也没做，只在本子上写下一句话：将书本和思想留下，就带着眼睛和心灵走。

我对导游说，想看看文庙。

这是旅程没有安排的。但年轻热情的导游毫不犹豫地答应了，带着我一人赶往文庙。

不长的一段路似乎还靠在城边，静悄悄的没几个行人。是聚在一起吃晚饭的时辰了。路边的屋里露出灯光，从车窗内看出去，感觉很温暖。这个古老的城市为中原移民所建，还说城里的居民到今天几乎全是客家人。都知道客家人承继中原传统最为悠长古老，不仅是文化教育，也包括许多的生活细节。

文庙坐落在一间小学和一间中学之间。说是好长时间里，原来的殿阁厢房都成了课室。现在是按照原貌新修的。暮色中看上去，仍见古树森森，庄严静穆。我俩赶到时已经关了门。与守门的好言好语说了几句，让我们进去了。没有灯光，关闭着的殿阁也没法看清楚。后院里堆着一些清扫出来的破瓦断砖，看得出是有年月的东西，心中甚感惋惜。

我们民族的传统里，极讲究对文化教育的推崇和尊重。"天地君亲师"，明显而见师道尊严的重要。在一个基本没有宗教的社会，这是维护和承传文化思想的一个主要方式。几千年来，即便在贫穷僻远的地方，就是没有文化的人，都保持了对读书人的尊重。这是我小时候就能从身边的人那里感受到的。记得饭店里卖卤味的师傅，街头补鞋的男人，菜场上卖青菜的女人，还有那些乡村里来的老老少少，对父母都满怀一种非常真挚的敬重。在他们眼中，文化人是最值得尊重的。

走出来的时候，觉得那些阴森落寞的感觉也跟着出来了。

这个移民城市，从不丢弃从中原带来的文化根基，总是在一次次的破坏中不断重建它的信仰。同时，这又是个非常动荡的城市，常常发生各式各样的暴动、叛乱和革命。因此，从古代到近代，不少的名人，或文官，或武将，都与之有过密切关系。历史最让人困惑的，是对文化的崇尚和对暴力的崇尚从来没有绝然分开。

等我们匆忙赶往吃晚饭的地方，已是暮色浓稠，黑夜在悄然降临。

夜，使城市变得宁静，散漫，见出了古朴。让人想象起许多年以来的夜晚，城门关了，打更的人在寂静中叫着：关门了，宵禁了——

一条看上去很古旧的小巷。青砖黛瓦，飞檐翘角，在浓重的暮色中透着阴森森的感觉。装饰堂皇的大门霍然出现，叫人眼前一亮。导游说，这里非常有名，酒家是以家族的姓命名。

果然气派不凡。不叫馆，也不叫家，而称府。

晃来晃去的红灯笼却给人太熟悉流俗的感觉，我的好奇心还没有上来，只觉得肚子饿了，想好好吃一顿。导游说，这有最好的客家菜。

就在兴冲冲迈进门槛时，无意间回过头来，那一刹那像被什么东西击中，浑身打了个冷战。好一阵愣着没动弹，才看清楚了对面黑黢黢的门檐下面有人。是几个站着或坐着的人，男的女的老的少的，默不作声地齐刷刷地盯往这边。整齐锐利的眼神，穿越暮色的沉重灯光的诡异而来，子弹一般掷地有声。我心一惊，继而一阵惶乱，似乎触摸到了历史一根敏感的脉搏。

后来的日子里，我不断地回忆起当时的情景，仍然感觉到那一股子直侵到五脏六腑乃至骨子里的冷气森森。那一年的秋天，我还去了另一个城市，相似的情景让我沉浸在重复的体验中，终于令我深刻领会到那沉淀在历史深处的人性的幽暗。

那一刻我就知道，这座老庭院里一定隐藏着什么故事。我不相信导游册子上的含混说法。我对导游说，酒家的主人与这幢老房子一定有着什么渊源。导游怔怔地盯了我一阵，然后说，好吧，我介绍你认识少老板——

少老板。

我微微一笑。这个称呼很恰当。

果然一个年少英俊的少老板。

我想，这应该是你们家原来的房子吧？

我的语气小心翼翼，却又不容置疑。

愣了愣，沉默片刻。然后点了点头。

归还的吗？

不，是买回来的。

很熟悉也很简单的历史过程。

红灯笼的光亮，透过精致典雅的框框格格掉落，被分割成一块一块的光晕，在我们的脸上闪烁不定，令人生出一些不安和警惕。突然间疑惑不解，我们这个民族为什么酷爱这种红色呢？热烈喜气，却又蕴含着激荡不安。

那是闹革命闹红军打土豪分田地的时候嘛——

少老板声音柔和，突然轻轻笑了起来。笑容清朗明亮，像一缕阳光穿透暮色而落，沉重的历史顿时变轻了。

我有些吃惊。但仍然笑了。也尽可能轻松地笑。

他显然将时间说早了。但我没说穿。他毕竟太年轻了。更何况，一场革命贯穿了半个多世纪，都以差不多的面目重复。

这个城市有着深刻的红色记忆。城中有一条著名的"红旗大道"，宽敞的六车道，路边两排大榕树，枝繁叶茂，浓荫满地。车子缓缓开过时，能感受到那种难言的庄严与肃穆。说是二十世纪五十年代修建的，那是一个正在欣欣向荣的新时代的开始，对于这个城市来说，也许尤为有意义。为了这个新时代的诞生，她付出的代价或许比其他所有的城市都多。而无数的家族与个人，也同样是要付出巨大代价的。

一个家族的兴衰，往往就能折射出一个国家一场革命的历史。新政权成立了，家产也就被没收了，包括这座庭院。接而，还有人死了，有人坐了牢。到了许多年过去了，后人又用钱将房子从政府手中买了回来，生意一天比一天张扬红火，却绝口不对外道出这种身份。

有些疑惑。如今还需要这般忌讳吗？

在江边城墙上，问起一位老人，还记得当年中央苏区的事情吗？记得红军开始长征的场面吗？

老人却兴致勃勃地说道，知道吗？蒋大公子治理赣州时大得人心，禁烟、禁赌、禁娼，办学校、办儿童村，要做到"人人有工做、人人有饭吃、人人有衣穿、人人有屋住、人人有书读"……倡导"新生活运动"，到现在我们还会唱那首宣传文明习惯的歌谣哪……

老人说的歌谣，是当年赣州老百姓耳熟能详的《新赣南家训》，今日依然悬挂在蒋经国旧居的墙上：

东方发白，大家起床……天天运动，身体健康……事事宜先准备，免得临时慌张……处处要节约，无事当作有事防……父母教子女，兄长告弟妹……生活要刻苦，婚丧莫铺张；待人要诚恳，做事要有常；态度宜从容，举止要端方……人家急难相援助，人家成功要赞扬……不论农工商学兵，都做堂堂好儿郎……牺牲个人利益为国家，放弃一时安乐为民族……赶走日本鬼，共贺大胜利，建立新中华，万岁万岁万万岁！

　　曾被湮没的历史，又理直气壮地重现。

　　历史就这般神奇。循环之间，多少人事就变了说法。

　　仍然不愿意说。是担心什么吗？

　　我没有问。少老板的眼神里，即使有一点点的怅然，更多的还是单纯，还有一种努力抑制着的张狂。我知道，那些忌讳的想法，不会是他的。

　　进出的几道门屏上都有对联。仔细看，大门的对联是"匡时鸿文震汉室，盛世良图壮家声"。不禁哑然。满纸气势间，已将家世祖露无遗。对联的字体遒劲浑圆，是出自有根底的人。

　　我父亲写的。

　　微微吃惊。一个陌生男人的身影，在红色的光晕后若隐若现。

　　文字间透露的那种内敛隐忍与张狂猖傲的交缠，以及那一点难以避免的矫情，都让我熟悉。他或许比我要大好几岁，对那个激荡变革的年代还留着依稀记忆。家族的富有以及显赫地位在顷刻间轰然坍塌的情境，也许在那些窘迫凄惶的日子里，一直还是他内心里的痛。

　　我和你父亲是同一代人。

　　年轻人吃惊地端详我，有些迟疑和歉意，说，父亲不愿意见人了……辞职后，做着给人看风水的事情……

　　客家人聚居的地方对风水很崇尚，将之归结于历史上移民的传统。是不是这样呢？无论如何，历史的进程有时是可以预测的。如家族的变故，由盛而衰，又由衰而盛，轮回循环，冥冥中像是有什么力量在主宰。

　　站在门外，我们还说了好一会的话。

　　对面屋檐下的人都不在了。但我感觉到那些缄默的眼光，已经融化在浓稠的夜色之中，隐蔽锐利而无处不在。红灯笼温暖柔和的光掉落到了对面破旧斑驳的墙面，露出了更明显的寒酸与贫瘠。窄窄的巷道如鸿沟，划清了两个不同的阶层。

曾经彻底消灭了的东西又开始出现。历史的循环似乎令人困惑。

所以，还不愿意张扬身世。是担心街对面那些锐利的眼光，终有一天也演变成了怨恨和暴戾。也许他们的祖上曾是这人家的下人，之间有过这样那样的恩怨。也许什么瓜葛也没有，仅仅是贫穷对富有一种天生的嫉妒和仇恨。这人性很可怕。若被烈火燃烧，便是血腥。历史似乎已经无数次地印证了这点。

我理解社会的不公平对人性的伤害。但是，除了暴力和血腥，就没有更好的方式来解决这种对立吗？或许，我们还永远无法真正理解人性的复杂，无法清晰地看清楚人性中深藏的善与恶、正直与卑怯、宽容与狭隘、慷慨与自私。

那一年的秋天，我又到了另一个城市，一个很繁华的大城市。

从机场出来，也正是暮色温柔，景物朦胧，让我想起二十世纪的二十年代，年轻的国民政府在这个城市中建立，还正是朝气蓬勃踌躇满志之际，一场为改变社会不公平的土地革命，如暴风骤雨席卷了南方大大小小的乡村。这个过程，不仅是对土地的剥夺，还有对生命的剥夺。应该是从那个时候开始，一种暴力精神便始终弥漫和延续在革命的整个过程之中。

我在那个城市的国民政府遗址里，看到了一张展览的图片，上面是土地革命时期中对三个乡绅的处决场面。那里的一个工作人员对我说，这是唯一一张保存那个时代场面的照片。不知为什么，那个很年轻的工作人员在和我说这话的时候，语气神情是黯然的。这让我心中略感安慰。他也是学历史的，或许和我一样，在今天已经无法接受一种极端的暴力形式了。

在那里，我听到一个当年的农会主席的后代理直气壮地说，为什么他们家那么富？而我们那么穷？那个时候我祖父做了什么都没有错——

我当即瞠目结舌。朋友说，我理解他们，但不原谅他们！

那个秋天炎热的日子里，我朋友和那个农会主席的后代久久站在一起，却始终没说话，两人之间，仍然弥漫着祖上延续而来的那种对立与恩怨。我的朋友不止一次地对我说，我也憎恨社会的不公平。但非要用暴力的极端手段来达到社会的变革吗？

我无言以对。

她父亲和我的父亲在学生时代，都一样因不满这种不公平而选择了共产主义的信仰。我觉得自己非常理解他们的行为。巴金那代人的文字，给我描绘了他们那代青年对那个社会的困惑和反叛。到了我对这场曾极力推崇暴力的革命充满质疑以后，仍然不能断定自己，在当年是否也会像父亲一样，为了改变社会的不公平而走上革命的道路。

革命究竟是什么呢？

少老板的语气充满迷惘。

我没吭声。三代人了，都被同样的问题困扰。

走出小巷时，天色已晚。外面大街上灯火璀璨，人声鼎沸。回过头来，只见那红灯笼的微光闪烁在巷道的幽暗中。

幽暗的东西往往追随光明而存在。

一百多年前的法国大革命时期，已有人敏锐地意识到了。于是，那个名叫狄更斯的作家，在他的小说《双城记》中写下那段著名的话：

> 那是一个智慧的时代，但也是一个愚蠢的时代；那是一个充满信仰的新纪元，但也是一个充满怀疑的新纪元；那是光明的时刻，但也是黑暗的时刻；那是希望的春天，但也是绝望的冬天；我们眼前拥有一切，但我们眼前也一无所有；我们都直接走向天堂，也直接走向地狱。

2005 年深秋写成
2016 年岁末修订　广州

迷失的家园

　　等我到了那个地方，已经留下好些太新太热闹的痕迹了。

　　但我仍能一眼看出她内心的冷清与寂寥，寒酸与窘迫。看到了很早很早以前，她是怎样地被一拨又一拨来来往往的居民匆匆遗弃。

　　她有一个远近驰名的称谓：珠玑巷。

　　一个小镇叫一个这样的名字，显然有些奇怪。

　　为什么起了这样一个名字呢？

　　一种说法是因唐朝皇帝赐珠玑绦环而得名。另一种说法则是说那些中原移民为寄托怀念故园之思，即以故居地名呼为新居地名。甚至有考证，珠玑巷就曾是北宋京城开封府里一条小巷的名字。

　　前一种说法最为广泛流传。可我更愿意相信后一种说法。

　　也许，是因为这个说法更让人有一种温暖的感动。在我猜想，因战乱而被迫离开家园历尽艰辛到来的中原移民，对那个无法再庇护自己的朝廷，已失去了信任与眷恋，而仅仅是因为怀念他们在中原故园的一条小巷。是的，一条可能毫不起眼的小巷而已，对他们来说却意义深远。于是，特意起了这个名字。之后陆续而来的人，心怀同样的情结，无不对这个名字深怀爱意。

　　矮小的城楼门看上去明显有些小气。

　　然而想想，一个偏僻小镇也筑起这般坚固的城楼门，又是令人诧异的。

　　巷道不宽，鹅卵石铺成，平坦规整，透着细致的耐心。相比之下，两旁的房子却显得潦草简陋。让人怀疑那些来来往往的房主人，只是一种临时居住的心态，随时要抬脚离开。仔细看，门楣多见低矮，高一点个子的人走进去，不得不弯下腰。屋子多无窗。有的有窗，开在靠近屋檐高处，小小的，也似潦草而凿。土坯砌的墙面多见剥落斑驳，更见粗糙寒酸。房子似乎都不住人了。随意走进一间空落落的屋子，阴暗潮湿，窄小逼仄，待上一会，给人喘不过气的感觉。

一些屋子，挂着某某堂的门联，花花绿绿，与粗陋寒酸的门面相映颇显怪异。门边站三两人，神情语气殷勤，显然在吸引有心认祖归宗的游客进去。有的堂号看上去感觉很熟悉，分明是遥远中原的气势。如"颍川堂"，如"太原堂"，都是姓氏中的著名堂号。追溯历史，皆为中原望族。中国以宗法立国，汉至两晋，门阀士族林立，都是大族聚居，拥大量土地及众多私属人口，势力雄大，甚至可与皇室抗衡。读大学时，听过世界古代史老师的精彩剖析，汉室崩析，群雄纷起，至两晋皇权式微内乱外扰，皆缘于这些门阀士族势力过大。而中原移民大规模迁居南方早在汉末两晋开始，乃一直保留大族聚居之传统，固守血统与文化习俗之纯正，由此可断定客家人为最正宗最纯粹的汉人后裔。

我相信老师的话。没有什么能像客家人的围屋，更能看出一个庞大家族固守传统的持久与坚韧。

走进一段，有一小亭，亭中有一塔，名"胡妃塔"。一位宋朝妃子，因宫廷内争不幸沦落民间，又遭小人告密，朝廷派兵前来围剿，殃及珠玑巷连同周围数十里的民众，纷纷逃离。胡妃自责连累无辜百姓，投井而死。后重返家园的乡民们感念胡妃舍生取义之举，特立此塔纪念。

一个富有传奇性的故事。听起来是可信的。

中国历史上王朝更替频繁，无论是外族侵扰还是政争内乱，都会殃及宫闱后妃皇亲贵族。耐人寻味的是故事的后半段，珠玑巷连同周围数十里的民众皆因此变乱而大举南迁，散落到珠江三角洲一带，甚至更远的地方。

仔细推敲，这种南迁或许没有那么集中，而是从一开始就是持续不断的。

那些从北边翻越梅岭而来的移民，举家大族，浩浩荡荡，到此地正好一日路程，恰当薄暮时分，都累乏到了极限，走不动了，便停下歇息。次日清晨起来，阳光明媚，鸟声啾啾，眼前一道清流，开阔平川，不由生了留恋安居之意。早到的，在水边搭起了简陋房屋，开荒垦地，荒芜之地渐渐有了生气。于是，陆陆续续又从北边逃难而来的人，也聚集于此，渐渐便成了热闹驿道，人口越来越拥挤了。因此，更多的人只能在此歇息一时，恢复体力，筹集粮食，然后继续往南而去。

但尽管一批又一批的居民匆匆而来又匆匆而离，这个地方始终给他们留下难以磨灭的记忆。翻越梅岭过来，更是另一番气候景象，没有了一望无垠的平原大川丰沃良田，没有了繁华的都市热闹的乡镇，熟悉亲切的故园越来越遥远了。满目的荒凉萧索，令他们凄惶失落的内心更加茫然而绝望。甚至可以想象，长途跋涉的迁徙路上，那许多中途夭折而亡的不仅仅是因为饥寒交迫体力难支，还有无法承受命运的巨变而断然自尽的。

然而，求生的本能依然支撑着他们往前走。内心也抱着泯灭不去的希望，希望寻找到一条丰沛的河流，一片广阔的土地。这些移民，来自繁荣富庶的中原之地，有丰富的农耕经验，有卓越的商业智慧，他们对新家园的建立，应该还隐隐有着多少的期待和憧憬。于是，他们继续义无反顾地往南而去，即便前方还有无数未知的艰难与险恶。就这般，越走越远，越走越远，散落到更远的地方去了。

因而，这里成了一批批南迁移民行走中的驿站。而胡妃的故事，会令那些来来往往的临时居民感同身受，时时唤起他们内心里对宦海浮沉宫廷喋血的惨痛记忆。他们带着这种惨痛记忆流徙到重新建立家园的地方。于是，在岭南远远近近的城乡，都有与珠玑巷相同或相似谐音的地名。这个地名以及这个传奇故事，也永远镌刻在他们后人的记忆之中。

往前再走一段，已到巷道尽头。眼前霍然一亮，一泓清水，波光粼粼，垂柳依依，竟有了几分江南景象。此水名沙水河。故而珠玑巷又名沙水镇。

沙水河也叫沙水湖。

水面不宽，时值春暖风和，波敛水静，湖的叫法似乎更合适。名谓沙水，或许因水底是一层细滑的沙子？那些最早到来的居民，走了一天的山路，汗流浃背，疲惫不堪，此时天色渐晚，暮云深沉，一泓清水出现在眼前，水光温柔，抹去了白日里让人心情黯淡的许多荒芜寥落，不由颇感亲近，噗通通下了水，踩着了那水底，也是清凉柔软，心中顿时感动。

水上是一座石孔桥。桥面有浮雕，其精致华美，令人惊讶。有名驷马桥。

听来一惊。驷马，在古代为显贵者所乘之驾车。出行驾车，是贵族的待遇与身份。

当年颠沛流离到此的居民，有多少曾是皇亲显贵高门大族？即便已流落偏僻荒蛮之地，昔日的荣耀与气派依然无法忘怀。夜里，蜷居在简陋寒酸的土屋里，梦里还是满眼繁华锦绣，满耳弦歌之声。惊醒过来，只有暗夜无边，月色凄凉。无法想象，那些曾经正冠锦服出入朝堂的男人，是如何怀念昔日里华盖高车纵马京都的意气骄横？河边搓洗衣裳的女人们，偶然在水中看到了自己黧黑粗糙的面影，蓦然回忆起当年锦衣玉食日子里的精致与细腻，心中又是如何的一种悲凉失落？或许，长长的日子里，这些男人和女人始终寻找不到内心的安宁，只将这里视为客居之地，渴望有朝一日重返故园。于是，他们无心在屋檐门窗上留下一丝昔日的华美迤逦，所有的一切，都简单到了极致，苍白地映示着生活的困顿窘迫。

然而，还是用心建起了这座漂亮的驷马桥，即便没有了高大的骏马，也没有了华美的驾车。还在水边栽下了杨柳，或许也曾有桃花。春暖花开之时，那杨柳依依，桃花夭夭，会让男人女人们想起故乡平原上杏花春雨莺飞草长的景色，唤起内心里的那一丝久违的温暖，还有刻骨铭心的伤痛。

史家将中原人移居南方视为历史上最为壮观的大移民。他们喜欢用华丽的辞藻来描绘一波又一波的移民潮对南方文明开拓的重要意义，却往往忽略了那段历史背后隐藏在生活细节里的伤痛与悲凉。

桥头，一棵大榕树。虬曲苍劲，形甚奇特。称千年古榕。

一千年，与人短暂的生命相比，是个什么样的概念呢？

导游说，这一带往前走，每个村子最显眼的标志，就是村头的大榕树。据说是最早的居民栽下。果然，次日往前走一路，都能看到同样的景色，一棵大榕树郁郁苍苍，依傍着仍旧朴素无华的村落。

为什么是榕树呢？

书上有说"榕不过吉"。这是地理上的限制。即是说江西吉安以北是看不到榕树的，而往南，榕树随处可见。也知道榕树的叶子和气根，可清热解表化湿，治感冒、疟疾、肠炎、痢疾以及风湿骨痛、跌打损伤等。

可以想象，从中原到南方，物候气象已大不一样，潮湿炎热，瘴气弥漫，忽而烈日当空，忽而狂风骤雨。遍地可见的大榕树，如巨伞般铺天盖地，可以为那些长途跋涉餐风沐雨的中原移民遮阳挡雨，甚至治病疗伤。也许正是这样，他们对此树便有了许多的亲近和感激，视之为庇护新家园的保护神。

正值春暖时分，古榕有丛丛新叶子长出来，展现着勃勃生机。而树干已是瘿结累累，粗糙斑驳，记刻着岁月的沧桑。伸手轻轻触摸，心底涌上一种无法言说的忧伤。

长长的岁月里，一拨又一拨的居民往往返返。这棵榕树也许原本就在这里，成为最早到来的居民栖息的地方。也可能是定居下来的人栽下的。那栽树的人是谁呢？或者就是建造驷马桥的一个家族，一个曾经声名显赫的大家族。那些辗转难眠的夜晚，他们或许会走出屋子，坐在树下，水面吹来徐徐清风，脚边草丛虫声唧唧，飞起点点萤火，拨动了他们心底柔软的地方。仰望天空，明月悬空，星光暗淡，北方故园已远在关山重重之外，无边的思念顿时如水般涌来。或许，他们会情不自禁地低吟起曾经熟悉喜爱的诗词歌赋——

今宵酒醒何处？杨柳岸晓风残月。[1]
离愁渐远渐无穷，迢迢不断如春水。[2]
一片芳心千万绪，人间没个安排处。[3]
云横秦岭家何在？雪拥蓝关马不前。[4]
仿佛梦魂归帝所，闻天语，殷勤问我归何处。[5]

方知道，其一字一句，都是千回百转的凄婉哀伤，都是心底流淌出来的痛与泪。

那个春日融融的午后，我站在古榕下拍了照片。回来看，照片上的我，那神情也是哀伤的。

古榕树后，一长排整齐的崭新建筑，在阳光下耀眼而突兀。是刚建起来的祠堂。

一间间不同姓氏的祠堂在这里紧挨而靠，拥挤而亲密，颇显怪异而不真实。据说，已能确认岭南一带有 175 个姓氏皆源自于此。想想有些凄然。昔日这里只是南迁移民们暂时栖身之处，若要真正地认祖归宗，还该在关山重重之外的北方中原地。

信步走进某一间，房屋装修的气味依然浓烈，空荡荡的什么也没有，太新太干净的装饰后面，分明也透出那份冷清与寂寥。

---

[1] （宋）柳永《雨霖铃·寒蝉凄切》。
[2] （宋）欧阳修《踏莎行·候馆梅残》。
[3] （南唐）李煜《蝶恋花·遥夜亭皋闲信步》。
[4] （唐）韩愈《左迁至蓝关示侄孙湘》。
[5] （宋）李清照《渔家傲·天接云涛连晓雾》。

一中年男人，匆匆从身后越过，对着空荡荡的大厅后壁毕恭毕敬地鞠了三个躬，合掌肃立片刻，又匆匆离去。这般场景恍如电影画面，也像这新祠堂一般的不真实。

这些不同姓氏的祠堂，是否在这个地方曾经存在过呢？

应该不是的。

更多的时候，这里只是来来往往的人们暂时栖息的驿站。她甚至像一个大难民营，拥挤着不同姓氏不同家族的人。一拨拨地来，一拨拨地走，永远只能是匆忙的，局促的，窘迫的，慌乱的，不安定的。这期间，不少的家族走散了，因此再也聚不到一起，甚至为了种种原因，连姓也改了。北宋名相王安石，变法革新时权倾一时，后在激烈党争中失势，郁郁病死，家族的荣耀声望也随之风吹雨打去。到朝廷给予平反，欲启用其后人，竟寻找不到一人。想来是当年已逃散民间，隐姓埋名，决然与昔日的血统断了关系。这般思量，后人的姓氏原也是不可靠的。

只有等到一个家族寻找到属于自己的地方，建起了新的家园，土地开垦出来了，能收获足够的粮食，圈起了家畜，能安定地养儿育女。于是，祠堂的重建就成为至关重要且需要细致操作的大事了。

初到南方的北方人，常常惊讶于处处可见的祠堂建筑。

也许正因为南方的居民多为中原移民，长长的岁月里，祠堂便成了极为重要的宗族象征血脉标志，为的是永远铭记中原家族的悠长历史和传统，为的是永远维持族群内强大的凝聚力以抵御生存环境的险恶艰辛。在那些战乱频仍政局动荡的年代里，所有的宗教道德政治教化都不及家族宗祠的依靠更有力量更实在。

一直以为，无论是客家人还是广府人或潮州人，其极为重视风水学都应该与修建祠堂息息相关。看风水，定方位，凿池塘，筑高台，直至立门修匾雕梁画栋，每一个细节，都不可马虎，都寄托着缅怀祖先与故园的重大意义。母亲家族在当地是望族，也是由中原迁徙辗转珠玑巷而定居珠江三角洲。族中祠堂极为讲究，规模宏伟，装饰华丽，每一个细节无不刻意解释和展示家族历史的悠长与辉煌。那些在长长迁徙路上丢失的自信与傲气，终于能在庄严的高门大堂层层牌匾以及精美的圆柱斗拱壁画砖雕上寻找回来了。

祠堂，也是我从小熟悉的建筑。

在我家乡那个小城里，从政府大小机关到学校，都占用了这样的祠堂作为办公或住宿的地方。与我关系最密切的，就是我上的第一间小学和最早居住的家属大院，都是原来的祠堂建筑。那种独特的永远带着古老痕迹的建筑风格，与一个新社会的激进气质奇特地交融在一起。那个年代出身的我们，从不懂她原来的面貌，只熟悉这种高门大屋庭院深深的建筑格局，习惯了那永远弥漫其间的阴森而潮湿的气息，喜欢下雨天蹲在天井里，看一只只可爱的小蛙从绿幽幽的苔藓丛中跳出来，更喜欢那些停了电的夜晚，在黑森森的门洞曲廊里钻来钻去捉迷藏。"文革"刚开始的一段狂热日子里，我迷醉于和几个小伙伴在一间空祠堂里学跳流行的"革命造反舞"。

　　拿起笔做刀枪，集中火力打黑帮……①

高昂激愤的歌声，整齐响亮的踏步声，在空旷而阴森的屋梁上发出嗡嗡嗡的巨大回音，鲜明而又怪异地定格在我少时的记忆中。

学了历史才明白，祠堂对一个宗族来说，是何等重要何等庄严的场所，是一个宗族需要永远维护的精神家园。

我插队的大山里，是客家人的聚居之地。散落山坳里的一个个小村子很贫穷，房子都是土坯建筑，低矮简陋，唯有祠堂，青砖到顶，飞檐高耸，雕梁画栋，是最坚固漂亮的房子。当然，我们到那里的时候，祠堂只是生产队记工分开大会以及堆放粮食农具的地方，甚至还摆着几口寿材。有一段日子，那里还成为我们知青的临时住所。住久了，才发现

---

① "文革"期间的流行歌曲。

在一些日子里，山里人会悄悄地在自家厨房黑暗的角落里，临时搁起一些黑乎乎的看不清面目的木牌子，然后摆上吃食，点上一根烟卷。山里人虔诚庄重的神情，让我们从不敢开口问什么。后来我们才知道，那是他们祖先的灵位牌。这些灵位牌，原先都摆在祠堂里面的。

我已经离开那个山村很久了，不知那里有了什么变化。但我相信，那座祠堂一定恢复了原先的面貌，祖先的灵位牌也摆了进去。不知族谱有没有保存下来呢。或许，也像那些灵位牌一样，被偷偷藏在了某个隐秘的地方，等待重见天日。人们总以为，革命的力量是强大而不可阻挡的，能将所有的旧事物涤荡而去。然而，有些东西是无法根除的，尤其是一个家族的历史记忆。那是深深扎根在血脉之中的东西。

山里的客家人，从不说他们的祖先来自何方。他们居住在深山里，守着一条细长温柔的溪流，而祠堂的屋梁墙壁上，却描画着大片大片的滔滔水浪。美丽的水花波浪间，是伏羲女娲，是大禹治水，是哪吒闹海，是牛郎织女……多么神奇，都是中原的神话传说，都是中原的世俗故事。他们将对故园的遥远记忆与深长缅怀，细心而华丽地展示在祠堂里了。

山里的那些祠堂，也多做了简陋的小学。村中老人告诉我，早年间祠堂就办学校的，叫社学，本宗族的子弟，无论贫富，都有在社学里读书的机会。哪怕他们的日子多么穷困，都以读书为最高追求。耕读传家，是他们永远恪守的祖训。

很迟才知道，我们家族的宗祠里，挂着"三槐宗泽""两晋家声"的牌匾。

"三槐"一词，似曾熟识。稍稍一查，大吃一惊。三槐王氏即为王氏中最显赫一支，为北宋王佑所立。王佑官至兵部侍郎，死后追封晋国公，其曾孙王巩文采出众，与苏轼交情甚好，苏轼为之作《三槐堂铭》，从此三槐堂扬名天下。据《三槐堂铭》所言，晋国公王佑文武忠孝，天下人皆期盼他出任宰相，然王佑却因正直不阿不为当世所容，愤懑在胸，辞世前亲手在庭院栽下三棵槐树，说："吾子孙必有为三公者。"后其子王旦在真宗年间果然做了宰相。"三槐"之称更有悠久渊源，据《周礼·秋官》记载，周代宫廷外种槐树三棵、荆棘九株。百官朝见天子之时，三公站槐树下，九卿而立荆棘下。故后世便以三槐代指三公之官职，九棘则代指九卿百官。

以"三槐"为宗族堂号，着实见出傲世狂狷之气。想想也不奇，往前追溯，三槐堂即太原王氏一衍派。至两汉封居琅琊临沂，又称琅琊王氏。西晋末年永嘉之乱，衣冠南渡，王氏举族迁居会稽。东晋南朝时为四大盛门"王谢袁萧"之首，不仅长袖善舞于政坛，且为天下士林之翘楚，名人辈出，门风优美，时谓"会稽王谢两风流"，更有"王与马共天下"之称。据说魏晋南北朝几百年间，琅琊王氏出了最多的宰相与皇后，是任何家族都远比不上的。最兴盛时，朝廷百分之七十的官员是王家或与王家有关的人。

"三槐宗泽"，"两晋家声"，原是一点不虚饰的。

少时虽知自家家族在当地甚有名望，多出文人，却从不知还有如此显赫家声深厚恩泽。细想惊叹不已，更诚惶诚恐。我辈多默默无闻，实在愧对祖先。

岭南地，是看不到槐树的。那年夏天去山西，在一古宅庭院里看到一棵大槐树，枝繁叶茂，浓荫满地，清凉宜人。种槐于庭前，或许还是中原人家的传统，既取其荫，也取官运吉兆。那天在树下伫立良久，无端生出莫名惆怅。

到了有意了解一点族谱，也只追溯到明朝年间自赣南辗转闽地而来，之后即便也多出文人，时有中举入仕，但终归没有了昔日的辉煌，四处散落中渐渐衰败颓落。我的祖父，也因生计困窘而远走南洋。

昔日王谢堂前燕，飞入寻常百姓家。①

---

① （唐）刘禹锡《乌衣巷》。

少时熟读《乌衣巷》，却不知与自家竟有多多少少的关联。

返回旧巷道，才看到有间小商铺。里面空落落的没多少货物，柜台上摆着几把式样老旧的茶壶和油灯。地上的箩筐里，是一些做工粗陋的葵扇。细看，惊讶地发现其间有几把军刀。店主说，这是日本军刀。我用力将刀抽出来，锈得很厉害了。依稀记得这一带当年有抗日游击队的活动。不知是侵略者落荒而逃时丢弃的，还是哪位勇士从侵略者手上缴获而来。抬眼望出去，正是驷马桥。也许，当年的激战就在这里发生。

次日，在不远处的一个小村子里，一个中年男人告诉我，当年日本军队到过这里，他的祖父就在山后一棵树下杀死了一个日本士兵。听来不由肃然起敬。我愿意相信，那个用锄头或柴刀与日本侵略者搏斗的男人，他的祖先或许也曾是中原战场上跃马横刀抗击外敌的将士。于是，隐藏血脉中的遥远记忆在那一瞬间呈现，原以为在颠簸困顿卑微的生活中逐渐磨蚀而去的意气和热血终于迸发。

> 壮志饥餐胡虏肉，笑谈渴饮匈奴血……①

很早就有个印象，有客家人的地方，不仅多出读书人，也多出造反者、革命者。我插队的那一带为客家人聚居的地方，是战争年代里有名的游击区。我大伯母的家族，也是那一方的望族，出了中共地下党第一任省委书记，早早牺牲后，族中后人仍前赴后继。据其家族族谱记载，当年从中原举族迁徙而来，也途经著名的珠玑巷。

自小熟悉不少这样的客家人。他们隐忍坚韧的性格中，永远有着一份居高不下的傲骨和不甘平庸不甘寂寞的狂狷。或许，当年祖先离别中原的挫败、失落、耻辱与痛苦，已凝聚成了顽固而沉重的生命密码，一代又一代地延传下来。一切的傲视、漠然与侵犯，都能激起他们血脉中的叛逆不羁，唤起他们开拓新生活的憧憬与勇气。他们似乎更容易为外

---

① （宋）岳飞《满江红·怒发冲冠》。

面的世界所吸引，为渴望改变为追求理想而义无反顾地离家远走。

仗剑当远去，不乘驷马不复回。①

也许是这样，近代的改革者革命志士，多出南方，也多出岭南。如康梁，如孙中山等。而客家人聚居的地方，最容易成为革命的策源地，如红军时代的中央苏区，则建于赣南与闽西。

珠玑巷出去不远，就是南雄了。

南雄。一个很有气势的名字。是暗喻岭南的雄关，还是岭南的英雄之地？我愿意相信，以雄自诩，是一种对故乡的缅怀。中原，那是雄踞天下中心的地方。

城市傍着一条美丽丰沛的河流。那个春暖融融的夜晚，我独自漫步水边。那里有昔日水码头的遗址，残破的土墙爬满了衰草，水光映照，闪闪烁烁，格外凄清。水边的一座会馆，却保存得完整而坚固。门是锁着的，只能看到高大的门楣，宽敞的走廊，让人想象到当年的热闹与气派。或许就是离开珠玑巷的第一批移民，最早开拓了这块疆土，发展水运和贸易，建起了水码头，商船来来往往，城市日益繁荣。在铁路没有修起之前，这里是粤赣两地间重要的商道。因此，这一带的客家人，都有挑夫出身的历史记忆。

来之前有人告诉我，城边有一个叫中站的地方，是当年商道来往的聚散地，也成了挑夫们歇脚的地方，昼夜热闹，还有一座漂亮的戏台。

次日清晨，导游带我找了一辆车子出城。一路打听，却始终找不到这个叫中站的地方。后来，进了一个小村。是村口两棵挺拔秀丽的树吸引了我。导游告诉我，那是很珍贵的香樟树。走进去，还看到了梅花，是红梅，鲜丽动人，令低矮简陋的房屋更见出了寒酸。路弯曲而窄，也是鹅卵石铺成。路边人家传出了嘈杂声响，顿时有了温暖的烟火气。不

---

① （明）高启《东门行》。

由想起珠玑巷的冷清与萧索，无端有了些伤感。

村里的老人对我说，没听说什么戏台了。早年间倒是常常有戏班子来这里的。说起来要数湖南班子最好，戏好听，人也好看，台上的花旦唱得可好了。老人断断续续说来，眼中浮动着闪亮的光彩，让人想象当年戏台上，那美妙女子轻移莲步，宽袖长舒，歌喉婉转——

看大王在帐中和衣睡稳——①

临离开珠玑巷的最后一刻，终是忍不住走进了那间"太原堂"。

妇人过分殷勤谄媚的笑容，令屋里简陋的摆设显得更是寒酸、虚假、毫无生气，甚而透着一点令人生畏的诡异。那本装帧齐整而硕大厚重的族谱，也显得过分夸张而不真实。始终怀疑，今日里还有多少家族的族谱能保存得完整清晰？长长岁月里的辗转迁徙，颠簸离散，四处流落，原先的故园记忆越来越遥远，越来越淡薄，曾有过的文字记载，早在战火动乱中丢失，而口耳相传的记忆，也渐渐走了模样，只留下模糊凌乱的影子。

但有一些东西，会顽固地保存在我们的血脉之中。

常常思忖，所谓的天赋，或许就是祖先给我们留下的遗传基因。如对诗文词赋琴棋书画的沉迷，对情操气节理想追求的执着；也如对虚名荣耀仕途庙堂的留恋，对奢华侈丽安逸散淡的满足；还有清高傲世特立独行的性情，骄矜自负随性不羁的脾气……好的，不好的，令人羡慕而欣赏的，让人讨厌而可恨的，复杂，又矛盾，都在浑然不觉中左右了我们的人生。

经不住那位殷勤妇人的叨叨劝说，放下一些钱，急急走了出来。我并不以为，那座将要重建起来的新祠堂，能承放下我的宗族悠久厚重的历史。

---

① 戏曲《霸王别姬》唱段。

朋友告诉我，为了弄清楚家族的来源，她从湖北追溯到江西，却到尽头了。再早的在哪儿呢？没有了确切的答案。朋友说，我还要去找的。朋友的语气坚定，而又茫然。

我没有搭腔，心中充满惆怅。

我最早的家园，又在哪儿呢？遥望北方，关山无尽。我们追寻的中原故园，早湮灭在历史的重重迷雾之中。那些昔日的荣耀或屈辱，终是被长长的岁月遮蔽而隔断。

走出珠玑巷时，已是斜阳含烟，景色迷离。

回首最后看一眼那蜿蜒巷道低矮房屋，蓦然悲从中来，当年先祖们南渡逃难，餐风沐雨，备尝艰辛，何曾不是住在这样的陋室里？甚至是大树底下或荒原乱草丛中？

朱雀桥边野草花，乌衣巷口夕阳斜……①

一首《乌衣巷》，原就是那许许多多中原移民心中永远的痛。

2016 年 8 月 29 日　广州

---

① （唐）刘禹锡《乌衣巷》。

夕阳下的歌

离开了小城长汀，天色渐晚。

一路群山逶迤，夕阳如血，景色醉人。

有人在路边摄影，扛着长长短短的镜头，看得出那种按捺不住的兴奋。

终于忍不住下了车。走到山崖边，能看清山坳下的小村，屋脊错落，炊烟袅袅，刚收割完的稻田上，散落着歪歪倒倒的稻草扎子和正在燃烧的火堆。白色的浓烟升腾而上，到了高处，久久不散。

脑海里倏然跃出一遥远的词句：

收拾金瓯一片，分田分地真忙。①

在山里头的村子问过一老人，还知道那个年代吗？打土豪，分田地——

我熟悉这样的口号。说出来一点不拗口。老人略略惊奇地看看我，点点头，又摇摇头，什么也没说。后来，我再也不问了。一个个安静的村子里，人们也异常安静。听不到我熟悉的歌声。我仍然注意到，村子里剩下的多是老幼妇孺，成年男子几乎没有。那个遥远的年代里也一样，男人们都不在了，都参军走了。

历史依然如磐石般鲜明。那支红色军队远走的背影，带着抹不去的

①　毛泽东《清平乐·蒋桂战争》。

伤痛和留恋，铭刻在大山的记忆里。

有狗从村子里跑出来，在田埂上停下，冲着山崖这边起劲扬着脖子。太远了，听不到是不是叫了。

出神片刻，山脊上的夕阳已经沉落，云霞光影随之变化，浓烈的红色迅速淡去，转瞬间便融为紫的、蓝的、灰的，深如黛，浅如岚，柔和，细腻，是另一番景色了。

耳机里的音乐还在低低响着，是那首非常熟悉的歌，惆怅如水一般蓦然袭来。当年的那支红色军队离开这里，也许也是夕阳下沉的时候，漫天红霞携着歌声渐去渐远，暮色慢慢起了，留下群山逶迤幽暗清冷的身影。山路上，渐渐出现了长蛇般的火光，星星点点，闪闪烁烁，终于，也隐入了莽莽大山深处，沉入了无尽的黑暗之中。

送行的人们满怀惆怅，小心翼翼将那星星点点的火光留存心底。盼望这支红色军队一定会回来，相信他们的儿子、丈夫、父亲会回家。人们都不曾想到，那些走了的人，几乎都回不来了。而在那个深秋日子过后的冬天和春天，这片土地上的人们一样陷入血雨腥风之中……邻省偶尔有人过来，回去皆谈之色变，没了，都没了，人村都空了，山也光了，石头都是黑的……

也许，从那个时候开始，这些人村都变得安静了，再也没有了歌声，只有大山一般的沉寂。

把你拍到镜头里了。

身后有人在说话。是摄影的陌生男人，带着歉意和自得的微笑。

画面很好，很美，很忧伤。

忧伤。不知说的是人的背影，还是景色。

愣了愣，心头一阵惘然。转过脸，山那边只留下了一片暗淡的蓝灰云层，一道深一点，一道浅一点，极宁静温和。

想起了在小城那座博物馆里看到的军装。那是红军最早的正规服装。一种质朴的灰色，隐隐透着一点蓝，也柔和、细腻。让我感觉很接近青，那种清淡雅致的青。在古代，这是中国文人喜欢的色彩，体现宁静高远的审美趣味。一支红色军队的军服，恰恰选择了这种颜色。

坐回车上，暮色已经漫起。远山渐渐隐去，拖下长长的影子，罩住了村子和稻田，白烟和暮霭终于融在了一起，慢慢沉落又漫流开去。一路都是这样群山环绕的小山村，质朴古老，仿佛在千百年前它们就已经以这样的面貌存在，从来没有过什么改变。

耳机里的音乐重新响起来。还是那首歌。很奇怪，一进入这个地方，我耳机里就反复回播着这同一首歌。

一送（里格）红军，（介支个）下了山……①

一首《十送红军》，从二十世纪唱到了二十一世纪，依然让人留恋喜爱。那年，临时接到"八一"建军节的慰问演出任务。学生问，能跳个新舞蹈吗？随口说，就《十送红军》吧。

这是我小时候就会唱的歌了。我甚至很早就知道，这首著名的红色歌曲，沿用的是当地的山歌调子。只是我还不清楚具体出自哪里，赣南还是闽西？我也没有料想到，到我终于有了自由旅行的机会，无意中走的三个地方，都是当年苏维埃政府所在地。先是赣南，而后洪湖，到了这个夏天，就来了闽西长汀。

二十世纪三十年代，这里是震惊海内的革命中心。那支穿粗布衣裳麻草鞋的红色军队从这里走出去，完成了一次行程惊人的长征，再历经磨难辗转，最终夺得政权，向世界印证了一场红色革命在这个东方大国的胜利。

我从小在这场革命的熏陶和教育中成长，对它满怀崇仰和热情。到了我开始对它有了深入思索和诸多质疑的时候，仍然在长长的时间里，

---

① 江西民歌《十送红军》。

无法割舍心中那份复杂难舍的情愫。我总试图以另一种方式去理解和诠释它，寻找其精神气质中仍然值得珍惜的东西。

舞蹈排出来了。在场的人惊愕半天，说，能是这样情意绵绵吗？

我一时答不出来，也为自己无意中的创意深感困惑。但我坚持不改。对艺术，我总是更相信直觉。我甚至刻意地要求学生，除了动作，除了眼神，还有服装，也是要那种水一般柔软婉转的红。还有长辫子，得垂落到腰间，走起来能轻盈地摇摆，将满怀的委婉心曲缠绵情意张扬出来。女孩子们非常喜欢，演出的时候，真是一台子的柔婉风情。

一送（里格）红军，（介支个）下了山，

秋风（里格）细雨，（介支个）缠绵绵，

山上（里格）野鹿，声声哀号，

树树（里格）梧桐，叶呀叶落光……①

我站在舞台侧面，那些词饱含着从没有过的彷徨、忧虑和感伤，一个一个地钻进内心深处，突然感到一种不知从何而来的痛楚，泪水夺眶而出。我在惶惑中隐隐觉得，自己这般诠释这首著名的红色歌曲，一定有某种历史深处的意象在启示着我的灵感。只是我还没有领悟到，自己已经下意识远离了革命的强硬与尖锐，而开始以一种温婉伤感的情怀去重新理解她。

在长汀的苏维埃旧址里，买到了一本山歌集子。里面的山歌，一部分是原始山歌，多与爱情有关；另一部分是红色山歌，流传于当年的苏维埃时期。在赣南，也有同样的山歌。山歌的调子多委婉柔和，特别适合表达男女间缠绵婉曲的爱情。在赣州时我终于了解到，《十送红军》

① 江西民歌《十送红军》。

源自赣南的采茶调《送郎歌》。歌中的妻子送郎出远门，触景生情，边送边唱，一唱三叹，如泣如诉，悲切哀婉。正是那样一种情意绵绵低回婉转的风格。

我下乡的地方，是偏僻贫穷的山区，也曾是红色根据地。不少的中年人，还能清楚追忆起当年的事情。一个女人对我说，最爱唱游击队教的山歌了。她甚至一字不漏地给我唱了好几首。是当地地道的山歌调子，词却是新词。我记住了其中一首《羊角花开满山红》。当我翻阅从长汀带回来的那本山歌本，其中竟也有这样相似的一首歌。

> 羊角花开满山红，
> 长汀来哩毛泽东，
> 领导工农闹翻身，
> 分田分地乐无穷……①

多么神奇。还记得当时我很迷糊地问，羊角花是什么花呀？女人说，我也不懂。教唱歌的都是些有文化的学生哥哪！语气中仍然充满了激动和崇仰。

后来读过一篇文章，说到当年陕甘宁边区的老人，还很清晰地记得一首《信天游》：

> 婆姨女子放开脚，
> 长头发剪成短毛盖。
> 男当红军女宣传，
> 革命势力大无边……②

---

① 闽西民歌《羊角花开满山红》。
② 陕甘宁地区民歌《信天游》。

甚至记得教他们唱这首歌的，是一位从西安来的女学生张静雯。张静雯后在"肃反"运动中以奸细之名遭受杀害，年仅 24 岁。

历史的复杂残酷让人唏嘘不已。也让我看到历史的细节，在不同地方的根据地里，那些投身革命的书生，都擅于用最朴素的山歌形式宣传革命。他们的歌声也如同他们的热血一样，充满了对革命的虔诚与崇仰，即便革命无情地吞噬了他们的生命。

我从父亲那里，知道了当年在游击区做宣传工作的，也多是如父亲这样从学校出去的学生，还有教师。这些书生热爱自己的工作，对信仰满怀虔诚，对劳苦大众抱着真实的同情和信任。多年以后，当父亲要对自己信仰过的东西产生怀疑的时候，是很痛苦的。他常常会提起山里头的日子，怀念那里的人民。

奇怪的是，父亲再也想不起那些山歌的调子了，只记得了词。词离开了曲调，变得空洞、干涩，毫无动人之处。父亲这样的书生也许并不明白，那些山歌调子，才是农民熟悉而热爱的生活本质。

山里头那个女人，还想念当年那些有文化的学生哥，也还爱唱山歌，但唱的是老词了：

郎有意来妹有心，二人好似线和针……①

苏维埃政府的旧址，是一个深深庭院。说在元代是个军府，到了明清，成了试院。

军队与科举文人，构成了古代国家的两大支柱。而书生和农民结合的革命，在这个古老国度的历史上也有着深远传统。这样的结合，令革命既质朴而又浪漫，既简单而又复杂，既粗野而又细腻，充满理想主义的温和，又带着颠覆一切的暴戾。也许，正是这种矛盾的重重交织，令革命更具魅力，也更具悲剧色彩。

_____

① 岭南客家山歌。

一送（里格）红军，（介支个）下了山，
秋风（里格）细雨，（介支个）缠绵绵，
山上（里格）野鹿，声声哀号，
树树（里格）梧桐，叶呀叶落光……

墙外的街面很安静，市容没什么特点了。但我知道，在它还是中央苏区的时候，这里曾经很繁荣，有"红色小上海"之称。"小上海"这个叫法，应该属于城市文明，而与革命无关。

那个名叫瞿秋白的书生在这里的日子里，常到街上买一种花色淡雅的信笺，给自己心爱的妻子写情书，写诗词。这样的事情让人想象起来，极是温馨浪漫，带着书生气质，也带着城市文明。还说到了今天，当地人招待客人，仍然带着一种从苏维埃时期沿袭下来的礼貌，端上脸盆毛巾香皂执意让你洗脸。那些青年书生，到了这个偏僻的山区，过粗淡简朴的生活，宣传革命理想，也倡导文明习惯。革命的魅力，就这样强有力地将两个不同的阶级结合一体。

一种史无前例的新文化，在一个战争年代里奇迹般地产生。那些红色山歌，也许就是最明显的标志。

回来后的一日，读到这样一篇小说。一个延安时期的女子，曾以美妙动人的歌喉，在动员青年参军的宣传中闻名中央苏区。她的歌声，激起了许多青年心中的热情和希望，他们怀着对革命对爱情对未来的憧憬奔赴战场。而这个女子，却永远不敢再返回家乡。因为她无法面对死者的亲人，无法面对那一个个空荡荡的只有老幼妇孺的村子。这种负疚，竟令她对战场充满了畏惧，由此而被自己的队伍唾弃了。她疯了之后，仍然追随在队伍的四周，无论白天黑夜，都在低声慢气地唱歌，唱那些好听的山歌。

这是小说。但我毫不怀疑它来自非常真实的素材，这是每个苏区里同样发生过的事情。

这样的女子，她们有个特殊的名称，"扩红女"。

我还深信，在这个大山绵绵的地方，一定也有这样的女子，一定也会唱类似《十送红军》这样的红色山歌。

那个秋天，歌声和着风声雨声，回荡在山水云雾之间。自那以后，每当夕阳下沉时，人们或许还能想起这样的山歌，想起有那样一个能将山歌唱得很好听的女子。

那个女子，也和许多的青年男子一样，在那个凄风苦雨的秋天里，跟着那支红色军队一起走了，再也没有回来。只有她的歌声，永远留在了大山的记忆之中。

……问一声亲人，红军啊，
几时（里格）人马，（介支个）再回山……①

2008 年暮春写成
2016 年岁末修订　广州

---

① 江西民歌《十送红军》。

园子里的花依然红

那是无意中一回眸的不期而遇。

午后炽烈的阳光底下，我固执地远远望向大街对面，说，我要进去看看。

门面和围墙的颜色，是那种透着黄的朱红，在炽烈的阳光下显赫凝重。分明似曾相识。内心无端一凛，如此强烈地意识到，要是匆匆就离去，我一定会错过很重要的东西。

应该就是苏维埃政府旧址。

苏维埃。一个遥远却非常熟悉的名词。

穿越深深庭院而入，心底一片茫然，仍然无法确定自己究竟要寻找什么。

强烈的阳光透过树荫掉落，变得零零碎碎，闪烁刺眼，叫人心神恍惚。穿过空空荡荡的厅堂，没有停留，没有犹豫，仍然径直往后面走去，步履匆忙，好像预感到前面有什么在等待着我了。

终于，一个简陋的木牌子挂在那里。

瞿秋白烈士囚禁处。

长长叹出一口气。万般惆怅顿时涌满心胸。

那是一条窄窄的甬道，走进去，光线很暗，任何物件都显得陈旧阴森。潮湿的空气逼仄涌来，将外面的阳光远远隔去，仿佛走进了一个遥远而不可知的世界。

一个很小的房间。

一床一桌一椅，就满了。有一窗，还另有一门，通往一个园子。也是一个很小很小的园子。在那个地方，习惯叫天井。后来我从书上看到介绍，也是用天井这个词。但不知道为什么，从那里回来与人谈起，我总是喜欢说，那有一个小园子——

园子。

这个词，让我想起从古代诗词戏曲里走出来的意象。

这样的意象，总与书生与佳人联系在一起，与孤寂与相思与愁绪联系在一起。春暖秋凉，夏夜冬日，凭窗眺望，倚门而立，园子里的景色一揽眼底，便有了那许多的感时伤怀。书生在园子里徘徊，读书，沉思，把盏独酌，高声吟诗。仰望云流风散，月落星沉，低头满地暮色，落红惊心，不由得想起那句唱词：

原来姹紫嫣红开遍，似这般都付与断井颓垣……①

恍然大悟。有了这个园子，才有了那个书生最后日子里的纵笔不羁，才有了那篇含蓄幽隐世人难解的文字。而且，起了一个如此合适的题目：多余的话。

书生呀！书生！

大学里教中国现代史的那个老师，在提到他的时候，除了将教科书上那些枯燥的话重述一遍，就只说了这一句。说完，拿起他那大口缸猛喝一气。下面，再没话了。二十世纪七十年代末，还鲜有人在课堂上说超出教科书的话。我们那位性情温良的中国现代史老师也不例外。

那个时候，我甚至还没读到那篇著名的文字。我翻遍了图书馆资料室的架子和地面，也没有找到。但我找到那张照片了。那张临刑前拍下的遗照，在一个有着苍翠山岭的地方。

---

① （明）汤显祖《牡丹亭》。

记得在资料室满布灰尘的角落里看到了那张照片。

突然而至的第一眼，令我深深震撼而陷入一种不知所措之中。一缕红艳艳的夕阳余晖从窗台悄然跃进，温暖和喜爱霎时间涌来心胸，以往听到的所有揣测非议指责，都在那一刻变得毫无意义。

从那个时候开始，似乎就渴望着有那么一天，自己会来到这个山岭苍翠的地方，与那个心仪多年的书生相遇。

小园子里也有草。夏日的新草，绿茵茵的，极是可人。角落有一棵树，一棵石榴树。我还确定，那是一棵老石榴树。它应该一直就在这里，见证了那个书生最后的人生。书生被捕后，在这里囚禁了五十六个日子。从春天，到夏天。夏天，是草长花鲜的季节，石榴树也开花了。

树上果然有花。不多，就那么四五朵，掩在绿叶间，却醒目耀眼。是红色的花。阳光下，那红隐隐透着点金黄，更见鲜亮。

还开着花——真的！很好看的红！

我抑制不住一种莫名的欣喜反复与朋友们说道。仍然想起那个夏天的日子，从潮湿阴森的逼仄中走进去，那一点点突然出现眼前的红，如此的明亮而生动飞扬，转瞬之间，驱散了残墙旧瓦上所有的暗淡与颓败。

那只能是一种精神的东西。

那个叫瞿秋白的书生，在这里留下他最后的精神，就像为了等待如我一样从远方寻觅而来的人，尽然将他的人生谜底祖露。

和许多喜欢他的人一样，我更愿意称他为书生。

书生。

每当想起这个词，心一下子痛起来，像被什么东西碰着了，锋利，而又柔软。

多么惊讶我们的历史中，会有这样一个书生意气十足的共产党人。在敌人的囚室里，在生命的尽头，不愿再伪饰，不愿再矫情，做那么一种坦荡无忌昭明天地的自我剖白、自我谴责。

知我者，谓我心忧；不知我者，谓我何求。①

书生刻意用《诗经》这一句开言，一定悲哀地预想到，世人将很难读懂和理解他的文字他的情怀。哪怕是他的战友，或他的亲人。是的，多少年过去了，有谁能真正读懂了那其中的回肠九曲满纸心忧？

总让我想起秋瑾，想起她"秋风秋雨愁煞人"的诗句。一样的沉郁不拔，欲悲无从，带着他人永远无法到达的自我境界。两人的家乡，都在江南之地。不知是否因为那里太多的波光水影烟雨缠绵，无意中就孕育出这般细腻婉曲的情怀和独处省悟的境界。

书生度过最后日子的这个地方，是个明清时期的试院。

历史的重合也许不是偶然。山区里的春夏交际，气候多变，风雨常在夜里突然来临。梦中惊醒过来，听那风声雨声中，似乎还裹卷着当年的书声琅琅。庭院里的两棵古柏，已经屹立了一千两百多年，见多了仕途官场上的风云诡谲暗流湍急，也见多了书生的真诚与热血如何毁于一旦。

风停了，雨过了，有时会云破天开，露出朗朗明月。书生已无睡意，披衣走出园子，独立树下，心绪翩然。不由想起李白月下独酌意气纵横，我歌月徘徊，我舞影零乱。却原来，孤独还需孤独解。那一刻恍然大悟，自己骨子里，仍只是一介书生。

日子开始变得缓慢悠闲，从容不迫。那样的日子里，书生丢下了昔日所有的困扰和忧虑，读书，写字，作诗，篆刻，回归了一个真正的书生本色。偶尔抬头望出窗外，园子里草长莺飞，花影重重，心间不由涌起丝丝惆怅，回忆起昔日那满山的红旗猎猎，还有那些有着柔婉调子的山歌谣。但他明白，自己心底更喜爱的，还是那些温婉缠绵惜春悲秋的诗词。更留恋的，还是能在自由自在的日子里，用那种有着淡雅花色的信笺，给远方心爱的妻子写信，绵绵情话后捎上一阕新词。

---

① 瞿秋白《多余的话》。

书生的人生底色，或许就不是红色，而是青色。淡淡的青，素净，高洁，傲岸。如李白的布衣，一生放逐荒野，远离朝堂，纵酒高歌，激扬文字。也如宋代的瓷，典雅，清高，却脆弱，孤寂。

队伍开始长征了，却将他留下。留在了一个重兵包围堵截的孤城。

没有人知道，独自在屋里重新解开行囊的他，心里头在想什么。入秋了，夜里，风声萧瑟，熟悉的歌声从山上远远传来，又渐渐远去。

秋风（里格）细雨，（介支个）缠绵绵……①

歌声变得凄凉无比，令他隔阂而陌生。

这只能是可怕的遗弃。冷酷无情的遗弃。

书生的心如此敏感细腻，怎么能不懂呢？但他留下了，毫无怨言地留下，拒绝了一切好心人的劝告去追赶队伍。

他默默而坦然地接受了这种遗弃。只是那个时候，谁也还没有想到，这种遗弃将他抛回到真正的书生身份，终于远离了政治的喧嚣与烦扰。

寂寞此人间，且喜身无主。眼底云烟过尽时，正我逍遥处。②

于是，他毫不隐讳地在文中写下深藏内心的疑惑、苦闷和孤独，写下自己也视之为颓废的、脆弱的、浪漫的、狂妄的情感。思绪追随着屋外的风声自由任意地飞翔，生命开始体验到真诚率性的喜悦。

然后，他走了。

身无牵挂地走上了刑场。那天，他饮了酒，吟了诗，像名士。唱了国际歌，拒绝了最后的劝降，也像战士。走得潇洒，从容。

---

① 江西民歌《十送红军》。

② 瞿秋白《卜算子·咏梅》。

那是个夏天的日子了。在那个地方，风云莫测，骄阳和暴雨同样的多，就像书生给后人留下的谜团，一个个永远解不开的谜团。

然而，仍然有那么多人喜爱他。

陈列馆里，也有那张照片。那张书生临刑前留下的最后遗照。

我和女儿在跟前久久伫立。无须问，我相信每一个在这跟前停留的人，都一样被深深打动。

书生白裤黑衫，背手而立，面色安详，意态从容，一丝笑意似有似无挂在嘴角，悠然闲适像在郊游的路上，也像要去赴恋人的约会。身后，天远云淡，青山如黛，本平常之景，却因有了书生，俨然变得高贵庄严，一个超然清澈的世外之境。

这样近而清晰地注视，更喜欢了书生的衣着。简单的黑白，单纯，本色，清远淡泊，与书生的气质非常吻合。也与那篇文字率性真诚的风格极为吻合。

女儿歪过头来笑了。声音琅琅，我喜欢！喜欢这个书生！

深深诧异。下一代人，对革命的理解有多少？

回来后，从网上看到一篇年轻人写的文章，题目是"做人就要做秋白"。心一震，顿时感动。不知作者是不是也像女儿一样，单纯，率性，无须记住教科书里说了什么，也无须了解太多的历史纠缠，单凭那一眼，就由衷地喜欢上了，就明白了做一个坦荡真诚的人是多么难得。

这种喜欢，感性，简单，与革命已无关。

2008 年暮春写成
2016 年岁末修订　广州

洪湖水浪打浪

飞武汉那天的航班延误了。我独自在候机室焦灼地等候。

天在下雨。大雨。黄昏时分，人很少，宽敞的候机室显得异常空旷冷清。雨越下越大。九月下旬了，已是仲秋，还下这样的大雨，叫人生出莫名惊惶。

巨大的玻璃幕墙外，雨水如瀑布般飞泻而下，极为壮观。天地间白茫茫混沌一片，似乎被大水所淹没。我知道，我去的地方有水，是一条大江。到了那里，才知道那里还有很多的湖汊。那些湖有不同的名称。我熟悉的，只有洪湖。

洪湖是从小就熟悉了。因为一首歌和一部电影。

在那部充满战争的残酷与血腥的影片中，那首歌是一抹明亮温暖的霞光，让我很长时间里对革命保持一种柔美浪漫的憧憬。很早就发现，少时对革命的认识，与艺术的启蒙几乎是分不开的。这令我无法辨清，一直以来自己对革命那种充满质疑却又深感诱惑的情愫，是否也建立于对艺术的迷恋之上呢？

后来，知道了一段与洪湖相关的历史。那段历史，黑暗而惨烈，将我心中那份优美浪漫的情愫瞬间击碎。那还是二十世纪八十年代，知道这段历史的人少之又少。偶尔与人提起，对方总是惊愕半天，满脸绝不愿意相信的神情。我即刻噤口，看到了自己的脸上，也如对方一样的神情。于是，很长时间里我不再与人提起，小心翼翼地将那道伤痛掩藏在内心深处。我安慰自己说，我不会到洪湖那个地方的。

　　然而，当朋友问道，还想去哪儿吗？我毫不迟疑回答，洪湖。

　　说罢，心底一片茫然。

　　没有想到，湖北的秋天也还有这般炎热的气候。阳光热烘烘的，空气里是异常的干燥，似乎丢下一根火柴，便能燃烧起来。

　　田野上斑驳多彩，也见一种杂乱无章。那年去陕西，渭南平原一望无际而整齐划一的田野，让我惊叹不已。自小生活在岭南，见惯了高高低低杂乱不一的景观。湖北地处华中，似乎南北特征兼有。细看，发现地里的农作物与岭南是有些不同了。比如，就有棉花。还有一些不知名的树，早早落了叶，光秃秃地伸展着枝干，给人冷峻肃然之感。最让我惊异的，是从城市到乡村，都有一种细小的毛茸茸的类似白絮一般的东西在空中飘舞。记得北方也有这样飞絮满天飘舞的景象。后来我才惊讶地知道，那是一种微小的白蠓虫，通常出现在有梧桐树的地方。这般白蒙蒙一片飞扬舞动的景象似乎令空气变得更加干燥，还有一种无法说清的炽热和尖锐，令我无端有了些心慌意乱。直至到了洪湖。靠近了水，闻到了水的味道，才突然感觉到了一种熟悉的湿润和温和。这种熟悉，令我错愕不已，又蓦然感动。

　　头一天，我已经到了另一个湖。也是一个水面开阔延伸很远的湖。当地人不叫湖，而叫水，汉水。那里的地名也叫汉川。我和朋友站在高高的堤岸上，下面是大片大片疏疏落落的芦苇，将湖水远远相隔。我感到陌生和干燥的不舒适。茫然而问朋友，这里的水，也像血一样是热的吗？

　　什么？你说什么？

　　朋友神情恍惚，显然没注意听我说话。那天，我们都心情混乱而沉重。为了几十年前湖边曾发生过的一段历史。那是朋友的家史。我始终没弄清那个地方离洪湖有多远。但发生的历史非常相似，甚至有着非常密切的联系。也许是这点，令我坚定了要到洪湖的念头。

　　第二天，朋友为家里的事羁绊，没能跟我一起到洪湖。其实我是遗憾的。我希望朋友和我一起到那个当地最著名的红色策源地，或许能解答我们心中久存的许多疑惑。

靠了同行朋友的机智，竟然找到一条愿意带我们进湖的小船。

进湖。我很仔细听清了船家是这样说的。听起来，有一点归家的意味，让人心中生出一丝暖意。

紧挨着船舷，一伸手，便能触摸到湖水了。湖水是一种暗绿的颜色，让人猜想水很深。远看的湖面是平静的，无波无澜。近了，却感觉湖水的不平静。似乎在那很深很深的湖底，有暗流波涛在不断地涌动，翻滚，呼啸。

小船晃晃荡荡，让我回忆起小时候荡秋千的感觉。深埋心底的那道伤痛，就一点一点地从心底浮现出来了……

正午的阳光落在水面上，变成一团团炽白的光亮，闪闪烁烁的刺人眼睛。阳光下的湖水也是暖的吗？还是冷的呢？

始终没有勇气伸手去触摸那湖水。我担心那湖水是炙热的，像燃烧的火焰，也像刚从人体流淌出来的热血。我也担心，那湖水是冰冷的，像那个秋夜里的凄风冷雨，也像湖底那些永远无法安宁的灵魂……

自从在那篇很短的文字里知道那段历史，就开始不断寻找相关的资料。我希望能找到印证那段历史并不存在的依据。而随着互联网的发展，我从越来越多的信息里印证了那段历史的真实性与更多的细节。

那是一种痛苦的寻找，埋藏心底的伤痛在一点点加深。

那段历史发生在九月。1932 年的九月。没想到，自己会在同一个季节同一个月份来到这里。

蓦然间为这种巧合深感惊惧。莫非从我知道那个夜晚的历史之后，内心就已经在等待这一天的到来？

一块突出的沙洲，芦苇丛生，边上有数枝尚未开残的莲花，亭亭玉立，清丽动人。同行的女友雀跃不已，催促着船家靠近着采摘。绕过沙洲，眼前一亮。开阔的湖面一望无尽，星星点点的水鸟飞跃在白茫茫的水面上，壮美，又妩媚。不由想起那句熟悉的歌词：

人人都说天堂美，怎比我洪湖鱼米乡……①

船家说，不能再往前走了。

湖的一大片已圈禁起来做旅游区，私人的船是进不去的。只是看不到什么游客。停泊岸边的大游艇，看上去还很新。

很想问问船家，洪湖有多大呀？养育了多少的村子人家？甚至想问，知道吗？知道当年在湖边发生过的事情吗？

最终也没有问。我不忍破坏了眼前荡舟采莲的诗情画意。

那个秋天的夜晚里，被处决扔进湖里的人数是多少，始终没有确凿的说法。

三千？两千？一千多？

其实，数字已不重要。重要的是生命，年轻的生命。那些曾满怀热血和理想追随革命追随光明的生命，却身蒙不白之冤夭折在湖水深处，沉沦在黑暗之中。

据当地人回忆说，那个晚上以后，洪湖水都是红的。很长时间里，渔家都不敢进湖捕鱼……令人想起两年后在不远处发生的一场著名战役。从中央苏区匆匆撤出来的红军队伍，在湘江之役②中损失了五万余人。江面都是尸首，江水都是红的。当地亦有"三年不饮湘江水，五年不食湘江鱼"之说……

今已多有学人沉痛剖析，当年各苏区根据地的苏维埃政权短时间内损耗之大而失守，不仅来自外界的打击，更来自内部"肃反"运动的

① 电影《洪湖赤卫队》主题曲。
② 湘江之役是中央红军突围以来最关键最惨烈的一次战役。1934年11月27日至12月1日，中央红军苦战五昼夜强渡湘江，突破了国民党军队的第四道封锁线，粉碎了蒋介石围歼中央红军于湘江以东的企图。中央红军为此付出了极为惨重的代价，由长征出发时的八万多人锐减至三万余人。

自伤损害。

瞿家湾。靠近洪湖边的一个小镇子。

纪念馆将整个小镇遗址囊括进去了。里面空荡荡的，竟无一游客。只有高音喇叭在反复播放着那首著名的电影插曲。

> 洪湖水呀，浪呀嘛浪打浪啊，
> 洪湖岸边，是呀嘛是家乡啊……①

巨大的回声在空寂的街道上震荡，异常刺耳、尖锐而怪诞，蓦然给人一种曾经非常熟悉又非常抗拒的感觉。我差点按捺不住，要跑过去质问收门票的女人，这里又不是游乐场，为什么要用高音喇叭？

最终也没有过去。我知道被质问的人一定不能理解我的情绪。我急步匆匆走在前面，不想让同行朋友看到自己就要夺眶而出的泪水。

街道很窄，似乎连三米宽都不到。两边屋檐靠得很近，能看到的天空也是窄窄的。一个声言胸怀宏大理想的政权，屈身于如此逼仄的地盘，也许更能激起高昂的斗志与激情。路面是石板铺成，石板也不规整，显出一种草率。或许，就像在这里建立起来的红色政权一样，过于仓促而草率。

往里走不深，很快便到尽头。房屋明显看出已经过了修缮，但除了尽头的祠堂，其他门面一式的低矮简朴。走进去，多是庭院深深，房屋拥挤。屋子都很小，光线昏暗，依然过于逼仄小气。让人很难想象，当年的苏维埃政府各级机关，都拥挤在这一间间黑屋子里。门边挂有木牌子，写着各机关部门的名称。如青年部、妇女部、劳工部、保卫部……当年活下来的人说，为了关押那些等待审查和处决的"肃反"对象，各机关不得不将屋子都腾出来。

那时的瞿家湾，俨然一座大监狱。据说，监舍是按"天、地、玄、

---

① 电影《洪湖赤卫队》主题曲。

黄、宇、宙、洪、荒……"排序。我知道，这出自古代蒙学读本《千字文》。给监舍命名的人，一定像我母亲一样，从小熟读这本《千字文》。

入秋了，应该有雨了。淅淅沥沥的秋雨。

雨下久了，屋檐在滴水，忽长忽短，断断续续。骤然一阵大起来，雨点敲打着屋瓦，叮叮当当，清脆悦耳。屋里显得更安静了。安静的黑屋子里，人人在沉默。偶尔，沉默被杂乱的声响打破。那是牢锁打开及脚镣的碰撞声，一行人走出去了。继而，又是沉默。还留在黑屋子的人知道，那些走出去的人，不会再回来，而下一回走出去的人，就很可能是自己了。这般想来，便有了许多无法言道的悲凉。革命原来如此艰难，不是难在战场上的冲锋陷阵，也不是难在敌人面前的慷慨就义，而是难在无法面对自己人的冷漠眼神。

雨声又复平静，温柔绵长，抚慰着沉默中的痛苦。沉默的人们又在想什么呢？也许，有的人想起了父母妻儿，心中涌起万般忧虑，去年夏天洪湖地区闹水灾，粮食收不上，春上家中就揭不开锅了……有的人，也许想起了旧日的美丽校园，想起了春日融融下与恋人依偎水边低声吟诗……那许多儿女风情卿卿我我的诗词似乎都远去了，只清晰记住那些悲壮慷慨的句子……

当时"肃反"的对象多数出身富家，有军事干部，有政工干部，还有医生和技术人员。这些人读过书，总有些书生意气、浪漫情怀。革命，曾激起他们同样的浪漫想象。但他们不曾想到，即便自己已经背叛了家庭，也依然不能摆脱出身的枷锁。或许，他们在痛苦中有了许多的疑惑和彷徨。但信仰的力量依然是强大的，他们愿意相信黑夜很快会过去，黎明就在前方。

也有部分是穷苦人出身的普通战士。他们曾最早举着火把大刀锄头冲向地主大院，最早揣着苏维埃政府发给他们的土地证参加红军。他们自觉为保卫土地而战斗，高喊着"为了苏维埃流尽最后一滴血"的口号奋勇杀敌。他们更加痛苦而茫然，不明白这些日子里发生的一切，不理解扣在他们头上的种种的罪名。他们不过是打仗勇敢，跟着师长团长冲锋陷阵在前，或者下了战场后喜欢几个老乡凑在一起喝喝茶说说心里话……

一个个忠心耿耿英勇善战的指战员倒下了，队伍的力量在迅速衰弱，最终的结果是不能抵御一次比一次残酷的围剿进攻。于是，那个大撤退注定要发生了。像每个根据地的撤退一样，仓促而混乱。

最后的日子是个夜晚。也应该是个夜晚。

深重的夜色中犯人们被从屋里赶出来了。拿着枪或其他什么工具的昔日战友，匆促而粗鲁地推搡着他们往外走。有人很快发现，是往洪湖边走，但并不知道要面临什么，以为也是像往常一样暂时撤退。他们自以为还是嫌疑犯，还有需要甄别的机会，也就还有洗清身上不白之冤的机会。他们怀着希望，努力支撑遍体鳞伤的身体往前走。

从这里走到湖边，是一段不短的路。当年的路，不会像今日那么平坦开阔，而只是一条弯弯曲曲的沙石小道，乱草横陈，坎坷不平。那支长长的队伍，没有挣扎，也没有说话，只有唰唰的脚步声和脚镣的碰撞声。时而有重重的声响，那可能是某个伤残的身体终于撑不住跌倒在地。旁边的人想扶起来，有人吆喝，快走，快走……于是，那倒在地面的就留在了身后，再也起不来了。

杂乱的声响终于惊醒了湖边的人家。有的人跑出来看了。这里的人家也多有当了红军的，是儿子，或父亲，或丈夫，心里更是提心吊胆。那些日子，或许都隐隐知道红军要撤退了，苏维埃政府不在了。人人心中都有了好些惴惴不安。跑出来的人看着看着有了纳闷，这长长一列的犯人为什么不是跟着撤退的队伍走呢？纳闷是纳闷，也不敢上前问。叹了口气，返回屋关上了门。

或许，有的人从监舍里一出来，就已经明白了眼前的处境。但他们内心里仍然坚持着对党对信仰的忠诚，没有反抗，没有质疑，只是默默往前走，走向他们生命的尽头。他们心底最后留存的遗憾，是不能再和战友们共同战斗，不能看到他们心目中向往的那个崭新世界的诞生。

终于，所有的人都明白了，明白将被自己的队伍彻底抛弃，他们将没有机会来洗刷身上的冤屈。他们想呐喊，想哭叫，像在母亲面前受了委屈的孩子……但他们已经没有力量呐喊哭叫了。唰唰的脚步声和脚镣的碰撞声，尖锐如刀，在一点点锉伤着每个人的心。或许有的人，在没入水中的那一瞬间，清楚看到了湖水是通红的。不由想起了往日进湖捕鱼时，看见的落日也是这般的红而温暖，就像家里的灶火，像年轻妻子被映红的美丽脸庞……

或许，还有那样一个书生，在那一刻突然轻声对身边的人说，能让我自己下去吗？声音平静温和而从容。身边的人不由自主地停下了手。黑暗中，他们蓦然记起了这把非常熟悉的声音。是那个从城里来的大学生。他教他们识字，教他们唱歌，教他们许多的革命道理，还给他们吹很好听的口琴。他们喜欢他，敬重他。他那么有学问，有才艺，却放弃富有的生活到贫穷的湖区跟他们一起吃苦……在那一刻，他们犹豫了，甚至有了困惑和痛苦，他们不愿意相信眼前这个依然温温和和说话的年轻书生是敌人。于是，他们放下了手中的绳子和麻袋，目送着那书生跃身跳下湖中。翻腾的湖水很快淹没了书生的身体，直至头顶。那一瞬间，一道闪电突然划破夜空，他们看到了书生脸上最后的微笑，也是那么的平静温和而从容，甚至是感激和欣喜。让人相信，此刻书生的内心，依然干净清澈信仰坚定，而又是多么感激昔日的战友能让他以一种尊严的方式走向死亡……

据说，由于时间仓促，对犯人的处理是先男后女，由此使个别女犯在最后撤退的慌乱中得以幸免逃脱……或许，有一个女子却始终没有走。她留在了湖边，在黑夜中默默站了很久。然后，慢慢走下了翻腾呼啸的湖水之中。要走的人都走了，没人看见，也没人知道，她为什么会这样做。也许，是因为她的爱人已先她而去，她不忍独自偷生。也可能，是因为她心中充满了绝望与痛苦，她无法设想余下的生命中还能承受这种绝望与痛苦。她没入水中的那一刻，一朵尚未开残的莲花也随之卷进漩涡，留下一道鲜亮的红痕……

夜深了，雨下大了，雷电交加，风声呼啸。

湖边熟睡的人家纷纷惊醒过来，顿生惊惧。已是仲秋，怎么还有这样的大雷雨？次日清晨开门出去，大雨冲刷过的地面已经干干净净，湖岸边也是干净的，只有湖水变红了。红的呀，就像那些曾飘扬在湖面和天空的红旗，像那些红军战士们的领章和帽徽。细心的人还发现，湖水涨满了不少，不知是因为雨下大了，还是因为湖底沉没了太多的人……

也许，那场大雨，是因为上天不忍给世人留下那个夜晚的痕迹。为了不浪费子弹，多数人的处决方式是用锄头大刀石头麻袋……

在网上读到一首回忆当年的诗：

好人不比坏人贤，一指障目不见天。自残千古伤心事，功罪忠冤只自知。姓氏依稀名节在，几人垂泪忆当时？①

据说，诗作者当年是目睹了湖边行刑的场面。到了今天，还有多少人能理解这诗句里，字字都是血泪、都是伤痛、都是悲哀？

进进出出一个个陈列室，竭力想从那些简单含混的文字中寻找当年的记录，都失望了。但看到那位主持"肃反"的最高领导人的照片了。

很普通的一张面孔。看不到一直揣测的阴险、狠毒或猥琐。却能看出读过书，有了那点书生气，让我想象那肤色也是白净而细腻的，不像那些穷苦出身的将士。这点令他和瞿秋白柳直荀这样的书生有了相似之处。但仔细看，又是不同的。那眼神里，没有瞿秋白那种沉静与忧伤，而是一种决然而去的果断和冷漠。或许，这就是权力拥有者很容易具有的气质，能让部下望而生畏，无法质疑和抗拒。

① 此诗据说出自谢觉哉之手。谢觉哉时为湘鄂西临时省委秘书长，中华人民共和国成立后任最高人民法院院长。

匆匆迈出陈列室，不敢在那照片前多停留。我怕从那眼神里看到了那个大撤退夜晚的情景重现。

这位领导人后来是在全军愤恨下离开的，去了另一个军团继续任职，不久意外溺水而亡。我曾对一老者说起这段历史。老者听毕，沉默良久，然后叹口气说，都是水呀……因果报应，躲不掉的……

听着，心中悚然。继而，又是悲凉。

最后，走进了尽头的祠堂。

瞿氏祠堂。与我熟悉的祠堂相似，三进院，对称布局，有厅堂，有天井，有厢房。

很快注意到那间用木板隔起来的厢房，当年柳直荀的住所。他在苏维埃政府里身居要职，理应住在这里。房间很小，一床一桌一椅，就满了。让我想起瞿秋白最后日子里的那间囚室。同是投身革命的书生，他们从富裕的家庭走出来，为了信仰可以承受最简陋最艰难的环境。但在我想来，他们仍然渴望拥有一个独立的空间，哪怕很小很小。他们的潜意识里，仍然信奉思想应该是自由飞翔的。他们往往天真坦诚，不知道革命也有许多的阴暗与险恶，更不会防备那些来自自家人的暗箭毒枪。于是，他是在被骗往乡村的路上被害的。没有用枪，是用锄头。

也是锄头。一种最普通的农具。突然间深感惊惧。当初人类发明这样的工具，初衷一定不是为了杀戮。

眼前这个窄小逼仄的空间，怎装得下书生的满怀抱负，还有委屈？死之前，他是什么感受？惊愕？凄惶？愤懑？或许，什么也没有。只有坦然和平静。

我自觉熟悉这位生性耿直的书生。因为父亲也是这样的书生，一生饱受冤屈饱受压抑，却从不怀疑也不愿意怀疑自己的信仰。

玉碎一词的意境，或许就是这样诠释的。

我们这代人，都非常熟悉那首著名的《蝶恋花》。我敢断定，二十世纪的六七十年代，中国城乡大大小小的舞台上，都上演过这首词谱成的歌曲和编排的舞蹈。

我失骄杨君失柳，杨柳轻飏直上重霄九。①

那个时候，还鲜有人知道，美丽的诗意背后有令人心碎的历史。

后人在他的殉难处，修建了纪念亭，撰文立碑，以志其生平，永留纪念。那是一个叫心慈庵的地方。

后来，从网上看到这间祠堂的大门两边是有门匾的，也是熟悉的"入则孝""出则悌"。不知那天是否进出匆忙没注意看，还是那时还没有修缮复原。当年的革命中，这样的门匾是要砸碎的，连同里面的祖先牌位。其实，当年成了苏维埃政府的办公场所之后，祠堂的性质就已经被改变了。

朋友家乡的祠堂，也一直没有恢复原有的功能。他们的后人，也由于当年的殊死搏斗永远不可能再在一个祠堂里聚集了。那间祠堂已经成了一个小学校。说是很早以前就在里面办学了，又叫书祠。院里的土台子是升旗和集会训话的地方，台下的空旷地就成了学生开会上操和打球的场所。村里的老人，还是带我和朋友寻找到了一块残缺的石碑，上面刻着许多年前在祠堂开办学堂的事情。开办学堂的，是朋友的祖父，村里最富有的人家，拥有很多的湖田和一个跑运输的码头。码头有栈桥直通到家的门口，总是繁忙热闹的景象。同族的好多人家，也都依赖着给朋友祖父家做短工长工养活全家。

那位老人对我朋友说，其实听族里的前辈说过，你祖父是个好人，办学校，让穷人的孩子也能读书认字，灾荒年还放粮救人……

我相信那位老人的话。不是所有的乡绅都是为富不仁者。朋友的祖父有知识，且有良善之心。他热心办学，或许是因为他读过宋明理学，信奉王阳明的思想，相信教育能启发人的心智，相信只有唤醒人心中的

_____

① 毛泽东《蝶恋花·答李淑一》。

良知，才能有一个和谐社会。他甚至会在学堂上亲自带领学生吟诵王阳明的四句教：

无善无恶心之体，有善有恶意之动，知善知恶是良知，为善去恶是格物。①

一个以宗法立国、以仁孝治天下的国度民族，祠堂一直是几千年来维持乡村秩序最坚固的根基，是维护延续传统文化的土壤，但也是近代以来一次次革命冲击的地方。好的，坏的，精华的，糟粕的，一股脑儿被砸碎扔掉了。

也许，正是宗族权威的崩溃，使中国乡村失去了强有力的凝聚核心，导致了近代以来传统崩坏秩序混乱道德衰微的社会状态。

走出街面，异常安静。高音喇叭不知什么时候停了。

斜阳温柔，地面留下长长的影子。是我的影子，也有路两旁房屋的影子。也许，还有那个晚上那支长长队伍的身影。影子越来越长，越来越淡，轻轻摇曳着，最终被沉重的夜色完全吞噬。

老人问，还去看看纪念碑吗？

老人是在祠堂门外遇到的。是他打开祠堂门的大锁让我们进去。老人衣着朴素，口音浓重。想问他，是本地人吗？也姓瞿吗？

顺着老人的手看去，屋顶后一片郁郁树影。不知是不是青松。人们喜欢在这样的地方栽上四季常青的松柏。淡淡的雾霭在树冠上面凝聚。有风吹来，顿时有了肃然之气。心无端一凛，不由自主地摇了摇头。

老人说，那就不要看了。

老人浑浊湿润的眼睛里，闪过一丝劝阻的意味。或许他也像我的学生一样，想对我说，那样的地方阴气太重了，你这身子弱弱的就别去了——

回来后，一直在后悔。为什么会在瞬间就拒绝去看那座纪念碑呢？

---

① （明）王阳明《传习录》。

新鲜的莲子白生生的，上面留着湿润
的光亮。那是水的痕迹，洪湖的水。放进
嘴里轻轻一嚼，是苦的，入心的苦。

也许，是担心在碑文上看不到那些沉冤湖底的人的名字。他们中的绝大多数一直没有烈士的名誉，甚至连他们莫须有的罪名，也没有得到一个明确的解释。不知道他们的后人，几十年来背负的罪名是否已经得到解脱？或许，他们的后人也已经淡忘了他们的名字。几十年的时间太长了，冤屈和耻辱在湖底沉默得太久了，人们是可以遗忘的。他们的生命与名誉，永远沉没在黑暗中。

我知道，那个被称为共和国的第一位烈士，一位年轻将军，也是在这片土地上被砍头的。当然，他的将军头衔也是在授予烈士称号之后获得的。他死后，那些痛惜他的人在他墓前栽了 29 棵青松，那是他的生命计数。据说他在公审大会上要求给予自己刀砍的处决方式，为的是节省珍贵的子弹。于是，刻意用了一把钝刀。钝刀下，鲜血或许流淌得特别迟滞，生命消逝得也更慢一些，能让这位年轻的将军最后吻别他热爱的土地。

革命或许需要付出巨大的代价。然而代价下那一个个鲜活的生命，却永远让人痛惜不已。

最后还是问了老人，知道吗？知道那个夜晚里发生的事情吗？

老人脸色陡然一变。你——怎会知道的？

我没回答。静静等着老人说点什么。

我们村，也有好些人走了，再没回来……

走了？怎么走的？

老人转过了脸。

我不再问了。或许这里的很多人家，心里都有不愿意被人触碰的伤痛。

道别时，从老人手中接过几本薄薄的资料书。其实我知道，这些书里并没有我想了解的更详尽更深入的东西。但我从老人的眼中，读出了那些无法言说的困惑与悲苦。

老人问，还来吗？

我一怔。温柔的斜阳在那一瞬间悄然而逝，风从眼前掠过，有些湿凉，是水的味道。惶惶抬眼望往远处，白茫茫一片，不知是云，还是水。

在汉水边时，有人告诉我，很多湖都是相通的，顺着水，就能到很多地方。

原来，湖不是孤独、静止的，而是在不断地流动。如此说来，那些沉入湖底的冤魂，也就会随着水流返回他们的家乡了。每个人，都有自己永远眷念的家乡。

朋友说，可我的父亲，是没有家乡的！我们，也没有家乡——

朋友的语气充满苦恼、悲伤，甚至有隐隐的愤慨。

那天，我陪同朋友第一次回她的家乡。

八十年过去了，朋友才知道有这样一个地方是她的根。朋友说，父亲一生从来都没有提起过他的家乡，直到父亲逝世了，才从父亲的日记和家族亲人口中，零零碎碎知道了那些尘封多年不堪回首的往事……

你父亲，就没有回来家乡一次吗？我还是忍不住追问朋友。

没有，一生都没有……1949 年解放军从这里渡水作战，父亲没有跟随部队从附近过桥，而是一个人绕到远远的下游游水而过，为的就是不要看到家乡……

你说，我父亲为什么要这样？

看着朋友痛苦的眼神，我哑口无言。

我和朋友站在高高的堤岸上，默默地遥望着远处。田野风光，十分迷人。我依然看到那个身穿军装的年轻人，水淋淋伫立在远处的水边。他始终没有回头，没有回头看一眼这块与他血缘相连的土地，他的家乡。也许，他是没有勇气面对这个地方，没有勇气重拾那个逃亡夜晚里留下的记忆碎片，天空和大地都是红彤彤的，那是血，是火……

日记本上留下的文字，大概是在那个夏天，被遗弃在领袖召见的大厅之外的那个晚上写下来的。他终于明白，那个他终生要忘却和遗弃的地方，永远是摆脱不了的噩梦和耻辱。

一位远方的朋友和我说过，他的母亲直到逝世也从来不提她的家乡，不说她是哪里人。每当儿女问起，即刻大发雷霆，返身进屋关起门谁也不理睬。

那位脾气古怪的母亲，或许也像我朋友的父亲一样，家乡在他们的心中，就是一道永远迈不过去的水。

朋友说，为什么不早点对我们说？我们从小到大，竟然从来不知道自己的家乡在哪儿！

朋友越说越激动。我微微诧异。朋友是医生，性情素来冷静沉稳。

我想告诉朋友，其实我们这代人中的很多家庭都有相似的经历。从小我们只知道革命的集体的国家的历史，却对父母家族的历史全然不知。我还想对朋友说，你们的忘却是幸运的，这样你们就不会像我和我很多熟悉的同辈人那样，从小就开始意识到家庭出身是一座沉重的大山，让我们永远抬不起头，让我们有太多的机会让自己变得心灵灰暗性格扭曲……

朋友反复地问，我也反对贫富不均造成的社会不公平，但革命就非要以暴力手段来解决阶级矛盾？就没有别的途径了吗？

朋友的声音是颤抖的。我没搭腔，内心一片茫然。

近代的中国可谓多灾多难。外患内争相互交织，纷乱不息，国土从无一日安宁。从普通百姓到社会精英，死去者不计其数。到今日细细思忖，若能消除党争内乱，共御外侮，齐心建设，修德安民，以当日之精英荟萃人物辈出，要创建出一个崭新而强大的中国绝非难事。往往在朋友间谈起，无不扼腕长叹，伤怀不已。

很迟才知道，那位早逝的革命伟人宋教仁，却是最早的也是唯一的鲜明坚定地主张通过议会道路建立宪政以实现革命理想，坚持以议会道路代替暴力革命，坚持在宪政民主的框架内从事议会政党非暴力的民主选举与和平竞争。他的思想在今日，仍然振聋发聩。但在那个崇尚暴力杀戮横行的年代里，他的声音太微弱了，如同他的生命一般短暂。上天不垂怜苦难的中国，早早带走了这位最清醒的智者。于是，接下来的历史不可阻挡，国共分裂，内战不息，生灵涂炭，暴力复暴力，永无停息，伟人为之奋斗的宪政理想依然遥远而不可即。

车子开出不远，已是暮色四合，景物朦胧。

洪湖越来越远，什么也看不到了。心底蓦然涌来万般惆怅。想起刚才老人的问话，还来吗？

突感手心生痛，才发现不知何时一直紧攥着拳头。

慢慢张开手掌，里面是一粒莲子。停留湖边时，一妇人向我们兜售新鲜莲蓬，同行女友剥下莲子递给我，说可以生吃，味道很好的，淡淡的清甜。从没有吃过生莲子，心有犹豫，接过来攥在手中，竟一直忘了尝。

仔细端详，新鲜的莲子白生生的，上面留着湿润的光亮。那是水的痕迹，洪湖的水。放进嘴里轻轻一嚼，是苦的，入心的苦。

2016 年 11 月 26 日　广州

在远方征战的军人

终于到了那个地方，已经是 2006 年了。

一次抗战之旅。

女儿在兴致勃勃地给朋友回电话。年轻的声音在空旷静谧的树林里回荡，清亮好听，又有点缥缈虚幻。

我不接任何电话。生怕一开口，会惊醒在一个个墓碑下安睡的年轻战士。

风带着树和青草的清凉，抚摩着我的脸颊，上面有未干的泪痕，提笔匆匆写下了这些诗句，急促，跳跃，无法顾及是否押上韵——

从没见过

那么多的墓碑在一起

密密麻麻

遍布山冈

一个挨着一个

一个跟着一个

亲密　沉默而肃然

每一块石碑上

刻着一个名字和军衔

一个挨着一个

一个跟着一个

像肃立的军列

等候集结号吹响在前方——

少尉宋庆林
到——
中士周正坤
到——
一等兵林子云
到——
上等兵王少安
到——
……

每一个清晨
声音穿越树梢雾霭
直跃云霄
那一刻
满城的人肃立静听
将每一个名字默记心房

1966年的那个夏天，第一次知道中国远征军这个词。

在那些墨迹斑斑的大字报上出现的这个词，蛮横地带着丑陋与邪恶，也暗藏一种遥远的神秘与威严。令我惊惶，也令我着迷。好一段时间里，我企图从大人们那里得到解答，却一无所获。幸而十二岁的我，开始迷恋小说，迷恋文字，于是，我以自己的智慧来理解了这个词的含义：在远方征战的军人。

在远方征战的军人。

美丽而富有诗意的想象，坚定地摒弃了那些横加而来的丑陋和邪恶，变得庄严纯洁。然而，我仍然要到了很久很久以后，才清楚地了解它的真正含义，了解了它对我们的历史曾经意味着什么。

这个时候的我已经不再年轻，历史真相的赫然展现，令我深深震撼。无边的悲哀，瞬间击溃了所有的冷静与成熟，看到了那个少年纯真美丽的迷恋，曾在如何沉重的惊惶和罪孽中彷徨而挣扎。我终于知道，在滇西大地上，还精心保存着一个为他们而建的墓园：国殇墓园。

八月炽热的阳光下，我风尘仆仆一路赶来，满怀激动，却又惴惴不安，像是在赶赴一个相约多年的约会。

多么吃惊，还有一个这般美丽宁静的墓园留下来。

所有的人都告诉我，它是唯一的。是在长长的岁月中，为了纪念这样一支军队，唯一能完整保留原貌的墓园。当我到来的时候，它仍然整洁、肃穆，一个个的、一列列的数千座墓碑，依照军队的严格序列，就像在战斗打响前夕严阵以待的军队，一旦号声响起，便马上跃起冲锋陷阵。

那场震惊世界的滇西之役，是中国军队第一次收复自己领土的反攻战。长达一百二十七天的"焦土之战"，无法形容如何惨烈如何悲壮，只知道，在寸土必争的步步胜利中，倒下了九千多将士的血肉之躯。

九千多的赤诚男儿呀！站起来，是一片直逼苍穹的森林耸立；倒下去，也是一片地动山摇的热血翻飞。

历史的真相，在这里以如此震撼的方式重新展示。令每一个到来的人不能不肃然起敬。

女儿靠在身边，紧紧抓着我的手。青春的脸庞在阳光下明媚动人，与当年的军人一样年轻。

我握住女儿的手，满心悲凉。

屈指一数，已是六十二年的光阴过去了。六十二年的光阴，历经了两代人的青春和记忆。我们两代人的记忆中，还留下了多少可怕的空白和谬误呢?

山坡上的树都长高了。树下有风。风带着树的清凉落下来,温柔地抚摩着一个个的墓碑。墓碑很小,色泽斑驳,布落着青苔的痕迹,上面的字迹有的模糊了,有的还很清晰,"少尉排长龚楚良","中士班长陈泽民","上等兵李春山"……都是些很普通的百姓名字。这位少尉排长的名字里有个"楚",他的家乡是不是在湖北那个古楚国之地呢?假如是的话,那他对屈原一定比别人更熟悉和更亲近了。一个个真实的名字,仍然鲜活生动,带着乡土的气息青春的激情,穿透长长岁月而来,就这般亲密地靠近了我。

手轻轻触摸到碑面,粗糙而清凉的感觉,心一震,泪水终于夺眶而出。

我该怎样向他们解释呢?

为什么在那么长的日子里,我从来没有来看他们,也从来不会和别人说起他们,我甚至对他们一无所知。我出生的年代与他们之间,其实仅仅相隔十年,却被历史和政治的重重迷雾遮掩得如铁桶一般,让我们将他们忘得干干净净……

责任在谁?过错在谁呢?

风带着我的喃喃自语,徘徊在一个个墓碑之间。我多么希望他们能听到,听到我的诉说,听到我祈求他们的原谅,原谅我们那么多年来多么不合情理的冷落和漠视,原谅我们的愚昧无知。

十二岁那个夏天的记忆仍然模糊不清,充满惶惑,只知道与一个苏姓的英语老师有关。那些污浊恶毒的词句,将他和那个军队的名称连在了一起。我百般不解,母亲的同事里并没有一个苏姓的英语老师。到了父母终于愿意开口解答我的疑问时,已经是很多年过去了。带着迟疑和停滞一点一点说出来的事实,叫我震惊而悲哀不已。

才知道,那个苏姓的英语老师,曾是中国远征军的翻译官。仅仅是因为这样,一而再地遭受厄运,最后是在反右的时候死在了劳改场。

更没有想到，我曾经和他很亲近地接触过。我们住在同一个校园里，是一厅之隔的邻居。那种老房子，中间一个厅堂，他住左厢房，我们住右厢房，厅堂成了我们两家合用的场所。那个时候弟弟刚出生不久，我也只是两岁多一点，对那家人和那个男人毫无印象。在母亲的形容中，他个子瘦高，脸白斯文，性情温和，不像军人，更像教书先生。我想象他每天拿着讲义从左厢房走出来，见到在厅堂里玩闹的我和弟弟，照常会停下来笑了笑，问上一两句话。他也有孩子，也像我们一样的幼小。

我甚至去过他死的地方，离家乡还有很长的路程。那个地方穷山恶水，夏天的时候很炎热，冬天的时候又非常冷，干燥的冷。他也许很不习惯这般变化无常的气候，瘦弱的身体终于扛不住，孤零零地死在了那个异乡之地。

母亲在回忆中有了点激动，这让她想起了年轻时候的一些往事。她说到中国远征军在南方各省征召人员，正是抗战最艰难残酷的时候，各地青年非常踊跃，大都是学生，故而被百姓称为十万青年远征军。那位苏姓的英语老师，也应该是一个学生，或者是一位青年教师，一样毅然投笔从戎上了战场，成了那支英勇军队里的一员。不曾想到，这段被他视为一生中最可骄傲的军旅生涯，却断送了自己的性命。他在临死前，也许不仅仅怀念他的妻儿，还会怀念起那些已经血洒疆场的战友。这种怀念，令他在百般惆怅中深感孤独，甚至生出了后悔，后悔没能像战友一样，将自己留在那个美丽宁静的墓园里。

而令我想不到的，他还曾是父亲的老师，但与常常参加激进活动的父亲意见有点相左。当然，这是在他从军队回来以后的事情了。因此，父亲的回忆明显带着隔阂，甚至还有一点难以掩饰的冷淡。我理解父亲的这种隔阂和冷淡。即使父亲对信仰及很多问题开始了认真思索，也仍然不能摆脱多年来政治博弈的强烈对立和深刻歧见。但是，父亲的那点隔阂和冷淡还是深深刺伤了我，使我始终没有和父亲谈起少年时开始的迷恋。

风紧了,一阵林涛从山顶而落,越过一个个墓碑,有了点森然。

不知是不是要来雨呢?听说,这里背靠着有名的高黎贡山,夏季里的气候瞬间多变。当年的战役也是从夏季开始。到了今天,人们还在说,每当风雨交加电闪雷鸣之际,高黎贡山的苍茫云天之上,会突然出现千军万马呐喊厮杀的声音,令人惊心动魄。我从一开始相信这样的传说,每每听到,皆为之动容。这块土地承负的那段历史,沉重惨烈而悲壮,令这里的人们从不会忘记,也不敢忘记。是这里的人们,使这座美丽宁静的墓园,得以穿越了长长岁月里的种种误解委屈伤害而存留下来,等来了今天,等来了像我一样满怀崇仰从远方赶赴而来的人。

风从身上抚过,留下一阵低咽般的林涛。突然很想放声大哭,毫无顾忌地大哭,让哭声穿越树林,穿越云层,带上多年来所有的愧疚和悔恨、委屈和愤懑。也许,正是因为我们为自己民族的热血男儿流泪太少了,才令我们的历史变得如此的干涸、苍白和冷漠。

快离开的时候,才发现右边一墙之隔外,是另一座高高耸立的纪念碑。

那是我从小熟悉的革命烈士纪念碑。几乎在所有的城市里,都有这样一座纪念碑,为纪念1949年的胜利而建。我们那个小城也不例外。每年的清明节,我们会抬着花圈去扫墓。少先队也往往在这里举行入队仪式,松涛伴着朗朗童声,是我第一次获得崇高庄严感的地方。一年的夏令营,在那里举行了一次摸营游戏,忘了我是在红军一方还是白军一方,只记得黑森森的树林里,无意中撞到草丛里的碑石,惊恐地大叫起来,便糊里糊涂成了俘虏。那点堪称耻辱的经历,令我深刻领悟了敌我对垒的严峻与残酷。

然而,他们在这里竟然亲密而靠,像兄弟一样。

躺在那座纪念碑下的烈士,是否就知道,仅仅是五年前,曾有数千热血军人为了从侵略者手中夺回这个美丽的城市,也将他们的鲜血洒在了这里。也许,他们还来不及想明白就躺下来了。但他们是庆幸的,能在这块土地上和这些英雄相依为伴。小城的人,毫无顾忌地将他们安排在一起。也许在小城人的心中，他们就是血脉相连的兄弟。于是，那些清风明月林涛起伏的朝朝暮暮，他们在默默注视中相互问候与致意，世间的恩怨纠缠轻重荣辱终于远离而去。

要走了。最后在碑前敬了一个军礼。

我不是军人，但我仍然想像一个军人那样向他们致敬。其实从少年开始，我就将他们看成真正的军人。

在远方征战的军人。

我知道，我还要来看他们的。带上鲜花，带上酒，还想带上父亲。我多么希望在这里，能让父亲放弃那些多年铸成的隔阂与冷淡。

2009 年初春写成

2016 年岁末修订　广州

兰若美人

从松山战场带回来的兰花开了。

花的形状也像它的叶子一样，细长纤弱，玲珑秀雅。凑近着闻，果然有香味，清幽而淡，风一过，烟一般散开，带到更远的地方去了。

山脚下，那个清俊而有点腼腆的小司机，将一大把沾满泥土的草一样的东西塞给我，带回去，开的花很好闻——

纤长的草叶子划拉过我的手臂，清晰而柔软，心底即刻一阵震颤。

一个男人走过来说，那场大战后，山上寸草不长了。男人说完，慢腾腾地转身走了，留下一个苍老佝偻的背影。我双手捧着兰花，茫然愣住。泥土和草的气味搅和一起，潮湿，清凉，还有微微的腥。眼前一棵残缺半截的树，形状怪异，有碑，说明是当年的战火中存活下来的。

那个炎热的夏天，我满怀景仰奔往那个叫松山战场的地方。

松山，是个地名。这个地方已经被人们习惯性地与战场这个词联系在一起了。所有人向我提起时，都这样叫。抗战期间，那里发生了一场历经一百零三天的著名战役，中国军队最早开始收复自己的领土。

我那么迫切而又怅然无比地对那个小司机说，能在清晨赶到吗？都说雾气弥漫的时候，那里还能清楚听到当年的枪炮声和嘶喊声——

小司机满脸诧异地盯着我，说不出话来。

我们没能在清晨赶到，还迷了路。一路上频频问路，都知道松山战场，都说不清楚去的路。松山战场，像一个叫人神往却又畏惧的谜，深藏在滇西绵延不尽的大山里。

终于到了，已经是正午十二点。烈日当空，一小片阴凉都找不着。

短而窄的小街，没有一个行人。偶尔一辆汽车开过，仍然不减速，瞬间通过，在路面甩下一长串非常夸耀的声响。路边有狗，也不叫，懒懒地趴着，似睡非睡。两间小饭馆紧挨一起，空无顾客，与小街的冷冷清清很相符。

挑中了右边的饭馆。灶前那个年轻女人抬起身子招呼，眼神如腰身一样，有令人舒服的柔软。走进去的时候，我还不知道，那里面有一个和我相差了一代年龄的老人，在等着我，就像等了很久很久，要将她对那场战争的特殊记忆告诉给我。

当她的眼神和我相遇时，我能感觉，那是女人看女人的眼光。

好奇，深究，若有所思。还似乎有一点点的欣喜。这点欣喜，令我隐隐惊讶而又有点窘迫。这个时候，我仍然不知道，我们将要在交谈中很快亲近起来。

我们的交谈需要翻译。但自始至终，老人的眼神一直停留在我的脸上，温和，而又固执，像见到了一个多年不见但曾经非常熟悉的人，不必开口，眼神就能道出一切。

一开始我的问话老走岔，不知什么地方吻合不上。老人似乎有点迫不及待，抬起身子往前移了移，几乎是膝对膝脸对脸地靠近了我。手腕上的绿玉镯子摇摇晃晃，无意间挨着了我的手臂，清凉柔润的感觉，令我脑子里突然冒出了环佩琅琅这个词。那一刻，我霍然醒悟过来。

老人在和我说女人。

战争中一群身份特殊的女人。她们有一个饱含耻辱的名称：慰安妇。

前年她来了，来了，来看她当年住的地方了——

老人说的是一个朝鲜女人。在一张很有名的照片中出现的女人。

我顿时惊愕。

我知道战争中的这些女人，也在照片上见过老人口中的那个朝鲜女人。但她们始终让我感觉隔阂，像相隔了一条宽大的河，远远站在对岸遥看她们模糊不清的面孔。也许，是因为在我的潜意识里，她们与那场战争最丑陋最邪恶的一面紧密相连，令我以女性的本能，去抗拒走近她们和了解她们。我完全没有料想到，那个夏天当我满怀敬仰奔往那个抗日战场，一个经历了战争的女人，很近地坐在我跟前，迫切地和我说起她们，像说起她曾经非常熟悉和亲近的人。

那些被称为"慰安妇"的陌生女人，就这样格格不入地形象真实地从那个血腥残酷的战场向我走来了。

赶街子的日子，她们走出来了。穿着她们的裙子，红红绿绿，很多的颜色，很好看……头发也好看，短的，卷的，梳发髻的，插着簪子，好像是银的……都穿木屐，走在这塘石路呀，一扭一扭的，跋拉跋拉地响……

老人的语气低柔、温婉，甚至有一点点按捺不住的喜悦。屋外的阳光很强，升腾起一层热气，白晃晃地遮住了后面那高耸而起的山岭，给人极不真实的感觉。

女人，只有女人，才能那么细心地注意女人身上的一切细节。战争突然变得遥远疏离，只留下一些平常日子里的平常女人。

我终于身不由己地，跟着老人零零碎碎的叙述，一点一点地走近了那些女人。

她们开始变得具体、细腻，一举一动，一颦一笑，有血有肉，甚至亲近而可爱。犹如我从小到大接触过的一些漂亮女人，妩媚，娇俏，爱打扮，爱吃零食，爱逛街，小挎包里永远放着那些精美的小镜子、小梳子和口红粉盒、发簪、胭脂，甚至还有一个小小的暖手壶，铜的，或锡的，工艺精美，宛如玩物。她们的家乡在寒冷的北方，有着这样用惯了的非常喜爱的贴身物件。她们走出来，在太阳底下仰起漂亮的脸蛋，然后开心地笑了，像小鸟暂时被放出了笼子，舒展开了她们的天性。她们的木屐踩在凸凹不平的塘石路面上，声音清脆好听，走不稳，反而有了那一番的娉娉婷婷婀娜多姿。她们也像那些对自己的漂亮很清楚的女人一样，什么时候走出来，都是一副自信的模样，顾盼自如，神采飞扬。爱东张西望，看见花开了，要笑，看见了大树落叶，也笑，看见天上飞过小鸟，也笑，看见那些景仰她们的小女孩们，也笑了，甚至会站下来，顺手送给她们一个小物件。看着她们激动的样子，满足地笑了，然后转身走了，留给她们一个永远充满神秘的背影。

不知什么时候，老人已经紧紧地握住了我的手，似乎执意在拉我一起走回那个远去的世界，回味那些忘不去的旖旎风情。身体上很近距离的接触，能隐隐闻到老人身上清洁的气味。一直待在这偏僻大山里的老人，仍然将自己收拾得这般干净细致，让人想象她年轻时，应该也是个注意打扮好看迷人的女人。

老人在战争中失去了两个亲人。一个是父亲。那一年，她十二岁。战争的血腥，侵略者的残忍，也一样留在老人的记忆里。但十二岁对于女孩子来说，也是个敏感的年龄。或许，那些来自异国穿衣打扮神情气质完全不同的女人，无意中就成了那个十二岁女孩最早的学习对象和启蒙老师。老人的记忆中，女人的美丽风情，与侵略者的残忍邪恶，与亲人的生离死别，已经奇特而矛盾地交织一起了。

当我对朋友们转述老人的记忆时，仍然感到深深的困惑。内心里我更愿意相信，老人是以女人本能的天性，去努力保留那场战争中尚存的那一点美丽动人的记忆，而竭力想忘掉那些血腥、残酷和邪恶。因为人的记忆保存，往往是有选择的。

有时，我们的谈话停了下来。老人静静地看着我在本子上记下我想记下的东西，神情专注而安详。阳光在街面晃动，一辆车子驶过去，发出很响的声音。这是一条用扁而圆的石头铺成的路，当地人叫塘石路。这就是著名的滇缅公路。这条在战争期间重要而繁忙的运输线，导致了那场著名战役的发生。当年的子弹炮弹落到这样的路面上，是不是也发出更响亮的声音，火星飞溅，令人骇然不已。

从山上下来的时候，饭馆里仍然空无顾客。

老人不在了。应该是回家去了。她和我说了那么多的话，一点不累。最后她紧紧拉着我的手说，再来呀，明年再来！我说，好的。其实，我并不知道我还能不能来。街上静悄悄，狗也不叫，在睡觉。我们的车子开出小街，在塘石路面甩下了一长串非常夸耀的声响。

当年踏在塘石路面的木屐声响，也是这样夸耀吗？也许，要更加清脆好听，像风铃挂在了树下，带着女人天生的情致风韵，留在了这条用石头铺成的路面上，留在了老人永远的记忆中。

坐在车子里，我紧紧捧着那把兰花。潮湿而带着腥气的气味，弥漫在车内。我仍然无法想象那座粗粝的山岭下，娇弱的兰花是如何生存下来的。我问小司机，兰花能活吗？小司机口气坚定地回答，当然能活！

手臂上留着那一点清凉柔润的感觉，是老人的玉镯子。我们素不相识，竟能那么亲近地坐在一起手握手说话，说那些已经留在遥远年代里的女人。心中蓦然一阵难过。也许，再没有机会见到这个老人了。不知道为了什么，她执意要将她的记忆，她对那场战争的特殊记忆，留给了我这个从远方贸然闯来的女人。

回来后，我迫不及待地寻找与那些女人相关的资料。原来，有那么多的资料在说她们。我甚至看到了她们留下的自画像。那一幅幅自画像如此奇特，让我震惊不已。稚拙的笔调，简单的色彩，如直白明了的文字，在诉说她们的生活，是一个如何充满痛苦和恐惧的噩梦。那些没有尽头的黑夜里，她们抚摸着浑身的伤痛，望着星空流着长泪，怀念亲人，怀念家乡，怀念她们曾经像花朵一样美丽的少女时光。

一幅幅自画像，与老人的回忆终于叠印起来，真实得令我流泪。那场邪恶的战争，毁掉了一个个本该拥有正常生活的女人，使她们的青春变得畸形而不堪。

不同的资料里，都提到了那个朝鲜女人。在不同的人的回忆中，她都是一个活泼可爱的女子，歌唱得特别好。似乎因为这一点，令她特别受人瞩目，也要受更多的苦。她有过不同名字，在这个地方用的名字里，有个春字。春天是兰花开的季节了。那她是否注意到山脚下的兰花呢？她的回忆里提到过沿途路边有一种黄色的花，明亮耀眼。看见花的时候，她还会唱歌吗？

我努力回忆老人的话。老人没说过，没说过有好听的歌声。也许，是因为那个女人辗转来到这个地方，已经饱受折磨，再唱不出美妙的歌声了。只是她还不知道，她将要在这里看到侵略者的最后灭亡。

资料上提到松山战役中，那里的二十几个慰安妇有五个逃生出来，中途被一当地村民救下。这五人中的一个，就是出现在一张震惊世界的照片中的那个孕妇，老人口中不断提到的那个朝鲜女人。

翻回当时的笔录，最后一段是老人的原话：

"奇怪了，那场仗打了三个月，炮声枪声没断过，天也一直在下雨，下得好大好大……到打完了，日本人都打死了，雨就不下了，天晴了，那些女人也不见了，再也不见了……"

兰花在继续开。很好闻的香味，清幽而淡，风一过，烟一般散开，带到更远的地方去了。

我知道，在那远处，还留着硝烟的味道。

2009 年初春写成
2016 年修订　广州

雾断归途

开出租车的女人问，要赶早吗？

当然。

车子猛地一下颠簸，我下意识抓住了窗边的把手。

把手光滑，在掌心留下凉凉的舒适感觉。正午，阳光炽烈。而一躲开阳光，却又是阴凉阴凉的了。当地人告诫说，夜里睡觉还得盖薄被子。到了山上，气温更低了……

想看高黎贡山的雾。我急急补充一句。

女人笑了。要是下雨，雾更好看哩——

我也笑了。女人不俗，也懂雾的好看。

说不定夜里就下雨了呢？

不会吧？女人转过脸怪怪地盯了我一眼。又笑了。

天空湛蓝如洗，白云堆积如山。高原的蓝天白云永远令人惊叹。高黎贡山就在城边，半山腰以上白茫茫一片遮断面目，不知那是云还是雾。

入夜早早躺下，却睡不着。

翻来覆去中，隐约听到窗外有窸窸窣窣的声响。急急起身细看，是下雨了。一喜，又一惊，无端有了些惶惶不安。

出租车果然早早在旅店门外等候。

走出来不是那个爱笑的女人，是个年轻男人，羞涩地笑笑，说，媳妇另有事，就让我来了——

天未亮尽，大街上行人寥寥，异常的寂静。

那点惶惶不安蓦然又涌上心头。暗自思忖，也许是自己太沉浸于这座边城的历史了。六十二年前，这里发生了惨烈的战争，城中的每一寸土地，都是血与火。胜利了，城也毁了，死了无数的人。有国军，有日军，还有无辜的百姓……据当时的人回忆说，战争结束后，城里开了七天七夜的"水陆大会"，各家寺庙庵堂共聚一起念经超度亡灵，折莲花，放河灯，超度自家人，也超度日本人。给日本人念诵的是：日本鬼，回家吧，回家见你妈，搂着你媳妇你的娃，洗心革面重做人……

听来惊心动魄。战争残酷血腥且怪诞的面目如现眼前。

到来的第一天，在城边的国殇墓园待了很久。出来时，有人遥指远处的街口对我说，当年那是一户有钱人家的宅院，日军指挥部就设在里面。日军的最高指挥官还娶了那户人家的女儿。那是我第一次听说那场战争中一个真实存在的女人，一个出现在那座宅院里的女人，但还不知道，在那里，还有另一个女人的存在。

车子很快上了山道。路开始窄起来了，两边的树林也越来越密。果然有雾，熙熙攘攘地涌动在树丛山道，宛若一幅生动的画卷。往上走，雾越来越大，越来越浓，严严实实挡住了去路，几乎就贴着车窗，似乎一伸手便能抓住。车子停了下来，我迫不及待下了车，不由被眼前的景观惊呆。曾在大山里待过近七年，那里也常年有雾，但那雾多是稀薄轻盈的，如白练般飘动，让人联想起婀娜女子的舞姿。而眼前的雾，却是如此的浓重厚实，如高墙矗立，又如军列集结。忽而一阵风过来，顿时汹汹涌涌，扑面而来，像随时会将人与车子吞噬。大着胆子往悬崖下面看去，更似海浪翻涌，形态万千，分不清是云还是雾。

从滇西回来，开始反复做同样的梦。

梦里，总见到高黎贡山上的雾。我走进了雾中，四周厚实如墙，扯也扯不开，一阵风过来，顿时汹汹涌涌，如海浪将我席卷而去。惊慌中看见前方有人影绰约，疾呼救命……惊醒过来，却清晰记住那是个女人的背影。只有女人，才有那么好看的绰约身影。

突然间，那种惶惶不安又紧紧攥住了我。蓦然意识到，在那个地方，自己是不是忽略了什么？我迫不及待地翻阅带回去的一本本厚厚的回忆录，官方的，民间的。于是，一个女人，一个从不知道的女人，开始从那些简单、零碎、模糊而又不确定的文字里，渐渐地浮现出来……

我小心翼翼地在电话里对朋友说，我发现滇西战役中，有一个非常特别的女人……

是的。我用了特别这个词汇。

其实，我还无法对朋友完整地述说那个女人的事情。但我在内心里毫不怀疑她的存在。即便战后所有的官方资料档案里，都没有任何有关她的记载，著名的国殇墓园里，也没有她的一席之位，甚至，没有人知道她的名字。

惊诧与困惑的交织中，我内心里的那点惶惶不安愈发鲜明。

反复的梦里面，她的身影也越来越频繁出现了。朦朦胧胧，若隐若现，浑身似乎闪烁着一种飘忽不定的光芒，敏感，又脆弱。我慌慌乱乱追上去，大雾扑面而来，潮湿，冰冷，沉甸甸的，令人心惊。有时，似乎靠她很近了，感觉到了她的真实存在，闻着了她的气息，甚至，触摸到了那在风中扬动的衣裙，柔软，温暖，带着一点若有若无的性感。我害怕她再消失，惶惶伸出手……轰然一声巨响，一切在眼前骤然消失了……

每每从梦中惊醒过来，内心的悸痛鲜明锐利。

当我将她的故事艰难地拼凑起来后，惊讶地发现，所有她可能出现的地方，我都到过了。我想起了在边城里那个下雨的夜晚，内心突然涌来的那点惶惶不安。

站在烈日下，我久久遥望着街口对面那座宅院的位置。那里矗立着一座现代化建筑，昔日的痕迹一点也找不到了。

那场战争结束后，全城成了一片焦土，连瓦砾都成了碎末，和着硝烟在空气里飞扬了很长日子。离这座城市不远的山中，是一个有名的硫黄温泉。那散发着浓浓硫黄气味的温泉水，或许还存留了当年的烟尘。

那座宅院作为腾冲城沦陷时的日军指挥部，可能是因为位置合理，也可能是因为房子坚固漂亮，还可能是宅院的主人做了维持会的官员，成了日军最为信任的人。没想这一住，还生出了其他的故事，主人的女儿成了日军指挥官的妻子。有人猜测是因为有了这种关系，在反攻战役开始时，日军指挥官同意了让城中的百姓撤了出去，由此免除了更多的无辜牺牲。这个细节让人相信，残酷战争中一点点恻隐之心的存在，都是很幸运的。

那座宅院里，引人瞩目的是两个中国女人。一个是那个成为日军指挥官妻子的房东女儿。另一个则是一个懂日语的年纪更轻的女教师，也有人称她为女学生。或许她本来是个女学生，因为懂日语，就做了教授日语的教师。据说，她是主动向日军坦承自己懂日语，可以当教师。或许是这点令她赢得了日军的信任。因此，她不仅当了教师，还时不时被叫到指挥部做些别的工作。于是，她成了能自由出入那座宅院的中国女人。人们经过那座宅院的门口时，能看到她和那位日军指挥官的妻子站在院子里面，亲热地说话。没听说她还和什么人有交往，也不知道她的名字，更不知道她从什么地方来。后来，慢慢地有人打听到，她是个华侨，随同那些难民逃过来的，惠通桥炸断后，她就滞留在这座沦陷的边城了。

我们从松山下来就赶往惠通桥。

司机不识路，沿途几乎没有人，偶然看到玉米地里有人影，大声叫唤着问路，答的也是模棱两可含混不清，终是走了不少的弯路。

司机有些沮丧，也有些歉意。他毕竟太年轻，对远去的历史了解太少了。他甚至连松山和惠通桥都不知道。更不理解我这样一个看上去弱不禁风的女人，为什么兴致勃勃地要翻越山高路险的高黎贡山，老远地跑去看一座光秃秃连草也不长的山和一座废弃难看的旧桥。

终于到了。竟也无一人影，只有高山耸立，大江奔腾，静寂中隐隐听到水流湍急低沉的吼声，让人想象起当年这里战火纷飞人群拥挤一片沸腾的情景。

前面不远处是后来新建的石桥。旧桥依然保存完好，但桥面的木板没有了，粗大生锈的铁索横亘在激流奔腾的江面，晃晃悠悠，令人望之目眩。当年缅北战役失败，日军迅速越过边境占领腾冲，并试图从惠通桥越过怒江。危急关头，守桥的军队炸毁了惠通桥，及时阻挡了日军的进犯，但也将大量逃亡的难民隔在了江对岸。那位女子，也在那些难民之中。毫无疑问，她赶到这里，也是要过桥的。或许她不是逃难，而是要寻找自己人的军队。她千里迢迢归国，一心要报效国家。但来不及了，一声炮响，隔断了她的归途。她和那些难民一起，在日军的刺刀下被押回了城中。却没有人知道，她为什么要主动向日军说出自己懂日语，可以当教师。

两年的沦陷日子里，她在人们猜疑甚至是鄙夷的眼光中进进出出那座宅院，沉默，从容，她没有解释，也没有机会解释。她在静静地等待，终于等到反攻战役的开始，等到有机会将城防计划交到了国军情报员的手中。

这一定是人们料想不到的举动。而对于那位国军情报员来说，也是一次出乎意外的奇遇。他偶尔借挑水的机会进入日军指挥部侦察情况，对这女人或许是有印象的，甚至能隐隐感觉到她在观察自己。直到那天，她在经过他身边的时候悄悄将一份东西塞到了他的手心。就这样，重要的城防情报送出来了，给国军的反攻提供了关键性的帮助。

战争胜利后，那位国军情报员四处打听这位女人的消息，竟一无所获，没有任何部队或系统知道在那里有一个自己的情报员。只从里面被俘的人口中知道，送情报的事情败露后，她被抓起来了，审讯拷打毫无结果。最后，是将她押送去了松山慰安所。

在松山的时候，我在那个曾是慰安所的地方停留过，山脚下的一小块狭长的平地。当地一位老妇人告诉我，当年那里只是几间简陋的茅草屋，大雨一来，根本挡不住。难得有点阳光出来，女人们就抬出被褥衣裳什么的出来晾晒。

我不愿意相信，那位女子曾屈身在这般潮湿肮脏的地方。那时正值雨季，高黎贡山的雾更多，更大，更浓重了。我多么希望押送那女子的车子在途中被雾挡住了，便能让大雾将那女子裹挟而去，永远留住她的纯洁和美丽……我甚至不愿意相信她的曾经存在，这样就不会有那些令人痛彻心扉的事情发生了。不难想象，鲜花一般美丽的女子，落到了一群禽兽手中，将会是什么样的遭遇……

当我在残酷的历史中越来越走近她，就越来越强烈地感觉她是自己的一位亲人，一位让我牵挂不已而满怀痛惜的亲人。

其实，过于简单模糊的文字里，对那位女子的形象没有任何的描述。但我却时时能亲近熟悉地想象出她的形象，微深而柔和细腻的肤色，轮廓分明而生动的脸庞，丰满鲜润的嘴唇，深深凹陷的眼窝，黑亮黑亮的眸子闪烁着星星一般的光芒，笑起来率真热情。她甚至也留着齐耳短发，那是华文学校女生的发式。穿的也是朴素的竹布旗袍，一种像天空像海洋一样的蓝色。她同样有着许多华侨青年的独有气质，谦和，温顺，单纯，诚恳，而又执着坚韧，对祖国充满了向往、热爱与坚定不移的忠贞。

我自觉熟悉她。或许是因为我熟悉像我父亲这样的人。抗战期间归国的少年父亲，也是满怀一腔热血，立志要像他的国文老师那样，为报效祖国贡献自己的一切。由此而决定了父亲后来义无反顾地走上投笔从戎的道路。我甚至想象她也和父亲一样，来自印度尼西亚，一个美丽的国度。读的也是华文学校，也遇到过一个像父亲的国文老师那样的人，教给她爱国的道理。老师后来走了，回国投身抗日。从那一天起，她就渴望着自己也像老师一样，回来报效祖国。

从城中到松山，翻越高黎贡山，走那条著名的滇缅公路。车子行走在石子铺成的塘石路上，颠簸不停。身上的伤痛一阵阵袭来，但她始终不吭一声。自从被抓以后，她就不再开口说话。她知道，这条著名公路上的石子，是成千上万的滇西女人满手血泡敲打出来的。想到自己也和这些普通女人一样，为抗战做出了贡献，内心充溢着温暖和欣慰。

她贪婪地眺望着车外的风景。雨还在下，雾太大了，遮挡了视线。但她仍然能想象起杜鹃花开的时候，漫山遍野的红艳艳，说不出的美丽动人。记得第一个春天看到杜鹃花开，惊讶不已，高寒险峻的山岭上，竟有如此美丽的花海。那座宅院里的一个女人告诉她，相传那杜鹃花是一种鸟儿吐血而成的。这个传说深深打动了她。什么样的鸟儿会啼血成花？也许，那鸟儿也像自己一样，心中有着无法诉说的悲苦和委屈。她真想挣脱被紧紧捆绑的双手，伸出去握住那车外的雾。她相信，雾里一定还存留着春天里杜鹃花的味道，淡淡的味道，若有若无，不是香气，而是一点点的涩。那一点点的涩，是啼血成花的鸟儿心中的苦吗？自己多希望也能像这鸟儿一样啼血成花，将生命干净而美丽地留在大山里。

她知道前去的地方是人间地狱，她知道自己等不到胜利的日子了，心中或许是有许多遗憾的。她遗憾还来不及对城里的人们说出自己的心里话，告诉他们自己来自哪里，为什么要留在那座宅院里。她遗憾还来不及给家里人捎上一封信，告诉他们自己是多么想念家人，想念严厉的父亲从小教给她仁孝忠义之道，想念慈祥的母亲在灯下教她女工，在灶前教她做中国菜，想念可爱活泼的弟弟妹妹，总喜欢跟随自己到森林里摘蘑菇挖竹笋采鲜花……她还遗憾，没有真正投身自己的军队，成为一位在战场上英勇杀敌的军人。

她内心里，还有更隐秘的遗憾，是始终没有找到她想见的老师。她知道自己暗暗喜欢上了那位充满热情充满理想的国文老师。但她从没有勇气表白。她只会悄悄地在讲台上摆上一朵小花。那是她在上学的路上，从草丛里摘来的。那只是一朵不知名的小花，没有玫瑰的鲜艳，也没有兰花的清高，只是一种淡淡的紫色，香味也是淡淡的，含蓄，温婉。她发现，老师是注意到这朵小花的，下课的时候，会小心翼翼地夹在课本里面。她慌乱着垂下头，让短发遮住发烧的脸蛋，心底涌上丝丝的甜蜜。她喜欢老师的国文课，尤其是老师吟诵岳飞的《满江红》、文天祥的《正气歌》，悲愤激扬，声声泣血。她喜欢老师在讲台上指挥大家一起唱歌，唱的是《义勇军进行曲》，是《长城谣》，是《救亡进行曲》。不上课的时候，带着同学们到海边，遥指大海的尽头，说那就是我们美丽的祖国，正在被侵略者的铁蹄践踏蹂躏……老师眼里饱含的泪水，深深感染了她，让她日日夜夜都牵挂着那个遥远的她还从没有见过的祖国。她和老师同学们一起上街演抗日宣传剧，背着抗日筹款箱满大街地跑，嗓子都喊哑了。她将自己每天吃早餐的钱也早早放进了箱子里。从那时候起，她就决定了，也要和老师一样，回到祖国去，为赶走侵略者尽一份力量……

随着一声轰响，桥断了。她不得不留在了沦陷的腾冲城。

没人知道，站在断桥边的她曾是多么绝望和痛苦。也许，就是在绝望和痛苦中，她在心里筹划了自己的计划。她知道自己能做什么，也决定一定要去做。即便她知道人们对她指指点点，背地里骂她汉奸，但她愿意忍辱负重，执着而坚定，耐心地等待我们的军队反攻的日子。她从一开始就相信，日本人的日子不会长久，中国的领土一定会收复。她知道，她一定能帮上忙。她也知道，事情败露后自己将有什么样的下场。但她，义无反顾。

她终于死了。死得屈辱，却又悲壮。

最后的日子里，她被绑在松山上的一棵树上，天天受尽凌辱。她最后，是咬断自己的舌头而死。

站在山脚下的时候，正午，烈日炎炎。但我仍然闻到了多年前那个雨季里的潮湿，弥漫着浓重的硝烟和血腥气。

不远处的山坳有个水坑，有人在放牛，牛泡在水中，水太浅，牛时不时扭动着身子，明显不舒服的感觉。我猜想，那应该是当年的炮弹坑，一直没有填，下过雨，就成水坑了。

我站立的地方，有一棵弹痕斑驳形状奇异的断树桩。当年的激战中，双方的炮弹或许都落到了上面。那个时候，我还不知道那可能就是绑过她的地方，我甚至还不知道有她这样一个奇女子。离开那里的时候，我内心一直在流泪。我以为，自己仅仅是在为那些男人流泪，却不知道，那些悲伤的眼泪，也是为一个女子流的。她死了，却没给我们后人留下任何痕迹。她死后，那树的灵魂也随她而去，一宿间便落光了满树叶子。等我到了那里，就只是半截枯死的树桩了。

那天的烈日下，我在那棵断树桩旁久久伫立，脚如磐石般移动不了，内心涌动着一种莫名的慌乱和悸痛。我坚持在那里拍了一张照片。我隐隐地感觉到，这个地方一定发生过什么不寻常的事情。

如今我终于坚信，那就是她最后告别人世间的地方。

最后的一个清晨里，她已经奄奄一息。

山岭上，清晨的空气总是异常清凉，甚至是冷冽的，终于激醒了她。炮声停息了，四周寂静如磐。

雨也奇迹般停歇下来。一阵风过来，一串水珠甩落，打湿了她的脸颊。那是昨晚大雨留在树叶里的水。反攻战役开始后，就天天在下雨。大雨猛烈而持长，如鞭子般抽打着她遍体鳞伤的身体。她感觉不到丝毫的疼痛，满心充溢欣喜。她渴望雨水来得更大更猛，将留在身上的耻辱冲刷干净。当太阳重新出来的时候，纯净的灵魂能在阳光的沐浴中呼唤而出。她知道，也坚信，当太阳重新出来时，就是胜利的日子来临了。

天边微亮的地方，半个月亮从云层后露了出来，朦朦胧胧的。她欣喜地笑了。多少日子没见过月亮了？

在家的时候，最喜欢坐在海边看月亮。满月，缺月，弦月，都好看，清清朗朗地悬挂海面，就像刚从海水里沐浴出来，干净纯洁如刚出生的婴儿。她看着月亮想心事，心里洋溢着无尽的诗意和浪漫，还有一些莫名的伤感。也许，就在那些对着月亮想心事的日子里，开始产生了朦朦胧胧的爱情……离开家后，再没有见过大海了。这大山离大海有多远呢？站在高黎贡山最高的山峰上，能看到远方的大海吗？突然间特别怀念大海，怀念那惊心动魄的海涛声，怀念那湿润柔腻的海风，怀念海边的椰树林和铺满鲜花的小径……

临走那天晚上，母亲流着泪说，到哪里都不要忘了家……

她怎么会忘了呢？

她想告诉母亲，她回不去了，她要将自己的生命永远留在这块土地上了。祖国，也是她的家。能为自己热爱的祖国去死，她不后悔，她深感荣耀。

那最后一刻，她还想起了她日夜思念的国文老师。她坚信，他一定和她一样，奋战在抗战的战场上。或许，他已经牺牲了，在野人山，在腾冲城外……那么，她很快就能与他在天国相遇，能坦然地在他面前倾诉自己的情愫……

炮声响起来了。更猛烈地响起来。

她听出了是自己军队的炮声。她知道，惠通桥已经修复，增援的大部队已经打过来，胜利的日子很快就到了。她笑了。笑得依然美丽动人。她希望自己能死在自己人的炮火中，让她的灵魂洁净美丽地奔赴天国。

她在微笑中，情不自禁地哼起了自小爱唱的歌曲：

皎洁的月亮挂在天上，把大地照得明亮。四周一片银光，使我怀念故乡……①

歌声穿越清晨的雾气和硝烟，传得很远很远。山下边的人们听到了，以为那是来自天国的声音。

歌声终于戛然而断。

人们在惊愕中，看到高高的山岭上升腾起大片大片红色的雾光。

咬舌而死，鲜血定会喷涌而出，瞬间染红了大地和天空。

---

① 印度尼西亚民歌《衷心赞美》。

那一瞬间，她也许想起了鸟儿啼血成花的传说。她希望她的鲜血也能化为美丽的花朵，永远装点这大山，装点她热爱的祖国。她希望也能像那鸟儿一样自由飞翔，飞到黄河长江边，飞到中原大地，飞到西子湖畔，去看看祖国的大好河山……

她死后没多久，雨停了，下了长长三个月的雨终于停了。

太阳出来了，胜利的旗帜在她牺牲的山岭上高高飘扬。而她，已消失得无影无踪。像雨后的雾，慢慢地淡去，飘着飘着，就沉落到山涧树丛里去了。待那风一起，再慢慢弥散出无尽的惆怅与凄清。

第二年春天，满山的杜鹃花又开了。

人们惊讶地发觉，花儿开得比往年更红，更茂盛。春天里也是有雨的，雨一来，雾又大了，雾气雨水打湿了鲜花，满山飘荡着花的气味，淡淡的，不香，是一点点的涩。

2016 年 12 月 6 日　广州

歌声穿越清晨的雾气和硝烟，传得
很远很远。山下边的人们听到了，以为
那是来自天国的声音……

那个阳光灿烂的地方

前往芒市的时候，我还不知道，那是日照最正中的地方。

一下飞机，最快速最强烈的感受，是阳光。金子一般饱满而灿烂的阳光，奢侈地铺洒下来，满地辉煌，让人一下睁不开眼睛。裸露的皮肤上，甚至感受到火一般的灼热。

八月初，正值仲夏时分。在当地，还是雨季，炎热多雨。

知道吗？这一带，就是当年大批知青①下乡的地方——

我兴致勃勃地对女儿说。

女儿点点头，又摇摇头，满脸的茫然。

女儿的神情让我想起了我的学生。

他们不止一次问过我，你们那代人的青春，是不是就像电影《阳光灿烂的日子》一样？自由，浪漫，有趣，真令人羡慕呀——

往往无言以对。

先到了一家傣家餐馆。司机说，这家的菜好，能吃上龙江鱼。

龙江，听起来就有气势。知道这一路都是大山大江，熟悉的是怒江，也是很有气势的名称。

餐馆是庭院式，宽宽敞敞，回廊曲折，还有小桥流水，竹丛水井，

① 知青，即上山下乡知识青年的简称，主要指二十世纪六十年代初至七十年代末从城镇到乡村、边疆落户，从事农、林、渔业的年轻人，总人数大约2 700万。

坐进去的餐厅也是四面通敞，颇有傣家竹楼的味道。服务员皆为傣家女子打扮，衣裙一色的橙黄，极是鲜艳。刚才看路边建筑，也多用这个色彩装潢。女儿说，热带地方的人都喜欢鲜艳的色彩哪——

那这里的民族也会热情一些吧？说着，自己先笑了。

鱼得现杀现做，只有耐心等候。左右顾盼，一下撞上了老板娘热情好奇的眼神。笑吟吟走过来，很快搭上话。

知道吗？当年这里来过很多知青——

女儿埋下头偷笑。一定是觉得我到了这个地方，怎么就喜欢说这句话。

当然知道啰！老板娘顿时兴奋起来。知青来的时候，我还小哪，跟着大伙跑到芒市车站去看热闹……最喜欢听昆明知青讲话了，真个好听啰……

一边说一边咯咯地笑。笑得很开怀。我也笑了。一样很开怀。

鱼汤果然鲜美无比。我和女儿都是爱吃鱼的人，饭桌上总算安静下来。

我父亲，也是知青——

一直沉默的司机突然开口说了话。

我一口鱼汤差点喷了出来。急速抬起眼惊愕看着对方。

司机是个三十岁左右的年轻男子，个子不高，身材壮壮的，皮肤黝黑，说话低沉缓慢，带着很重的口音。我刚才还在猜想，他是哪一个少数民族的。听说在城里的少数民族，打扮什么的与汉人没什么两样了。

后来回想起来，那是一次很奇特的相遇。

我们的相遇，好像就是为了让他将他的故事告诉我们。他说，要不是听我对老板娘声称自己是知青，他是不会和我们讲这些话的。他从来没与人提过这些往事，因为在他的心里，这是——家丑。

他有些迟疑地说出了家丑两字。

我的心猛地一下刺痛。能感觉自己的脸腾地热起来。好像自己也在陌生人面前，不小心袒露了极为隐秘的家丑。

刚开始，我们似乎在尽量回避主动提起这个话题。

一路风光优美，蓝天白云，如水洗般干净。天边偶尔飘来一块灰色云层，也是层次干净，清清朗朗。女儿特别兴奋，倚在窗边不断拍照。她喜欢画画，对色彩尤为敏感。

到遮放坝子了。视野一下开阔了很多。路边是平展展的稻田。稻子正在抽穗，沉甸甸地弯垂着，很熟悉的感觉。我下乡的地方，也是种稻谷的，一年两季熟。这里的地域属亚热带，可一年三季熟。

他回过头，有些兴奋地说，闻着稻香了吗？

果然，扑面而来的风带着浓浓的稻谷香味。

不一样吗？

遮放的稻米就叫香米，早年间嘛，都是送京城的贡米……

稻田后面，是掩映在竹林中的一幢幢傣家竹楼。竹子都很好看，知道叫凤尾竹，风一过，摇曳生姿，妩媚动人。寨子极安静，看不到人影，偶尔有水牛从竹丛后出现，一头跟一头地慢腾腾走出来，恍若电影里的画面。说这里往瑞丽盈江一带的坝子，都是傣族聚居的地方，土地肥沃，河水充沛，粮食丰裕，生活条件比较好，所以大部分的知青都分在了这样的地方，只是一些有问题的知青，会分到山上比较贫困的景颇村寨。所谓的"问题"，多数是指那些在"文革"派性斗争中站错队的。掌权的一派，就有权力对对立派堂而皇之地做出任何的惩罚手段。这种情况，无疑造成知青内部的对立与矛盾，初下乡的日子里时常发生的摩擦和群架，皆缘于此。有趣的是，这种对立与隔阂并未维持多久，渐渐有了和平相处，甚而出现了相互间频繁热烈的大串联。或许，下乡后生活的完全转变，使知青们在政治热情日渐消退中突然醒悟到，不管什么派，如今都是同样的身份，都要面对同样的命运了。读过各地不少知青的回忆文字，发现这样的情况在好些地方都一样存在。

看着司机座上那年轻的背影，心中疑惑愈发强烈，他父亲当年也因什么问题，而分到了山上的景颇村寨呢？

坝子尽头，又是大山。路从两面又高又陡的山壁穿过，风顿时变得强劲。路面湿漉漉的，显然刚下过大雨。适才坝子里还是风爽日燥，尘土飞扬。说这里的气候就这样，隔山就有雨。路两边山高林密，空气里都是树木和青草的味道，干净清凉，真正的山野气味。

有人在路边卖什么东西，我说下车看看吧。其实，是想闻闻这山中的味道。

几个妇人疾步从山上跑下，掏出背篓的菌子向我们兜售。菌子看上去是很普通的那种灰白色，说长在高山上，味道是极好的。刚才在餐馆也尝了菌子，确实非常美味。山里贫瘠，粮食少，却有美味的菌子，或许算是弥补。当年在山上生活过的知青，今天会不会还依然迷恋菌子的美味呢？读过一篇知青的回忆文章，说在湖区当知青回来，就再没有了吃鱼的欲望。

妇人们的装束看上去陌生。说是崩龙族，后改称德昂族，最古老的少数民族之一，仅余几千人了。常年住在山顶不下来，生活环境恶劣，生活习惯很糟，毫无卫生可言。仔细看，不仅那装束显得粗陋寒酸，也确实有给人不太干净的感觉。只有其中一年轻女孩，看来是同族人，却穿了整整洁洁一身牛仔衣，面容白净，能说流利的普通话。想来是进城读过书的了。她看我们的眼神有些犀利，好奇中又分明带着一种戒备。少数民族对外族人，或许都有一种下意识的抗拒和疏远。不禁回过头看看我们的车子。年轻的背影靠着车边一动不动，在浓重的山影下显得孤单而落寞。他有汉人和景颇人的血缘，也许永远令他无法确认自己的身份。

我们的谈话终于慢慢多起来了。

于是，那个话题，就在我们之间断断续续零零碎碎地延续。像蓝天上的云絮，聚聚散散，不断拼凑出奇奇怪怪的形状。

我努力在那些断断续续零零碎碎的言语中，将一个遗弃妻儿的男知青形象在脑海里勾勒出来。不知为什么，我想象那是个个子高高面容清癯而忧郁的男人，沉默寡言，喜欢在背着人群的地方抽烟。他走的那天，也一样不多说一句话，出了门疾步迈向黑夜中的小道，一直没有回头看一眼家门口的妻儿。他不知道，那个还躺在母亲怀里熟睡的小儿子，突然间睁开了眼，看到了那个冷漠的身影隐沉在黑暗中。从此，他的眼睛里，就融入了那个夜晚的黑暗和冷漠，一生在咬噬着他的心灵。所以他说，他恨！他绝不原谅！

我弟弟嘛，心结太重，想法太极端了嘛……

你呢？不恨你父亲吗？

怨过的嘛……但想想，要是有法子，他也不会这样嘛……"文革"结束后，父亲为爷爷平反的问题来回跑，都没有结果，他也回不了城的嘛……

他说话中习惯带着个"嘛"，令语气变得温和委婉起来。

爷爷的问题很严重的嘛，家是大地主，在伪政府里任县秘书长，新中国成立时协同县长起义，一直任县教育局局长……"文革"期间被枪决，红头文件都发到了家中……父亲是绝望的嘛，走的时候，都1982年了，我4岁，弟弟1岁……

车子停歇在那个叫独木成林的地方。我们面对面地站在一起。他显得有些拘谨和羞涩，久不久低下头，用脚踢踢突出地面的树根。

浓荫遮地。一阵阵清风吹来，树叶婆娑，温柔动听，掩去了远逝历史的残酷。

吃一块嘛，很甜的……

他将从小摊上买的菠萝递给女儿。眼里充满友好，还有一点点的怅然。他也许意识到，他和我女儿同是知青的孩子，却有着完全不同的命运。

后来嘛，爷爷的问题终于平反了……他回来过，在昆明的嬢嬢家见到我，很高兴的嘛，想带我出去，我没有答应……他在外面成了家，娶的也是景颇族的女人嘛，都有五个子女了……

一直不回来见见你母亲吗？

不回了……是不愿意见的嘛……我母亲从来不提这个事情。母亲读过书，很要强的……父亲一走没了音信，母亲一人拉扯大我们兄弟俩……还出来做事，原来是供销社主任，后来当了副乡长……我弟弟到市里读了书嘛，也是在芒市工作了……

远处的高山云雾缭绕，若隐若现，神秘莫测。不知那山上住的是不是景颇族。

我能想象得到，那个读过书的景颇族女人，一开始就与到村里的知青关系很好。我下乡的山里，也有这样的女子，喜欢和知青在一起，对知青的一切深感兴趣和好感，生活中处处受影响，从天天刷牙到晚上泡脚，从打毛衣、钩花边到夜里点着油灯读小说。村里有老妇人劝之，学了也没用，成不了城里人，还是得嫁人……总说得那些女子泪汪汪的。知青们也哑口无言。后来，那些女子嫁人了，知青也走了。知青将城市文明带到了乡村，打乱了乡村原先安静不变的生活秩序，那许多受了知青影响的乡村青年，有了新的渴望，也有了新的痛苦。那位景颇族女子，有没有后悔过呢？

同是女人，同是母亲，蓦然间对那个不相识的景颇族女人，有了非常亲近的感觉，还有敬重。

车子进入瑞丽城中，已是暮色四合。

突然感觉这一路走得太快了。我们该分手了。

什么时间离开嘛？要是找不到车子，给我打电话，我过来嘛……

太麻烦了，老远的嘛……不知为什么，我不由自主也说上了"嘛"。

没关系的嘛，我能来的……已是一脸毫无掩饰的依依不舍。

我眼窝一热。急急转过了脸。

坚持站在路边，看着他的车子慢慢驶远，终于隐入沉沉的暮色中了。心中涌来万般惆怅。这个地方还有多少这样的知青儿女呢？他们心中，也许都有难以言道的故事。

瑞丽城没有想象的热闹，甚至显得很冷清。入夜早早就安静下来。说是边贸冷落下来，城里也就没有了原先的繁荣。这里离边境只有几公里，但凡双边关系有什么风吹草动，都会有影响。

当年知青到这里的时候，还很简陋，仅一条丁字街，显眼的建筑是一间电影院和一间华侨旅店。说是常能看见成群结队的知青在街面晃荡。不难理解。即便是小县城，也使远离城市文明的知青倍感亲切。尤其是兵团知青，两年才有一次探亲假。想家的时候，到城里吃顿饭，看场电影，是很满足美妙的事情了。

那时我在山里插队。知青们也喜欢在赶墟的日子聚集到小镇，取取信件，说说闲话，最奢侈的是能在小饭馆里吃上一碗米粉，似乎成了一种固定的娱乐。如今想起来，那个小镇也真是小，公路直通通从中间穿过，没多少步就走完了。最漂亮的房子是公社政府所在地，原先一户地主的宅院。有意思的是街中央有个土戏台，不知哪个年代留下来的。有时冬季会搞文艺会演，知青也在那里表演过。

印象最深的是快返城的前一年，我们还兴致勃勃地排演了一个舞蹈和一个大合唱。合唱的歌曲里有那首著名的《到农村去，到边疆去》。那时知青已经走了不少，凑不起乐队，将公社中学那架漏气的风琴搬上了台，我稀里糊涂地也不知怎么将伴奏撑了下来。后来想起来，那算是我们下乡最后的绝唱了。想来这里的知青，也应该有过和我们类似的经历，那些豪情万丈激情昂扬的歌曲，最终也抵挡不住心中的茫然、失落与回家的愿望。

一早出城，空气异常清新。林荫道笔直漂亮，视野开阔很多，景致更见柔和妩媚。沿途偶尔有傣家女子骑自行车匆匆而过，鲜艳的衣裙和头巾在风中飘扬，极有风情。

此处村寨也是知青集中的地方，后来有了建设兵团，知青更多了。知青多了，也就热闹，走村串寨，相互拜访，走到哪吃到哪，无须相识，只要是知青，都能得到热情的招待。这种风气，在全国有知青的地方都有的。不少人到今天回忆起来还是兴致勃勃，说是多远的路也能走着去，比串联走长征路还有干劲。想想自己也是有过这样的体验。最大的收获是能在别的知青点借到书，不管什么书，看到书就如获至宝。

窗外飘来阵阵花香，是缅桂花的香味。我一直奇怪白兰花为什么叫成了缅桂花，这名称听上去有一种异国风情，旖旎迷人。那首著名歌曲《有一个美丽的地方》，唱的就是瑞丽的风光，听起来一样令人陶醉，对那个美丽的地方向往不已。

还熟悉张曼菱的小说《有一个美丽的地方》。二十世纪八十年代读到这般描写知青的文字，很是吃惊而喜欢。甚至一直记得文中的最后一句话："那吸取了我们的青春的土地，是不是变得更美丽了？"小说拍成电影《青春祭》后，追看了几遍，每回看到最后都是泪流满面。后来，知道了大学宿舍里对门的一位女生，当年插队的那个傣家寨子，就是在一次泥石流中被覆盖了的，寨子里唯一逃生出来的只有知青。因为知青们睡得晚，惊醒得快，单身一人跑得也快。我好几次想开口问她，如今还会不会想起那桩可怕的往事呢？

或许是经历了这样的灾祸以后，知青们就越来越意识到生活的困境与失落。欢笑歌声少了，牢骚多了，种种不愉快的事也多了。知道有因打群架出了命案，有人被枪毙了。后来到了西双版纳，也听到非常相似的事件。当事人死了一个，枪毙了一个，两个进了监狱。那个从监狱出来的北京知青，已经留在那里安了家。他对我说，那时就是心里憋屈得难受，看人打架就冲上去，头脑一热就动手了……事后见到死者父母亲伤心的样子，难受极了，肠子都悔断了……坐牢也是活该的……

看着满眼沧桑的他，我什么话也说不出来。当时的他们，都是一些二十岁不到的年轻人。稍不留神，生命的轨迹就被改变了。

知青打群架的背后因素，往往还有"文革"派性斗争的因素掺和其中。红卫兵，造反派，知青，已成了那代人无法抹掉的生命烙印。

姐告口岸的雄伟堂皇令人吃惊。或许感觉与周边的原野景致相异太大。

姐告是傣语，意为旧城。听起来像有什么历史渊源。姐告与缅甸的木姐镇紧紧相连。或许好多世纪以前，这里曾是一个相连一起的繁荣城市。

大桥是 1989 年建的，以前渡江都靠竹筏或木舟。很早就知道，1974 年这里曾发生过一起惊人的偷渡事件。当事人是当时被称为党内最大走资派的女儿。偷渡未遂后被押送回京城。后来读到一位朋友的文章，对此事有比较详尽的描述，其中一段提到那个已届中年的女儿，在民兵们的强行阻拦下依然不顾一切地往江心游去……那真是一种亡命般的绝望。读到此，震撼不已，心底涌起难以言道的痛楚。

偷渡。是那时候知青们选择的另一种活着的方式。云南有，广东有，别的地方或许也有。我始终认为，无论出于什么目的，都是一种残酷而绝望的选择。当现实打破了心中的理想，对岸很容易成为最大的诱惑。广东知青偷渡的途径或许更残酷，不少都淹死在冰冷的海水里，永远到不了对岸。云南边境线长，或陆地接壤，或仅隔一条河流。偷渡成功的可能性更大，诱惑也更大。

路过畹町时，知道那一带是知青们最容易选择偷渡的地方。那里的河面很窄，有的地方几步就跨过去了。对面人烟稀少的山区，是缅共的控制地域。支援世界革命，还是那个时候很多知青心中热烈坚定的信仰和追求。读过很多有关缅共知青的记述文字，也听过很多有关他们的事情，那一个个充满战争与死亡的惨烈故事，最终将我心中的好奇与崇敬击碎，只留下无尽的伤感与哀痛。

在章凤口岸的洋人街，我隔着那个矮矮的竹篱笆，很近地看到了对面的异国土地。长满杂草，还有一些不知名的野花，与这边没什么两样。洋人街的叫法，源于英国人十九世纪末修的铁路到此地为终，因此热闹起来。当年一条街横跨两国，知青们来逛街，也一下子迈过对面了。那里有块界碑，标识是"47"。长长的边境线上，竖立着不同数字的界碑。

正午，烈日当空，眼前的界碑却给我异常冰冷的感觉。

那些知青在跨越界碑的时候，有没有过一丝一毫的犹豫呢？有没有想过，这一步迈过去，就再也无法回头，没有了国，也没有了家，将终生如浮萍般漂泊，最终客死异乡。有的后来回了国，但那一段历史，也永远像一个黑洞，已经吞噬了他们最美好的年华和青春。在昆明的一位朋友对我说，每逢他和那些从缅共回来的知青聚在一起，看着他们沧桑的脸孔残缺的身体，心里都是刀割一般的痛，总有一种要放声大哭的冲动。

离开瑞丽那天，特地拐一段路赶到太平镇。

不是赶街的日子，异常冷清，竟见不到一个人影。说是一切与当年没什么改变，窄小而坎坷不平的泥土街面，低矮而简单粗陋的房屋。街头石桥旁的一棵大青树也还在，树叶茂密，浓荫满地。当年知青在的时候，这里是异常热闹的。每个赶街的日子，都能看到一群群知青来来往往。大青树下和石桥两旁，聚满了男男女女的知青，勾肩搭背，笑语欢歌。

在弄璋吃午饭时，那小饭馆的老板也是盈江县城下放的知青。说起当年的很多事情记忆犹新。他家饭馆后门出去不远就到了河边，河对岸的寨子也是有过知青的。说到当年知青中有一著名人物，叫着一个很响亮的绰号，身材高大壮实，每回赶街身前身后一群喽啰，一副江湖老大的做派。稍有言语不和，就摆出打架的架势。招工上学都没有机会，听说曾想投奔缅共，又怕死，后来很迟才回了城。近年回去过几次，每回还到小饭馆来，和老板叙叙当年的往事。知青往往将下乡的地方视为第二故乡，其中的感情很复杂，哪怕有多么不堪回首的记忆，也依然有着无法忘怀的情愫。

站在大青树下的时候收到小妹的手机短信，说她正走在巴黎的香榭丽舍大街上，满眼繁华浪漫，一下子想起了我……盯着手机屏幕上的文字，突然有种很不真实的感觉。茫然抬眼，前方烈日炎炎尘土飞扬，似还行走着一队队知青的年轻身影，摇摇晃晃，亦真亦幻……霎时间，悲从中来。那些曾经激荡辉煌的历史，已经远远地沉落到深深的尘埃中，再寻找不到清晰的痕迹了。

二十世纪六十年代的法国，也有类似中国红卫兵运动的学生运动，都是些中产阶级的子女。革命过后，一切沉寂了。到了今天，这些人已成为新一代的中产阶级，俨然如他们父辈一样是社会中坚。而我们之中的很大部分人，依然一直处在社会的底层。

一阵风吹过，树上哗啦啦飞起一群鸟儿，瞬间冲向了远方，留下一串清亮的鸣叫。后来听说盈江一带尤其是太平镇的鸟儿是最多最美的。不知是否这里的气候和山水，特别适合鸟儿的停留和生存。

知道当年有些男知青是喜欢打鸟的，用弹弓，或气枪。若身边有人，或许会好言劝阻，让它们自由飞吧……

自由，是那个时候每个知青内心里的渴望。渴望像鸟儿一样自由地飞翔，飞回日思夜想的家。全国不同地方的知青，大都熟悉和喜欢那首古老的苏格兰民歌：

纵然游遍美丽的宫殿
享尽富贵荣华
但是无论我在哪里
都怀念我的家
好像天上降临的声音
向我亲切呼唤
我走遍海角天涯
总想念我的家……①

后来在朋友的博客上读到一组文章，记录了 1974 年瑞丽兵团知青因跑地震而集体逃亡事件的真相。读来惊心动魄，犹见刀光剑影。很难

---

① 苏格兰民歌《可爱的家》。

想象，那一群群的男女知青，甚至抱着十个月的婴儿，如何在众多民兵军人的拦截围堵追赶下长途跋涉，不畏艰险，义无反顾，最后在棍棒石头枪弹中倒下，仍然声嘶力竭地发出震荡人心的哭喊：我要回家呀……

脆弱的神经在一瞬间绷断，往往缘由胸中久已沉积的块垒。

兵团严格化而简单粗鲁的管理以及超乎极限的繁重劳动，早在知青心中积压了深深的委屈、愤懑、惶惑与绝望。如朋友在文中所言，跑地震的背后，其实只是很简单的诉求：回家。

五年后，1979年，在西双版纳大街上轰轰烈烈打出的请愿口号，也是：回家。

版纳城中一幢陈旧的楼房里，我听房主人讲述当年的情景。

外面的街面上都是知青呀！黑压压的，都跪下来了……就跪在大太阳底下……

房主人是一对夫妇。男的是上海知青，媳妇是当地农场职工的女儿。两人结了婚，男方就回不了上海了，永远留在了西双版纳。他说，好多年都没回过上海了。我想问，不想上海的家吗？

但始终没有问。

在那里，另一位北京知青告诉我，他不回北京，是因为父母都不在了，而和兄弟姐妹的关系也是很疏远很陌生了，那里再也不是家了……他一边讲话，一边不断地猛抽烟，沧桑落寞的面影在白色烟雾后面影影绰绰，给人一种不真实的感觉。送我出来的时候，他指着院墙外一个匆忙躲开的人影说，那也是北京知青，没有工作了，也没有了家。有时候，就住进殡仪馆里……

我久久站在那里，目送着那个佝偻的背影，最后消失在一片茂密的橡胶林中。

在我眼中，西双版纳最美丽的风景，是处处都能见到的橡胶树林。到野象谷那天，遇上大雨，热带雨林的神秘壮观让人新奇也让人惊惧。当地人告诉我，当年到处都是这样的热带雨林，遍地荆棘，满目荒芜，无路可走。知青们来了，开山劈林种橡胶，日子可苦了……

后来，又有人给我说了另一个北京知青的故事。由于娶了当地的女子，有了孩子，始终没有办法回北京。后来农场改制，将橡胶林承包给私人，他自觉独自承担不了繁重的劳作，又无法面对家人，在一个清晨悄悄上了山，上吊自尽了。据说，他死的时候，是面向北边的……

听着心头一震。北方，那是他年轻时候的家。或许，他是希望死后，他的魂还能回到那个梦绕魂牵的家……

漫山遍野的橡胶林，挺拔修长，整齐有序，秀逸动人，让人想象起当年那一队队朝气蓬勃的年轻身影。知青们用血汗和泪水，创造了一个崭新的西双版纳。而他们之中的一部分，却残酷地被时代抛弃了。

离开的前一天，终于找到了一位女知青的坟茔。

我与她并不相识。只是在一位年轻朋友的口中，一点一点地熟悉了她，也一点一点地亲近了她。在我朋友的童年记忆中，她的美丽和温柔，像阳光一样照亮了那些粗糙暗淡的日子。

她也是在橡胶林里自缢而死的。

我去了那片橡胶林子。我不愿意相信那些她亲手栽下的橡胶树，能忍心带走她的美丽和生命。她死后几个月，那场轰轰烈烈的请愿运动就发生了，接着是知青们的陆续返城，能走的都走了。知情的人都说，可惜了，再等等，就应该不会死了……

在那座荒草披掩的坟茔前，我摆上在路边摘下的一小束野花，心中万般凄凉。三十年过去了，她早被人们遗忘，甚至是她上海的亲人，也从来没有来看看她的墓。当地的人感动地说，我是第一个来寻找她的人。那里已经成了一块被人承包的庄稼地了。幸好庄稼地的主人心存恻隐，将坟茔小心翼翼地留在地的中央。

当我满脸泪痕离开那里的时候，满心惶恐不安，觉得自己又将那位美丽女子留在那个孤独的世界里了。

回来不久，听说在我去过的那个农场建了一座知青纪念碑。据统计，有70余位知青的生命留在了那里。这仅仅是一个农场的数字，还有多少地方的死亡知青没有统计过呢？在那里的人告诉我，大批知青到来的第一年，就发生了一桩惨案，四个男知青偷跑时乘坐的拖拉机在山路翻了车，全部丧命。说的人连连叹气，太惨了，还都是些十六七岁的娃娃呀——

十六七岁，在父母眼中确实也还是娃娃。从繁华的大城市突然来到满目荒凉的西双版纳，茫然、失望与恐惧之下，令他们铤而走险的目的其实很简单，就是想回家。

回家。这两个字饱含了知青心中多少的酸楚与伤痛。

扭头往窗外看去。街面一片阳光灿烂。

这个地方，也像我去过的芒市、瑞丽和盈江，有着金子般饱满而灿烂的阳光，同样留下许许多多知青的青春印记、生命痕迹。

三十年前，一样灿烂的阳光照耀着那些墨汁或血迹涂成的大标语：回家！回家！我们要回家！

当黑压压的人群齐刷刷跪下的时候，顿时飞扬起一片厚厚的灰土，阳光骤然暗淡，天地变色，人们在惊愕中看到，那些被叫做知青的男男女女，一张张已失去青春失去鲜润的脸庞上，淌满了泪水……

此时的人们，还没有想到，这场震惊全国的集体性请愿行动及之后的大返城，迅速带来了知青运动的最后终结。一场几乎牵连全国大小城市每个家庭的知青运动，以壮丽宏大的场面开启，终以辛酸无奈的悲剧结束。

然而，人们也料想不到，即便知青运动已经终结，回了家的，或回不了家的，身份都在改变，但"知青"这个称谓，却紧紧追随他们，无论他们愿意或不愿意，都成为他们永远无法摆脱的另一个身份印记。

2016 年 12 月 12 日　广州

椰林深处有人家

车子在一个叫清澜港的地方停下。司机说，走陆路要绕大弯子，在这里过渡轮要快得多。

大大小小的渔船挤在那里，弥散着浓烈的气味。又咸又腥的味道。是海水和鱼鲜混杂一起的味道。每回闻到这种味道，都有一种奇异而强烈的混杂着生理反应和心理反应的感觉，像是到了另一个陌生的地域，那里也生活着与我们人类相似的生物。我固执地相信大海深处居住着那个善良的小美人鱼，并一次次为她的故事伤心落泪。

对岸是我们要去的东郊椰林。来之前定下的行程。网上说那里有最漂亮的椰林，还有椰林寨。椰林，椰林寨，让我下意识想到了一部老电影《红色娘子军》。

看这部电影的时候，忘了我是小学二年级还是三年级了。但印象深刻如新。革命以艺术的形式显示，有着更迷人的魅力和强大的威力。整个少年和青年时代，这部电影像一本教科书，启蒙着我们那代人对革命的理解与崇仰。革命，是严峻残酷的阶级对垒，是琼花与南霸天之间的血海深仇和你死我活的斗争。我们无一例外地崇拜饰演琼花的祝希娟，憎恨饰演南霸天的陈强，崇拜那种交织着烈焰与血腥的革命模式。

一上岛，车子像掉进了无边无尽的椰树的海洋。

车子在椰林里奔驰，像船行驶在波涛起伏的海面上。耳边一阵阵的呜呜声响令人诧异不已，似是风声，又似是林涛。不知是自海上而来，还是从椰林深处传出。

度假村空空荡荡，看不到人影，前台服务生的面孔同样冷清寂寥。最低的房价听起来也叫人咋舌，差点要拎起箱子转身离去。朋友打来电话，三言两语，就给了极为优惠的房价。服务生脸上堆起了笑容，但明显生硬，眼神里流露出了那点掩饰不住的轻视。显然，出不起昂贵房价的我们不是他们欢迎的贵宾。

此行一路都是朋友照应，方知关系学在这个国度是何等重要。以往与人议论这个国度特色之弊端，深恶痛绝。却不知走出来，处处竟得依赖之，更感同身受贫富形成的歧见之深。思量起来，甚为悲哀。不过二十多年过去，社会的阶级等级观念已全然颠覆。想起少时，为父母生于富家而羞愧怨恨，常想象母亲也有《红色娘子军》里琼花一样的苦出身和光荣的革命履历。曾尝试对女儿解释这般荒唐事，女儿听着只是笑，眼神里一片茫然。

房间里的气味是潮湿的，隐隐有些霉气，像是很长时间没有人住过。被子也太薄。海岛的冬天，没有想象中那么温暖。

大海在窗外不远，能听到海浪拍打岸边的声响，轻重高低，如音调般富有节奏。白天里听到的呜呜声响，融进了海浪声，更给人一种激荡不安的感觉。迷迷糊糊终于睡着，梦境连篇不断。先是在一个有很多树的林子里转来转去，然后进了一个庭院深深的老房子。庭院里有一棵大树，树叶婆娑，浓荫遮地。感觉非常熟悉，但想不起是什么地方。灯光暗淡，阴气森森，忽闻有人呼喊救命，接而人影幢幢，又是火光，又是枪声。惊而醒来。霍然想起，那老房子，是电影《红色娘子军》里南霸天的庭院。

我语气坚定地对招揽客人的游览车司机说，去村子，看看老房子……
老房子？有！有！
分明听出其中的疑惑。
车子开不进去，只能下车走了。路几乎不成路，荆棘横阻，落叶厚积，踩上去，软塌塌的，即刻升腾起一股潮湿腐朽的味道。鲜丽灿烂的阳光在高高的树顶上晃来晃去，斑斑点点掉落地面，也变得阴森森的。

是了，是这里了——

一处不大的院落。墙壁斑驳，尘埃满布，一种悠远寂寥的气息扑面而来。有的地方，竟有裂开的砖缝，狰狞难看。靠近往里看，很普通朴素的房屋和院子，没有想象中的宽敞精致。想起电影里南霸天那座庭院深深富丽繁缛的大屋，隐隐有些失落。

绕着院落的围墙走了一段，听到嘈嘈切切的人声。拐过墙角，眼前一亮，是一口水井。几个洗衣妇人说说笑笑，掺和着水声哗哗，顿时有了生气，冲破了紧逼眼前的阴森寂寥。

水井之旁，是院落的门，不大，一点不张扬。不知是后门还是前门。门是锁住的，看上去也是尘埃满布，似乎很久很久都没有打开过了。门廊不宽，顺台阶拾级而下，就到了井边。井口宽敞，水面浅浅的，妇人低低俯下身子便能打上水了。井边及周边的地面，皆为青砖而砌，密密集集长着暗绿肥厚的青苔，透出一股岁月悠久的气息。

很多年以前，这院落的门理应是打开的。有人出出进进，笑语嘈切，也与眼前一般无异的景致。

妇人们说的是听不懂的本地话。

司机一句一句给我翻译，断断续续，含含糊糊，像是一些从很深的地下挖掘出来的话语。

……这大户人家呀，也是本村本姓人了……有几艘大船，往返海上运货。村里头好些男人，都在他船上干活哪……有一回，老爷带了个新太太回来。就住在这院子里头……很少出来，出来了，顶多站在门口看看，看女人们洗衣裳……新太太很年轻，可好看了，就是不爱说话……解放大军上岛那年，都坐船走了……

没有人住吗？

原来是有的。搬出来了，退回给主人了。

主人呢？

不知道了……至今也没回来过……

听起来，是熟悉的。二十世纪八十年代间，看了不少退还华侨房屋的资料。这户有商船的主人早早去了海外，或许也成了当地有名望的华商。那时国家强制执行退还华侨房屋的政策，深得人心，吸引了众多华侨回国投资。这样的人家还是幸运。而更多的，是没有离开的。他们的命运就完全被改变了。

我从小就熟悉不少这样的老房子。经历了二十世纪中叶那场巨大的社会变动，房子的原主人，有走了的，也有不走的。不走的，有的死了，而不死的，也统统搬出来了。一个显赫家族的历史，似是在瞬间断裂。新主人搬了进去，面貌也随之改变。年轻时候下乡当知青，发现沿途所有公社的机关所在地，都是当年的地主大院。但一直没听人说过，这些老房子当年的主人都到哪儿去了。

或许我是问过的。回答说，死了呗！要不更干脆，毙了！口气之无谓淡然，如风而过，留下一丝肃冷。偶尔，能看到有人远远站在树下往这边看，目光怯怯而又固执。让人不由猜想，会不会就是这座老房子的后人呢？有谁知道，他们卑怯的眼神之后，除了恐惧和屈辱，会不会还有愤懑与仇恨。

"文革"武斗期间，我和祖母及弟弟妹妹曾住进一座庄园避难。那座庄园之大之漂亮，让我惊讶而羡慕不已。有雕梁画栋的中式庭院，也有精美雅致的西式洋楼，还有一个宽敞的花园和一座罕见的水楼。其间游廊迂回，曲径幽深，竹木郁郁，极尽风雅。那时候才知道，我一位小学同学的母亲竟是这座庄园里的大小姐，她早早离家参加革命，并嫁给了当时的游击队队长。当然，我们住在那里时，庄园里都是后来搬进去的新主人了。听说多是当年的农会骨干，后来也一直是有权力的村干部。

我们借住的房子，连接着中式庭院。后来细想，那像是厨房和库房，但也一样宽敞漂亮，房子后面是一处小小的园子，像是后园。园中有棵大树，几乎遮蔽了整个园子。树底下长着稀稀疏疏的小草，一片荒芜景象。我爱在那里徘徊发呆，常想象园子里也有过好看的花卉和蝴蝶。房主人是个四十多岁的男人，他女儿和我差不多年龄，活泼好胜，我们玩在一起，相互吸引，又深深隔阂。父亲说，主人是一直支持革命的坚定分子。我理解这话的意思，他曾是地主的佃户或长工，是最贫穷的人家，也就是革命依靠的基础。因此，他最早支持共产党，从当年农会开始，他或许就是农会主席，带领村人斗地主分田地。最后，他也以新主人的身份住进了这座漂亮的庄园里。他对我们一家老小很好，尽量地照顾我们。但我始终感受不到他对当时那场狂热革命的热情。相反，他总是忧心忡忡。

今天想起来，他也许看到了如当年一样的血腥和残暴。过去了那么多年，好多事重新思量，使他对革命可能有了一些不一样的想法。当然，那是不能说出来的。他有时会对祖母说起一点有关庄园的旧事。比如说，花园里那些好看的花墙和亭子在"大跃进"时都拆毁了，做了小高炉，或运到地里做了肥料。还有，那座水楼里很早就办了学堂，村里的孩子无论贫富都能在里面读书。说话的语气，似是在说很熟悉亲切的往事。说罢，久久沉默。祖母听着，也是久久沉默。

还记得，庄园的外围，另有一座朴素但也很整齐的平房，说是当年的佣人和长工住的。那房子也一样建得坚固有序，四合院的模式，四周房子团团围住一个宽敞的院子。里头，也一样住了好些人家。如今想起来，却是一直没有人告诉我，那座大庄园的人家，还有没有后人在村子里。若有留下来的，又住进了什么样的房子。也不知道，那户人家的主人在当年的土改运动中，是什么样的命运。但我知道，即使是最严厉极端的手段，他们的女儿，那位美丽的大小姐，也不会回来救他们的。

这样的故事，在那个年代里到处在发生。其中的隐情，都被隐藏起来，直到多年后才知道其伤痛有多深。我从父亲那里，看到过这样的申诉书，是他们的儿女写下的。那些投身革命的儿女，其实从没有忘记家族所受的蒙难。但还有很多像我母亲一样的儿女，在那个年代失去的，永远没有申诉的机会可以弥补了。

前些年我打听这座庄园的情况，家乡的人告诉我，已经拆掉了，无迹可寻了。听了大吃一惊。不知这般完好的建筑为什么不能保留下来。庄园的后人，始终都没有回去过吗？细细思忖，顿感悲凉。也许，那座庄园，早成了他们与历史割裂的象征，永远都回不去了。

站在空落落的小摊子前，强烈感觉到一道锐利的目光重重地落在我的背上。

下意识转过身，看到了那个从房顶走下来的女人。那是一座看上去有些怪异的房子。后来才想明白，那房子是做到一半就停了工，二楼的地面就成了天台，楼梯也就光秃秃地裸露在了外面。

小摊子的柜台，其实只是一块架起来的窄木板，我们几乎是面对面靠得很近。女人目光里的锐利看不到了，低垂的眼帘下，甚至隐隐透出一丝习惯性的卑怯。我无端心一震，有些手足无措起来。讪讪地先开了口，这是最大的椰林寨？

嗯。是的。

有些沙哑的嗓音。听起来与她明显苍老的相貌很相符。我在猜想，她应该比我年长十来岁。

有老房子吗？

她一下抬起眼帘，分明流露出一种警觉。

为什么要看老房子？口气蓦然有了些强硬。

我喜欢老房子的历史。

不知为什么，我的口气也变得坚定起来。沉吟一下，又轻轻笑了起来。

沉默中，我感觉到了女人的目光在渐渐变得柔和而湿润。削椰子的动作也是轻柔的。我欣然接过插上了吸管的椰子，尽管自始至终我没有说要买椰子。

味道好吗？

非常好。我由衷地赞叹。

当然，我们家的椰子是最好的——

都是你们家的椰树？

我往椰林深处看去，茫茫无边，深不可见。听说里面的椰树，是以数百万计数的。

曾经是的……

曾经？很久以前吗？我下意识地警觉起来。

她吃惊地盯住了我。

风大了。

呜呜的声响从我们耳边掠过，留下一股混杂着海水植物的气味，潮湿而腐朽，像从悠远的历史深处弥散出来。

那个时候，这大片的椰林，都是我们家的……

手轻轻一扬，又重重垂下。

分明听到一声叹息掉落，瞬间融进了环绕身边而过的风。椰林深处，传出一阵阵低吟般的声响。

那里边，曾有过什么样的景色呢？

我看着女人。女人轻轻转过了脸。没再说什么了。

也许，她后悔不该对一个陌生的女人说出家族的往事。但她还是说了。也许，她从我身上感受到什么熟悉的东西，这让她有了勇气开口。我细心观察过，那些曾经受过屈辱和压抑的男人女人，身上往往有一种挥之不去却很难完全言明的气质，愁苦？阴郁？执拗？或桀骜不驯？无法说清。无法说清的，更是历史的扑朔迷离。

……虽然我只有六七岁，但我还记得，游击队的人常常在晚上到家里来找父亲，会带走枪和粮食……可后来父亲还是被镇压了，房子没了，椰林，也没了……

眼神里的锐利，又重新固执地闪烁出来。

我不由自主低垂下头。

我熟悉那眼神里的锐利，熟悉这样的历史。多年前父亲经手的申诉书里，有一个极为相似的事例。幸运的是，那个家庭还有一个早年参加地下党后来身居官位的女儿。这个女儿，在多年后终于为她的父亲争取了平反的待遇。我始终没有见过这个女儿。也许，她眼神里也有这样的锐利，只是一直在人前隐藏着。我不止一次问过父亲，当年她为什么不出来为父申辩？父亲始终没有回答。

路越走越窄。椰林越来越密。偶尔一小块空地，修着整齐的地垄，像是菜地，只是不知为什么撂荒着，什么也没种。再走不远，终于看到了疏疏落落的房屋，应该是椰林寨了。在路上，那个游览车的司机就告诉我，这里是最大的椰林寨。

房子散落在一丛丛椰树后面，似乎保持着一种不相往来的距离。不像我熟悉的乡村，房子毗邻而居，拥拥挤挤，热热闹闹。或许，是因为这椰林深处有足够宽敞的地域空间。房屋很旧，明显地低矮，据说是因为岛上常年有台风。村子很安静，看不到人影，也听不到人声。偶尔，一条大黄狗从树后窜出来，也不叫，静静端详我们一会，又折回头走了。诧异间，看到了那座大房子。却是一座看上去很新的大房子。尽管外表装潢素净质朴，但与周围简陋的房屋比起来，依然透出一种富足和威严，让我想起女人眼中的锐利。

门是锁着的。从门缝往里看，三进三出的老式庭院。明显没住上人。空落落的静谧中，似乎有一种悠远的气息在幽幽弥散。头顶突然一声鸟叫，长长的声音掉落院子，顿觉阴森逼人。无端心一凛。蓦然醒悟过来，这一定是一座老房子，是重新修缮过的老房子。或许，就是那个女人家族原来的老房子了。

我们的交谈中，女人始终没有说，当年的老房子还在不在。那或许是她不愿意提起的话题，我也始终没问。当年她从这样的大房子里搬出来时，八九岁的年龄，有记忆了，而后长长日子里经受的屈辱和压抑，或许就有了那眼神里掩藏不住的锐利。

我自小认识不少这样人家的子女。到了今天，还常常想起他们那种隐忍着屈辱和痛苦的神情与身影，常常渴望知道他们今天的生活有了什么样的改变。从文字或他人口述中知道，有这样的子女，他们往往在时代变迁中成为乡村里最早的觉悟者，走上最早发家致富的道路。这些人之中，有的会以自己的力量帮助村里的人一起致富。而有的人，则以报复般的方式将村里人变成自己致富的廉价劳动力。村里人在不满愤懑中又说，有什么办法，谁叫咱们当初那般对待人家呢？

听到这样的事情，心中百般滋味无法言道。我更愿意相信这般截然不同的结果，来自家族的遗传基因。但也怀疑，长年累月的屈辱压抑之下，人性的善良还能保持多少？有人说过，仇恨比爱更容易培养。

眼前这个女人桀骜不驯的眼神中，我分明看到了一些隐藏很深而不愿意流露的东西，那是仇恨吗？或许在她内心里，依然对这偌大家业如何失去耿耿于怀，依然忘不了亲人所受的苦难厄运。

写此文之际，一位新结识的朋友给我说起她家族的故事。她的父亲因为四类分子的身份，长期没有资格在生产队里领取口粮。一直到二十世纪八十年代初，从他人口中知道国家已经有了给四类分子摘帽的政策，母亲带着几个幼小的孩子到公社询问，才获得分配口粮的资格。

朋友最后说，父亲是四十多岁去世的……

即便我听过好些相似的故事，但朋友的故事依然令我深感震撼。四十多岁。太短暂了。只能是生命中承受的压抑和痛苦太深、太重。

但我不敢在朋友面前说出这句话。

与一学生说起朋友家族的故事。学生惊讶地问，为什么不反抗？

不能！我斩钉截铁地回答。

用一个朋友的话来说，那是一个阶级壁垒、政治沟壑、刀山火海一般的年代，一个有着钢铁一般坚硬的秩序的社会。任何的反抗都是徒劳，甚至给自己和家人带来灭顶之灾。

记得是读大学期间，国家颁布了给四类分子摘帽的政策。闻之百感交集。在网上查询，具体时间是 1978 年底。次年初的《人民日报》有专文评论，其中提到"这一决定，使至少 2 000 万人结束了长期受歧视的生活"。

2 000 万。想到这个数字包含了我熟悉的那些人家，满心悲凉。

近日从网上看到，当年四类分子摘帽的证书，已经成为收藏珍品，价格昂贵。

我不敢问朋友，她家人是否还保存这张证书呢？她的母亲也已经去世了。朋友比我小近二十岁，父母都在不该走的年纪走了。家族里活得最长的，是大伯父，一个曾深受人们尊重的乡村文人。早早坐了牢。出狱后，一直在外过着飘零不定的日子。如今八十多岁了，独居陋室，性格古怪，从不与人交往。朋友在喃喃地重复一句话，他活得很屈辱，很屈辱——

心底一阵阵的钝痛。

突然很想认识这位老人。想知道，他是如何在屈辱中活下来的。

风声林涛在耳边阵阵呼啸，犹如历史深处莽撞涌来的回声。

很想对眼前的女人说点什么。但最后什么也说不出来。

离开的时候，从她的小摊子上买了杂七杂八的一堆自制的工艺品，风铃、吊花篮，各式挂饰，都是椰壳做成，散发着一种特有的气味。或许，那就是椰林和大海的风风雨雨凝聚而成的气味。回来后，一些送了人，一些在家中装饰起来，多余的，放进了抽屉里。不经意打开，那点熟悉的气味依然扑面而来，是椰林的味道。海风和椰香糅合的味道。想起了那天提着东西离开，回过头来，女人站在摊子后面怔怔看着我，眼神中有了一丝依依不舍的温情。心头一颤，差点落泪。我喜欢那丝温情。也许，我是第一个听她故事的女人。我愿意相信并希望，当她有机会将憋在心底的故事说出来，能获得一种心灵的解放和轻松。

仇恨，在我们这代人中延续。无论是什么出身什么阶层。那位新结识的朋友，她的祖父祖母是在土改运动中死去的，死在斗争会上。一著名作家曾写过一篇以此运动为背景的小说《暴风骤雨》。我们所受的教育中，革命就犹如暴风骤雨，毫无温情可言。朋友的家乡，也是"文革"中死人最惨烈的省份之一。暴力的精神，一直在顽强地延续。

朋友给我讲述她家族的故事的时候，我一直想问，你父亲为什么从没有怨言，没有仇恨？而是以他丰富过人的知识和能力，始终勤勤恳恳地为队里工作，为生产队从渔业转为农业的发展做出了杰出贡献。也许，是为了家人。也或许只是一种本性的善良。但还是太苦太压抑了……

屈辱，是生命不能承受之重。

一位有相似出身的多年好友对我说过，我也不赞同社会的不公平，但除了暴力就没有别的办法了吗？就不能用和平的方式来解决这种贫富对立阶级矛盾了吗？

想起了那段著名的语录：

革命不是请客吃饭，不是做文章，不是绘画绣花，不能那样雅致，那样从容不迫，文质彬彬，那样温良恭俭让。革命是暴动，是一个阶级推翻一个阶级的暴烈的行动。①

在半个多世纪里，这段语录被视为不可置疑的神明般的真理。

二十世纪六十年代中，这段著名语录被编成歌曲。全国城乡的大大小小的舞台上，那些手戴红袖章的少男少女，满怀激情地载歌载舞地反复诠释宣扬这段著名语录。其虔诚、迷醉与狂热，让人想起原始部落里祭祀仪式中的歌舞。

于是，暴力革命成了我们那代人坚定不移的信仰。因而我们都热爱《红色娘子军》这样的红色电影。南霸天成了一个恒定的形象和符号，

---

① 毛泽东《湖南农民运动考察报告》。

是要坚决斗争到底要从肉体上消灭的阶级敌人。

如今，人人都在谴责当年的红卫兵暴行，但又有多少人明白，那代人是在信仰阶级斗争崇尚暴力的文化氛围中成长起来的，血液中有着无法摆脱的顽固基因。

临离岛的前一晚，独自在海边徘徊了很久。那里有一座栈桥，踱步出去，浪花在身边飞溅，涛声如雷，有一种迈入大海深处的奇异感觉。

有月亮。是缺月。好像是农历的下旬，月亮开始亏缺了。也许人的一生也如月亮，圆满的日子很短，大多数的时间都是亏缺的，是有许多的遗憾。那些老房子人家的后人，内心里永远藏着历史留给他们的亏缺和遗憾。可以用什么来弥补呢？

白天乘船出了海，去看有名的红树林。那一路风光旖旎，沿岸一幢幢新建的别墅小楼，在阳光下耀眼迷人。船家告诉我，都卖出去了。这样的楼房，远比椰林深处的老房子要漂亮阔气多了，就是电影《红色娘子军》里南霸天的庭院，也无法比拟。里面的主人，其骄奢淫逸或许更甚于当年的南霸天。

有学者振振有词地论证，当今社会贫富分化的剧烈已经到历史上最严重的地步，其隐患难以预料。听起来，有一种熟悉的感觉。贫富分化与对立，是人类文明产生过程中的必然现象，推动了文明的进步，又引致了无尽的杀戮与战争。这或许就是历史的悖论。而历史，又很容易以相似的面目重复。

海面起了雾，越来越浓。月亮也遮上了淡淡的云晕。

大概就叫月晕了吧？

天气预报气温要下降了，还有雨。人类的智慧已经能准确预测大自然的许多现象，但历史的未来又能准确预测多少呢？

风紧了。

风从海面来，落在脸颊上，潮湿，又柔腻，带着充溢腥气的咸味。

　　岸边的椰树多是往一个方向斜长，有的已经贴在了地面，也生长不息。风在密集的树丛间窜来窜去，发出阵阵的沙沙声，夜色朦胧中，顿时有了肃飒之气。

　　白天在椰林深处里穿行，耳边总萦绕这样的声响，疑是风声，又疑是林涛，不由惶惶回首，总能看见那个叫琼花①的女子，在椰子树背后飞快奔跑，一身薯莨纱在淡淡雾光中摇曳闪动，分明是褐色的，而不是红色。

　　这种以褐色为底色的薯莨纱衣料，制作工艺复杂而奇特，需以河涌淤泥浸泡，集植物、泥土、水和阳光的综合作用而成。最早源于渔民为适应海边劳作的习惯衣着。后来，却成了富人的钟爱。到了富人身上，不叫薯莨纱，而叫了香云纱。一个华丽又妩媚的名称。

　　富人与穷人，钟情于同一种衣料。或许，他们之间，并非就那么势不两立。他们之间的矛盾和冲突，或许也可以用和平的方式来解决。近代改革者革命者曾追求的议会道路宪政政体，就是为了解决这样的对立与冲突，为了避免富人与穷人之间血腥残酷的斗争。倘若是这样，人世间或许就不会酿成那么多的仇恨，不会留下那么多的缺憾。

2016 年 9 月 28 日　广州

---

　　①　电影《红色娘子军》女主角。

海风行走在屋顶上

在鼓浪屿，有一种在不知不觉中被大海环拥在怀中的感觉。

晚上睡觉了，被什么声响惊醒过来，以为是海风在屋顶上行走，轻轻慢慢，低回柔婉，急欲要对我这个来自远方的人倾诉什么。白天阳光下，在那些老藤蔓绕的老巷弄老房子里转进转出，静悄悄间，忽地掉落一阵声响，窸窸窣窣，细碎清脆，一惊，也以为那是海风追随而来，不小心踩着了屋顶上积得太厚的枯叶。到匆匆下山来，夕阳中海在涨潮了，汹汹涌涌，激越磅礴。不觉靠得太近，潮水疾速追着裙裾而来，似要紧紧牵住你不放，提醒你找回曾经非常熟悉的感觉。

那个早晨醒来，我说，我要到海边去。

所有人都为我的突然决定惊诧。我却没说，头天夜里，我梦到祖母了。大声叫唤着追赶上去，祖母没有回答，笑了笑转身走了，远远地走向一大片蓝色光亮中去了。

从梦中惊醒的那一瞬间我明白过来，远方那一大片的蓝色光亮，是大海。

住的是鼓浪别墅。

清晨醒来，万籁无声，疑是世外之境。慌神失措跑出了屋，一大片蓝色光亮哗啦啦迎面撞来。大海还在呀！心顿时踏实下来，紧随却又一阵怅然。带引我来到大海身边的祖母，多年前已离我们而去了。

不知是夜里什么时候退潮的，淡淡雾霭中的大海变得沉静起来。

那块著名的鼓浪石裸露在水边，听不到传说中咚咚如鼓的声响。走近了，听到的是前方海浪拍岸的声音，轻轻的，一下又一下有节奏地起伏，带动着你的心脏一起跳动，欲罢不能。于是，没有再回屋梳洗便下了沙滩，散披头发提起裙子拎着鞋，像个小女孩一样追赶着海水的痕迹走呀走，看着晨曦一点一点地明亮起来，太阳一点一点地从海水中出来，撒下金子一般的光芒。只顾目不转睛地惊诧地看着，一小片浪花忽地打来，就到了脚边，轻轻咬着了裙子的裾角，吓了一跳，不知不觉，潮水已在悄然上涨了。霎时间心头一暖，第一次感觉到了大海的温情和亲近。

一直以来，大海对我来说是疏远而隔阂的。

我小时候生活的那个小城，离海边有一百多公里的路程，每年的夏天，会有那么几次的台风，将海的威力和神秘带过来。到了今天我才意识到，那个时候的我对大海抱着一种莫名的疏远，甚至是隐隐的畏惧。

然而，我对大海又是熟悉的。

小时候的日子里，跟随祖母的时间最多。祖母爱在夜里躺到床上的时候，给我们说起了海：海有多大多深呀，大到无边深到无底；海的浪有多高多可怕呀，高得有几层楼，能将大船在瞬间掀翻；海里头的鱼有数不清的品种，什么一芒二鲳三马鲛，味道都鲜美极了；还有，海边的森林里有好多奇奇怪怪的花和树，有一种树能将别的树吃掉……我们听得入迷，像听一个个遥远的童话故事。台风来的那些喧腾而无法入睡的夜里，大风从屋顶呼啦啦而过，像童话里的恶魔狂笑着踏瓦行走，我们吓得哇哇叫着躲进了被窝。祖母朗朗大笑，怕什么呀？是大海的风来了！闻到吗？风是咸的，盐的味道……

从此就懂得，大海的风带着盐的味道，是咸的，也带着腥气，是鱼虾的味道。还知道，每回台风过后，大海就特别平静特别温柔，阳光也特别鲜艳特别灿烂，照进森林里，树下的蘑菇呼啦啦地就窜出土来，长得特别快特别好。女孩子家兴高采烈花枝招展地走出家门，结伴到森林里去采蘑菇。那个时候的祖母也是其中一个，年纪最轻，胆子最大，落在人后面走不动，坐在了一截头尾不见的粗大树干上，惊奇着这回台风将这般大的树也刮翻了。到了和伙伴们采好蘑菇回头来，却不见了那粗大树干，才知道刚才躺的是一条大蟒蛇。伙伴们吓得哇哇大叫，唯有祖母面不改色，尚左右顾盼寻其踪迹。年纪轻轻的祖母，正是因其性情的刚强被祖父看中。到了后来举家回国途中，遇到土匪抢劫，竟也是靠祖母的冷静大胆，保住了全家性命和最后一点安身之财。祖母每每说到此，语气里充满了自豪，还有惆怅，那是对早年逝世了的祖父深情绵绵的怀念。

也有人像我一样，踏着晨曦走在海边。

能辨认出来，是岛上的居民。举止神情淡然闲适，从容不迫，不会像偶尔闯来的游客，总免不了那点从喧腾尘世带来的浮躁与贪婪。更注意看那些女人。早听说鼓浪屿的女人，是最美丽的。看细了，才懂得那美丽指的不是惊艳之色，而是一种从内心里透出来的坦白睿智和温和娴雅。偶尔一个这样的老人迎面走来，目光与你对望，微微一笑，轻风般拂脸而过，留下一缕幽香。怔忪间那种熟悉的感觉突然袭来，心无端惶乱起来，是我曾认识的人吗？

白天的时候，却很难见到这些人了。

走在那些老巷道老房子里，进进出出，曲折拐弯，左右皆静寂无人，一片黄叶轻飘下地，也吓了一跳。那些留下来的清晰或不清晰的门牌号码，从眼前一一闪过，疑是走进了老电影中的一幕幕场景。倏忽迎面一座高门楼，攀满新老藤萝葛蔓，郁郁生气，却遮掩不去骨子里的颓败气象。精致华美的墙柱断了一角，气昂昂长出了一棵寄生树，长门廊的墙边苔藓肥厚，悄然垂落一片不知名的藤萝，开着几朵淡紫色的小花，极是寂寞。不觉走深了，里面竟是偌大庭院，楼阁亭台游廊，应有尽有，只是没了人烟气，空荡荡的透着阴森。想起曾有过的繁华情境，不禁生出几许悲凉。转身间，蓦然一阵声响，惊喜回首，急切渴望看到那屋子里走出了主人，或男的，或女的，或老的，或少的，阳光下粲然一笑，一座庭院就活泛美丽起来了。

蓦然一阵声响，惊喜回首，急切渴望
看到那屋子里走出了主人，或男的，或女
的，或老的，或少的，阳光下粲然一笑，
一座庭院就活泛美丽起来了……

这一座座庭院的主人，为什么千里迢迢回来建了它们，却又弃它们而去？

想起祖父在烽火连天的年头里竟举家返国，说是命数已到尽头，执意要死在故乡的土地上。到了今天我愿意猜想，那个算命先生的神奇预测，只是祖父为了说服祖母跟他一块回来的理由。茫茫大海，最终也阻隔不住祖父心里头对故土的牵绊和留恋。

走过一处深深巷道，有饭菜的味道悠悠飘荡出来。喜出望外。

仰起脸努力张望，隐隐约约有人的身影在楼里出现，但是模糊的，看不清楚是男人还是女人，年轻的还是不年轻了。怅然间看到栏杆上晾晒着衣服，其中有艳丽花色的裙子，很招眼。我知道这种裙子的名称叫纱笼，从小在老照片上认识的。

身穿艳丽纱笼的祖母，端庄美丽而带着一种异国的旖旎风情。正是那一点异国的旖旎风情，与周遭的环境格格不入。因此，祖母是不轻易拿出这张照片的。偶尔拿出来，祖母就会讲一点老旧的事情。那些事，都与大海有关，与另一个陌生的国度有关，与我的家族有关。祖母讲述的口气里，总带着那么一点喜悦与失落的交织，使所有的事情都显得隐秘诱人。

楼里边的是什么人家呢？

那个穿艳丽花色纱笼的女人，也许也像我的祖母一样很会做菜，喜欢用浓郁的咖喱胡椒做调料，让客人哇哇叫辣却又赞叹不已。也许也像我的祖母，什么时候都收拾得干净利索，衣服头发一丝不乱，甚至，也像我的祖母说着一样的口音。那是一种很特别的口音。音尾的那个调总是往上升，无端地就变得柔婉旖旎起来。

在我现在居住的这个城市里，很容易听到这样的口音，也和我们那个地方一样，叫南洋口音。上大学那年刚进校园，听到满耳熟悉的口音，激动得差点掉泪。北方来的同学惊讶得不得了，这腔调怎么怪怪的？后来却喜欢了，说是听起来是一种热情旖旎的风情，就像闻着那椰林海风什么的味道了。

喜欢同学的这般比喻，想起每回祖母一叫，就像闻到祖母身上一股特别的味道。现在回味起来，正是大海的味道，含蓄深沉而热情旖旎。但我没有告诉我的同学，在我的少年时代，这种带着异域风情的口音却带给我极大的困惑和压抑。因为它使我清醒地意识到自己家庭与周遭世界的隔阂和距离，由此遭来许多的怀疑和排斥。

后来我才意识到，其实我的家族离革命并不疏远，祖母的父亲因是反清秘密会社的头目而逃亡海外，后又因领导工人罢工而被驱赶出境。祖父的一个弟弟是海外同盟会的成员，老国民党人。而父亲，学生年代就投笔从戎参加了革命。但在很长的时间里，这一切似乎都无法改变这种身份与革命标尺的格格不入，就像不能改变自己的口音一样。

那时就感觉到，祖母对这种格格不入更敏感。我从乡下回来的日子，祖母夜里让我和她睡在一起，说些贴心话，会对我抱怨，说在路上碰到谁谁哪个老师哪个工友，当初也是很热情的，现在叫了也不答应了。祖母的语气充满了委屈，像无端受了不公平待遇的小女孩。听着心疼。祖母性情直率豪气，最受不了这般龌龊小气之行为。我狠狠地说，那我们也不用理睬他们！祖母愣了愣，然后笑了，对，不理睬他们！但第二天，见到同一个人，祖母还是会习惯性地停下脚步，微笑着打招呼。对方愣了愣，脸有些红，讪讪一笑，竟开口应答了。祖母微笑了，点点头，拉着我的手继续往前走了。

那个时候，还不太理解祖母待人上的这种谨严礼节和宽容气度。后来的日子里，才深深体会到祖母对我的人生成长有多么重要的影响。

上山的途中，经过两个教堂。远看建筑宏伟肃穆，走进去，却极朴实，平和亲切。让我想起我生活过的那个小城，也有过一间很小的福音堂。"文革"发生那年的一个夜晚，祖母让我陪她去找里面的修女。那是我第一次进去。一个人待在大厅里等祖母，尽管昏暗中什么也没有看清楚，也被一种不可名状的肃穆和宁静所感染。后来，我始终无法了解祖母怎么会认识那里的修女，而且在那么动乱的时候去找她们。只记得，祖母在听到福音堂被武斗的炮火夷平的消息时，整日里默不作声，神情悲戚。

祖母并不是教徒，也不烧香拜神，除了在很少的时间里回一趟老家祭祀祖父。我相信，父亲的无神论信仰一定很强烈地影响了祖母的思想和行为。但我仍然认为，祖母的精神气质里天生具有一种宗教情怀，使祖母始终凭自己的本能来做人。

到了今天我常常想，祖母那种谦和有礼不卑不亢的背后，正是一种博爱与宽容、平等与真诚的精神。我突然醒悟过来，大海熏陶下长大的祖母，也许性情就近了大海，就是这样一种温和内敛和宁静里蕴藏着力量与强大。

原来，鼓浪屿的女人那种无与伦比的气质风度，是令我想起祖母的原因。

我知道这岛上有一间建于 1847 年的女子小学，说是那幢房子的门楣上还留着女学堂几个字的残痕。

学堂，也是祖母的习惯用语。小时候，每天早晨都会听到祖母的那一声催促：起床了——上学堂了！

祖母自小失怙寄人篱下，没有了读书识字的机会，是为平生的最大遗憾。奇怪的是，不识字的祖母却酷爱文化。我小时候在家中的一项重要任务，是给祖母念书。每天晚上做完功课后，祖母已经坐在床沿边等我了，恭恭敬敬地将书找出来递给我。招呼着弟弟妹妹把灯光最亮的地方让给我。那样的夜晚，从小人书，到童话、神话传说、民间故事，再到小说，那些神奇美丽的故事和文字，伴随着我慢慢长大。到我念累了，躺到被窝里了，祖母也开始给我们讲她的故事了。祖母的故事，除了和大海有关的往事，还有我当时无法读到的旧书和戏文，如《封神榜》和《七侠五义》，也如《西厢记》和《牡丹亭》。当日后我能接触到这些书的时候，非常惊讶祖母表述上的详尽和生动。

直至今日我仍然认为，我对阅读和写作的喜爱与能力，最早是在祖母的熏陶下培养出来的。

到了我上大学，祖母老了，仍然很精神很能干。假期回家的日子，顿顿还是吃祖母做的饭菜。祖母仍然喜欢我给她念书上的故事，带她去公园散步，去露天电影院看电影。年迈的祖母挽着我的手走在路上，仍然腰杆挺直，眼神明亮，一副沉静自若的气度，令路人纷纷注目。

离开鼓浪屿的前一个晚上，还在海滩上久久徘徊。

海面上弥漫着淡淡的雾气，格外幽远沉静。远处有影影绰绰的人影，是早晨里见过的美丽女人吗？

怔忪间隐隐听到叫唤我的声音，怎么像是祖母叫我呢？

大惊，急急回首。四下静寂，只有潮落的声音轻轻柔柔，如悄然叹息。

泪水哗然而落。

祖母不在了，再没有人能用这样好听的口音来叫唤我了。

2009 年仲夏写成
2016 年岁末修订　广州

山西行断章

大红灯笼高高挂

到乔家大院那天，是个阴天。

中原地的阴天，也是干燥的。干燥的尘土在阴沉沉的天空下飞扬，仿佛筑起了一堵灰蒙蒙的围墙，令人窒息。

这里得以饮誉海内外，是张艺谋在此拍了电影《大红灯笼高高挂》。因此，还离着乔家大院远远一段路，就看到了路边高高挂着大红灯笼。一片灰蒙蒙的晋中平原上，那一串串的大红灯笼耀眼、气派，而又显出几分的怪异。

进了乔家大院，也处处是高高悬挂的大红灯笼，电影里的场景细致逼真地呈现眼前。

恍惚之间，还似看到那些身穿民国服装的男人女人上下穿行左右游荡，红灯笼的照耀下，脸上是阴暗与明亮的快速交换，如同牵动着岁月的瞬间轮转。

游人如鲫。看来都非常熟悉电影，男人们高一声低一声地叫嚷："点灯了！"

语气张扬亢奋，神情也一样张扬亢奋。女人们听着，笑着，偶尔回应几声，声调神情也明显兴奋。

电影很成功，将我们这个古老国度的一种独特的文化传统，以美丽诗意的形式展示给了现代人。在那座犹如铁桶般封闭和死气沉沉的乔家大院里，大红灯笼像非常合适的道具，给它带上了某些生气和温情。让人们穿越于一个个逼仄繁复的庭院，出入于一间间阴暗重叠的房屋时，总是兴致勃勃，总是喜气洋洋。

历史和现实，在这里交织变幻，一样的虚拟而不真实。

迈出那象征着尊贵身份的高门槛时，猛听到身后有人感慨而说，谁说妻妾成群不是男人的梦想呀！

说者是男人，直白坦然而嚣张。

听者一片哗然，不及议论，哄笑已起，遂成一片欢呼。

历史猝不及防逼近眼前。阴森，而又温暖。糜烂，而又美丽。危险，而又诱惑。

很长的历史时期里，且不说皇帝后宫粉黛几千，就是一般百姓家中，有着妻妾几人也是平常之事。进入近代，西风浸被，皇帝垮台，呼唤解放，但从乡村僻野到繁华都市，仍然遗存妻妾成群的现象。电影《大红灯笼高高挂》，说的就是民国年间一个普通的家族大院里，几房太太争风吃醋，争相邀宠，连巩俐扮演的那个有着新思想的新太太颂莲，最后也不能免俗。

这样的家庭自小是熟悉的。不仅从书本上熟悉，也从周遭的环境里知道了多少。只不过，这样的人家多数已经散了，残破了，窘迫尴尬而又凄凉。

一位朋友从小跟外婆长大，对父母亲毫无印象。一直到了那年他父亲从海外辗转带信给他，他才知道，父亲在逃往那个海岛的时候，带走了大太太和她的孩子们，却将二太太他的母亲留了下来。母亲生他的时候，正值政局动荡家无宁日，整天处在惊吓和悲郁之中，没出月子就撒手离世了。朋友与我说起，神情极其悲戚与失落。

祖母听了，感叹而言，女人绝不能给人做小妾呀！祖母生在海外，对此现象深恶痛绝。

印象深的还有父亲的一位朋友，一位当年人称大小姐的漂亮女人。我是在一个偶然的机会到了她的家乡才知道，当年的大小姐是大太太的女儿，从小对母亲在家中被冷落的处境深以为恨，去了城里读书后就不再回家了。后来跑到游击区，直至嫁了当年鼎鼎大名的游击队队长，家中也是一无所知的。土改时，身穿戎装的大小姐赶回来，带走了孤独住在一个小院落里的生母。她走后数天，她父亲被处死，父亲的二太太随之吞金自尽。在听这段往事的时候，我还是少年，正借住在大小姐出生长大的庄园里。

还记得那座庄园远比乔家大院漂亮，是另一种的开阔大气，而又雅致温馨。后来回想起来，那是糅合了西洋建筑的风格。也隐约知道了，这位漂亮女人一个同父异母的兄弟，在德国留学时修的是建筑。只是在我的印象中，她从没有什么兄弟姐妹间的来往。那座漂亮的庄园里只有各式新主人，新的生活新的热闹，遮掩了所有的历史痕迹。往事的真实面目，令还是少年的我非常震撼。

后来的日子里，我常常会在突然间思索起一个问题，当年大小姐的革命举动，除了信仰的力量之外，还有没有家庭压抑下某种隐晦而阴暗的心理冲动呢？

而眼前的乔家大院，又曾有过什么样的故事？

俗与不俗的境界

夜间到的五台山，静寂如磐，清凉如水，果然有佛教圣地之气。

一直以来，对神灵持一种敬畏但疏远的姿态。总以为自己毕竟是俗世中人，做不到六根清净，很难真正领会到其中高深莫测的境界。当然，也如很多的国人一般，进了寺庙，照模照样地烧香叩首，说些祈求保佑的话。但一出殿门，也从没有思量过要领悟什么道理和受什么约束。

故有学者说，这般举动属纯功利意识，远远说不上是虔诚的宗教信仰。民间之"无事不登三宝殿""临时抱佛脚"等俗语，当是形容此心态了。反省自己，也就有了多少惭愧，对这般神灵净界，只敢以游客的眼光欣赏而已。

但对五台山，还是有着更多的景仰和向往。

知道这里有着源远流长的历史，遍地寺院林立，常年香火繁盛。也知道这里有着种种神奇传说，当年一位身居副领袖地位的人物，曾将一间寺院炸掉来建自己的避暑行宫，毁掉了一件珍贵的佛家真传物件，后来他本人果然也在逃亡途中坠机炸死。都说这是因果报应，佛力无边，天网恢恢。

听来惊异，也不得不信。佛门的这般说法或有道理，毕竟能对恶人有了一种张扬天理的惩处，对常人也有了一种规善向好的约束。

到了白天，果然就见着这里的繁盛了。

远看，百余间寺院散落山下山上，接踵相连，甚为壮观。近看，苍松翠柏掩映间，高阁叠檐，红墙紫壁，透着深远悠久的辉煌和威严。走进去，人头涌动，香火缭绕。仰起头，高高在上的各式佛像，或慈祥，或威严，一派肃穆，惶惶中随着众人烧了香，叩了头，许了心愿。捐香火钱时，还有好心人在旁细声叮嘱，许心愿只可三个，不好多的……

香火缭绕间听来，不觉恍惚，顿觉头上三尺有神灵。慌慌张张中许了三个心愿，皆与亲人朋友的学业安康有关。

走出来时，心中自然有了多少的慰藉，对那个不可知的世界也多了好些敬畏。而顺着殿殿阁阁走深了，满目金碧辉煌，不由想起一路走来，途经太行山阴山一带人家，房子仍然破陋不堪，甚为凄凉。则不禁疑惑，百姓们长年累月诚心拜佛，成就了这辉煌也成就了这历史，佛家为什么还没有给他们带来更实在的好处呢？

疑惑间，便有心注意了寺院的主人。

这里寺院多，和尚也多，出出入入，很是热闹。乍一看，多有大家之气，站如松，行似风，神情洒脱，顾盼自如。然而细细观察他们穿行于熙熙攘攘的人群间，也见眼波流转，风情暗藏。当即好笑，想起山下小镇那寺院酒家丛立之中，有条繁华小街，竟有"红灯区"之称，也就觉得在当今的社会，那俗原是避也避不开的了，无论是俗世还是净界。

再深想一层，在我们这个国度里，有着太特殊的传统背景，任何形式的宗教，都难免要受着政治的干预和世俗的影响。

年轻时候，到过一间很有名的尼姑庵。那女尼深有来头，相传原是民国年间一个出身官家的女学生，为了情感的原因断了红尘。当她给我用桂花露水沏茶的时候，山下来了接她的小车，才知道她在当地政协任着官职，令我顿由景仰转为困惑。

如今思忖过来，也就想通了。这俗世与净界，原也是没有多少的差距，出世入世，好坏有无，或许都如佛家中有名的禅宗大师说的，在心的顿悟而已。

后来读诗人邵燕祥的文章，提到他1963年奉命创作剧本到山西体验生活，在五台山的中台上有幸目睹了传说中的"佛光"，突然出现，转瞬而逝，实在是神奇。出奇的还有平旷如砥的中台顶上，散落着数不清的大大小小的石块，似是造山运动留下的砾石，也似是天上降落的陨石，看上去像自亘古洪荒以来就没人动过它们，让人想象是女娲补天时丢弃于此的"无才可去补苍天"之石。如此一说，也让人觉得那五台山成为佛教圣地，是极有道理的了。

不见汾水哗啦啦

到了临要离开山西的最后一天，才突然醒悟，怎么还没有看到汾河？那一条哗啦啦流淌的汾河呢？那一条我们在歌中唱着、在梦里想象着、环绕着美丽小村庄流来的汾河水呢？

在小学的地理课上，就知道了汾河，发源于山西境内，从这里流入黄河，成了黄河的第二大支流。因而从小到大，常常想象着，我们的祖先在这里，依傍着这条世世代代流淌不息的大河，耕种着丰美肥沃的土地，艰难而顽强地生存着，创造了繁盛的文明和历史。

然而，几天来，在山西境内转来转去，大山看到了，平原也看到了，但看不到河，看不到水。

太行山和阴山的七沟八梁里，没有水，也没有庄稼，满山满地干裂的石头裸露着，擦伤了太瘦的羊，烙疼了行人的眼。平原上的地，没有水，也没有水灵灵绿油油的风景，玉米秆上的叶子黄黄的，向日葵耷拉着脑袋。风一过，泥土飞扬，干巴巴，灰蒙蒙，地里路上走着的人，脸也灰了，手也黑了。走久了，听到远处有人在唱：

小白菜呀，地里黄呀。两三岁呀，没了娘呀……①

歌声断断续续，低哑，苍凉，如穿越一条干涸了的河流而来。

每到一地，一样被告知，没有水，要节约用水，没有太多的青菜，要多喝醋。

于是，我们的咽喉跟着干了，沙哑了，学会了在餐桌上抢青菜吃，学会了将醋当水喝，也养成了每到一地，用焦灼的眼睛寻找水，寻找纵横流淌的水，寻找一洼洼的水，就像在我们南方的土地上，那处处可见的、滋润我们眼睛滋润我们身体滋润我们心田的水。

什么时候开始，这中原繁盛之地，就少了水，少了哺育人类繁衍文明生长的水？被我们视为民族文明摇篮的黄河流域，什么时候就沦入了这般衰落贫穷的困境？

往西边一带去，山势险恶间，还见一个一个的烽火台，上千年的风化，触目惊心，镂刻着烽火连天干戈满地白骨堆积的历史。或许，就是那些战争，一点一点掠走了这块土地的精气和活力，最终带走了丰美的河水，也带走了如花的繁盛，甚至移动了我们民族的根。历史书上写着，一次又一次的外族侵略，将大量的中原人口逼往南方去了。

---

① 河北民歌《小白菜》。

所以，在这里，总有人告诉你，绝大多数南方人的祖宗源于山西。我们的根原来在这里？在这块饱受灾难的土地上？听着，心情激动而又暗淡。

最终还是看到汾河了。

当汽车开进太原市区最繁华的路段时，一条大河波光粼粼，犹如天上而降，横亘眼前。正值灯展，水边布满了一艘又一艘明亮璀璨美轮美奂的灯船，展示着五谷丰登歌舞升平的太平盛世。

当即感动。

然而导游小姐说，这汾河的水不是天然的，是人工引来的，只有一小段。果然，往外一点走去，水就没有了，就如它突兀地出现，也突兀地消失，剩下一个干涸冷漠的河床。齐人高的杂草和一些瘦弱枯黄的玉米秆，带着夜的风，摇曳纷乱，在前面那一段繁华的陪衬下，孤独而凄凉。

年轻时候爱读赵树理、马峰这些"山药蛋派"作家的小说，书中的山川河流、村庄乡情以及一个个质朴鲜活的人物令人难以忘怀，对山西这块土地也有了好些的美好想象。印象最深的是赵树理的短篇小说《登记》，或许是因为女主角爱情故事中的那枚神秘的罗汉钱。后来才知道，罗汉钱是"康熙通宝"的异品，由于其色泽特别鲜艳光亮，看上去尤为精美，民间就有了许多神秘传说，将之视作吉祥幸福的象征，用作过年压岁、婚嫁压箱以及男女相爱的信物。小说中的男女主角也是以罗汉钱为爱情信物，他们的自由恋爱经百般周折，终于得到了完满结局。

赵树理的小说，让我对乡村始终保留了一种温暖的记忆。即便后来下了乡，对真实的乡村生活有了许多的失望，也仍然没有改变。再后来，发现赵树理的小说多是写在二十世纪五十年代。《登记》一篇写成于1950年。那个时候，中国的乡村理应比后来的年代要多一点古朴温暖的色彩。

那晚早早回了酒店睡下。一夜有梦。

梦中看到一条大河从天而下，波光粼粼，岸边柳绿花红，稻田连畦，有人在引颈高歌：

你看那汾河的水呀
哗啦啦地流过我的小村旁……①

英雄美人雁门关

驱车往大同，说是要出塞外了。

果然路越走越险，群山纠纷间，盘旋崎岖，前后不见路面，与对面来的车擦身而过，悄然无声，谁也不按喇叭，倒让车上的人捏着一把汗。偷眼望出窗外，峰峦错耸，峭壑阴森，气势凛然。导游小姐提醒着，前面就是雁门关——

众人一怔，遂惊呼。打开窗门，山风哗哗吹来，带着冷意，还正是盛夏，令人诧异。蓦然想起《吊古战场文》："黯兮惨悴，风悲日曛。蓬断草枯，凛若霜晨。鸟飞不下，兽铤亡群……"

是边关古塞雁门关了。

不由肃然起敬。这里北连大漠，南接大河，东西峻岭，是千年来商家必经之道，更是扼守中原的重要关隘。古史有载："天下九塞，雁门为首。"（《舆图志》）据说302平方公里之上有双关、四口、三城、六塞、十八隘、十二连城、三十九堡，是古代中国乃至世界上最为庞大最为完整最具特色的令人叹为观止的大纵深军事防御体系。

自小就知道雁门关是中原人打匈奴的地方。

冬夜的暖被窝里，最爱听祖母说那些遥远的故事，说卫青、霍去

---

① 电影《我们村里的年轻人》插曲：《人说山西好风光》。

病，说飞将军李广，说老当益壮的薛仁贵，都在雁门关大败匈奴。说到薛仁贵晚年镇守雁门关，一次出征阵前，突厥人喝问：唐将是谁？唐兵答曰：薛仁贵。突厥人以为薛仁贵早死，不信。薛仁贵脱盔示面，突厥惊视失色，引兵而退。听得忘形喝彩。大一点了，自己读起小说古史，最钦佩杨家一门忠烈，血守雁门关，竟被奸臣所害，全军覆灭。由此对朝廷的懦弱有了切齿之恨，对雁门关更有了无限神往。

而到了身临这名居"天下第一关"的雁门关，才能真实体会到"一夫当关，万夫莫开"之雄势险要。相传每年春来，南雁北飞，口衔芦叶，飞到雁门盘旋半晌，直到叶落方可过关。故有"雁门山者，雁飞出其间"的说法。原来雁门一带海拔 1 600 米以上，群山峻岭环抱，山岩峭拔，只有过雁峰两旁低矮的山峪给大雁经过。此险要处乃历代中原重要门户，兵家必争之地。故有"得雁门而得天下，失雁门而失中原"之说。始于春秋战国，塞外一代又一代的游牧民族，从严犹、楼烦、匈奴、鲜卑、羯、氐、羌，再到契丹、女真、蒙古，都先后经雁门关进入中原地区。因而这里成了中原王朝抗击外敌的主战场，历朝历代的守边将帅也多主帅雁门。据说有史可查的战役就发生过一千多次。

大学时读翦伯赞先生的《中国史纲要》，其中两句印象深刻："如果把漠北草原比作是中国历史演变的大后台，雁门关就是演义一幕幕波澜壮阔、金戈铁马历史剧的出场门。"最为人惊道的，是五代时期后唐的石敬瑭为篡权主动求援契丹，许以雁门关以北诸州为报酬，中原自此失去抵御外敌的重要之地——幽云十六州，直接导致之后两宋的国防虚弱军事不振。也正因如此，两宋最是多出忠心耿耿抗敌卫国慷慨赴死的英雄豪杰。从韩世忠、宗泽到岳飞、文天祥，皆以收复失地为终生夙愿，留下了多少让人敬仰又让人遗恨而嘘唏不已的传奇故事。

数千年的战争纷扰，群雄逐鹿，给我们一部古代史留下了多少耻辱和创伤，也留下了多少光荣和辉煌。一代代英雄辈出，与雁门关的威名，镂刻在我们民族历史的丰碑上，也镂刻在人民的心中。到今天，雁门关上上下下，保留着百姓建造的"靖边寺""杨将军祠"，与那一座座残破的城墙和烽火台相映为耀。一直以为，每一个民族都需要英雄，需要英雄崇拜，那是人性中最可贵的正义冲动和献身精神。后人缅怀英雄，是仰望一种崇高的信念和高贵的精神。

雁门关的历史不尽是英雄的，也是美人的。

汉朝时，一代美人王昭君也是从雁门关前簇后拥，浩浩荡荡，出塞和亲。此事在正史上被传为美谈，盛颂自此以后，这一带出现了"边城晏闭，牛马布野，三世无犬吠之警，黎庶亡干戈之役"的和平安定局面。而在民间，却流传为一曲思乡悲歌："塞外风霜，悠悠马蹄忙，整日思想，长夜思量，魂梦忆君王，阳关初唱，往事难忘，琵琶一叠，回首望故国，河山总断肠……"①

少年时读曹禺的剧本《王昭君》，欢欢喜喜，热热闹闹，尚是着迷喜欢。后来学史了，却有了许多的疑惑。读到杜甫"群山万壑赴荆门"一律，深为震撼。"千载琵琶作胡语，分明怨恨曲中论"，悲悯之情，跃然纸上。杜诗有"诗史"之称，不对汉家和亲之举作赞美辞，只关注小女子的身世命运。突然想到，也许没有英雄的时代，美人都避免不了悲剧的命运。到了汉武帝时代，有了卫青、霍去病和李广，便不再将皇室公主远嫁荒漠异族了。

纵观几千年的中国历史曲折跌宕，战乱纷起，王朝更替，外族入主，无不重重叠叠交织着战争与和平、英雄与美人的身影。

下山了，路更陡，车也更急了。风从耳边呼啸而过，忽而似战鼓激扬马蹄急乱，忽而又似琴弦呜咽悲声叹息。雁门关千年屹立，成就了英雄美人的不朽声名，每当后人缅怀起他们，心中仍然充满温暖。

2003 年秋写成
2016 年岁末修订　广州

---

　① 此引凤飞飞、叶倩文的演唱版《王昭君》。黎锦光作词，改自广东古曲。

题余两篇

谁识昨日黄花

有几年的时间住在华侨新村，紧靠着黄花岗烈士陵园。

惊讶地发现，那个地方果然是有黄花的。一种形状细小平凡像野菊花一样的草花，矮矮地密密实实地铺满地面，动辄一大片，耀眼夺目的金黄色。

乍一看，很普通，看久了，无端就有了一种感伤，一种苍凉。

那时，女儿还小，逢周末时常常带着她到陵园走走，算是一种历史的熏陶。

当然，那个时候的女儿，还不识历史是什么。冲着烈士塑像叫叔叔，冲着自由女神塑像叫仙女姐姐，咿咿呀呀地说话，咿咿呀呀地笑。慢慢地，也学着大人，摘下路边的黄花，捧好了，放到墓碑前，认认真真地鞠了小小一个躬。一旁的游人默默看着，倾听风扫过高高的树梢，落下萧瑟之声。

有时，在园子里流连久了，一片一片的暮色悄悄降落，猝然间，便感受到了那彻骨的肃穆与苍凉。

清明的时候，黄花也开了，衬着繁密的叶子，颜色更鲜艳明亮一些。而清明往往是有雨的，灿烂的黄花在冷雨霏霏中，湿了，重了，也化作悠远深沉的叹息，一点一点的，就满园子弥漫开了。

在那样的一个日子里，我和女儿遇到了一个远方来的游客。那是个已经不年轻的男人，整洁的衣着和温软的口音，让我断定他来自那个孤独的海岛。他把一大捧鲜花摆到那个刻着烈士名字的石碑前，雨雾悠悠从亭子外飘洒进来，打湿了花，也打湿了他刻有深深皱纹的脸。

后来，我们交谈了。

他告诉我，多年前老母亲病重，在病榻上郑重托付他，一定要找一天到这里来，代替她老人家拜祭一位朋友，一位她在年轻时候最好的朋友。母亲托付完了，安详地合上了双眼，像把一副重担转移给了儿子。儿子伤心欲绝，也默默地将这个责任摆在了心里。终于，在这个清明的日子来到了这个地方。他说他多么惊奇多么激动，这里果然像母亲说的，遍地都是黄花，开得那样的鲜艳灿烂，也开得那样的伤感与苍凉。

从他指点的石碑上看到，他母亲托付他拜祭的那个人，是个外省人的名字。也像石碑上其他的人一样，还非常年轻。那个年轻的男人，在二十世纪初那场革命中勇敢地死去。我知道，他也会像其他的敢死队队员一样，义无反顾地写下了绝命书。革命浪漫美丽，也残酷无情，裹卷去一个个年轻的生命，而将刻骨铭心悠久不灭的怀念，残酷地留给活着的人。

当年那位还是年轻女孩的母亲，是不是在听到噩耗之后，从那外省千里迢迢地寻到这里？那个勇敢死去的男人，她最好的朋友，或许还正是她初恋的爱人？当她满怀悲痛来到这里的时候，一定也是黄花遍地的日子。她在这里，最后拜祭了烈士的英灵，然后带走了永远的伤心和怀念，也带走了黄花灿烂的悠久记忆。

长长的日子过去了，黄花仍然灿烂，仍然鲜艳。

世事坎坷，人间多难，草木有灵，岂能无情？遍地黄花的生命，或许是那些年轻勇敢的灵魂，仍然在呼唤他们的理想和期盼。

清明的雨如烟如雾，在天地间飘荡弥漫。碑面上密密麻麻的名字变得模糊虚幻，远远地，隔着一个世纪的空间。

清明往往是有雨的，灿烂的黄花在冷雨霏霏中，湿了，重了，也化作悠远深沉的叹息，一点一点的，就满园子弥漫开了。

自那个清明以后，每次和女儿再去，也要在那座石碑前待上一些时间，细细看一遍那个熟悉了的名字。下一个清明来了，也把一束鲜花摆在跟前。到了女儿开始启蒙识字，对刻在石碑上那些密密麻麻的名字产生了兴趣。每次来，就急切着在那上面一个一个地寻找自己新学到的字。每当能将一个名字认全下来，便是欢喜地兴奋地大声念出来。

那些年里，这个陵园多是冷清的，也少修饰，林密草长间充满旷野之气。小小的童声陡然响起，格外清亮悠远，在空中林下久久萦绕不去。

偶然走进来的人猛地一听，惊回首，似是看到当年那些英气勃发的热血男儿从眼前走过，仍然面容年轻目光朗朗。遍地的黄花，犹如在他们身后长长铺开了一块地毯，金碧辉煌，伸向远方。

四月江南雨

差点起程去了江南。

终未成行。朋友来了电话，江南有雨。

岭南也有雨，白天黑夜，满天满地。想象那江南地貌，更为平坦舒缓，少了些山丘丛林，多了些湖泊水面，那雨一来，有了烟，有了雾，糅合着波光水影舒卷往来，应是更见缠绵温润，更见沉郁绵长。

猛然想起，正是四月。岭南的雨从窗外扑面而进，带着风，柔腻却锋利，刀子般划过心头。

四月的江南，也本该有雨。为了一位江南女子。

她死在四月。

初识林昭，已是二十世纪八十年代末。距她离世的日子已是二十年过去了。

二十年积郁下来的东西太沉重，太悠长。血写的历史从厚厚迷雾中突然出现，幽暗而阴冷，尖锐而激荡，天地骤然变色，电闪雷鸣，风雨大作。黑暗囚室中，那披一白色床单的女子翩然行出，血写的"冤"字跃然发顶，闪电般刺穿无边黑暗照耀在每个人的眼睛深处……犹如窦娥长袖六月飞雪，令中国舞台上古往今来的经典悲剧黯然失色。

然而，这般人间悲剧，此后长长的时间里仍然无人提起。

后偶遇京城而来求职的学人。席间高谈阔论，纵横自如。突然问道，可识林昭？一时语塞，满脸不解。顿觉索然，离席而去。不识林昭，何颜侈谈北大精神？

此后，便刻意在讲台上反复述说。以为那几千年历史的阴暗与沉重，唯有以此女子的故事为例，方可说清说透。一年也值四月，外语系的教室，一班青春女孩，如花灿烂，听着途中，一齐失声痛哭，肃然起立。窗外风涌云动雨雾遮天，一个江南女子的纯粹、诚实、高贵与无畏，一颗子弹的冰冷、残忍、卑劣与阴险，终于击碎无数谎言而来，惊醒后人的恻隐、悲悯与良知。

年年有四月，年年四月都有雨。应是在提醒人们不要忘记这位江南女子，不要忘记一个遥远的年度：1957。

因那个特殊的年度，有了一个特殊的群体。

少时始，就认识这个群体的不少人。他们，是我身边熟悉的一个个真实存在的人，让我敬重让我喜欢让我仰慕……由此而使我对那个特殊的年度和特殊的群体怀着太多的迷茫和痛苦。这些人，与她有着很多相似的地方，一介书生，有学识，有才气，还有一腔热血，一腔激情。他们，或在岭南，或在江南，或在中原北方，甚至就在京城，那个她读书和沦入厄运的城市……

直到有一天我才突然发现，他们，全是男子。

不知是不是这个事实让我无意中便以为，那个残酷的世界里，永远有人在为我们抵挡风刀霜剑，为我们承受任何的摧残与磨难。

而这些男子，从没有向我提起她。

疑惑，继而惶恐。

是因为那段历史太沉重，太惨烈，太漫长了吗？

十年，三十年，五十年，事实早被曲解，真相早被遮掩，思想消失了，记忆也没有了。或许，是因为面对那柔弱女子的正气磊落宁死不屈，使他们无法原谅自己身为七尺男儿却在隐忍沉默中苟活。或许，仅仅是不忍心，不忍心告诉我，一个民族的自由，竟需要一个弱女子做出这般惨烈的牺牲。

这牺牲，太重、太痛了。

即便这个民族的千千万万男子的脊梁重新挺立，也已经扛不起来。于是，我从不称她巾帼英雄，只愿意叫她江南女子。

一个地道的江南女子。

多少年过去了，当初的人仍然感慨万分，那个江南女子哟，娴静似娇花照水，行动似弱柳迎风……于是，在我心中，她就像大观园里那些冰清玉洁的女儿们，看不够的温婉妩媚柔情似水，说不尽的锦绣文章万般诗情。

很长时间后，才终于知道，她仅比母亲年少两岁。

回忆起一张老照片。照片上拥抱着我和弟弟的母亲，年轻如花，笑容甜美。正是那个特殊的年度：1957。我三岁。母亲二十七岁。而她，二十五岁。

二十五岁的她，如花儿刚开放，本应还有长长的生命，长长的未来，也应该像母亲一样，在这人世间的日子里，享受到最平凡的世俗幸福，即便也有磨难，也有坎坷。她应该得到最美好的爱情，成为最美丽的新娘和最幸福的母亲，才不辜负了那江南女子的温淑美丽、风流婉转。

她终于孤独而去。

江南地上，那盛放了一缕青丝的墓冢在哪儿呢？

可是靠着湖畔水边？可是隐在花间林下？到了有雨，那烟雨朦胧中，是否还能见到那温婉女子，自水边携清风暖香而来，裙裾飘舞，长声吟诗……

每年四月到了，有雨了，可是有人前往祭扫？给她送去鲜花，送去问候？在她墓前，为她吟诗，为她歌唱，为她垂泪？

又是四月。

江南有雨。岭南也有雨。

江南的雨与岭南的雨，在那寥廓天地间可能相遇？若我能随风雨而去，便化作一片郁郁林子相伴她身旁，为她抚琴放歌，为她扬袖起舞，为她长声吟诗……

自—由—无—价……①

2007 年 4 月 29 日写成

2016 年 12 月 29 日修订　广州

① 林昭遗诗"自由无价，生命有涯，宁为玉碎，以殉中华"。

文章冷暖有谁知 （代跋）

又是夏天了。

窗外的树丛愈发繁茂，郁郁葱葱，鸟雀飞绕。常常能听到一只鸟儿在近处嘤嘤啼叫，又总有另一只鸟儿在远处呼应，低回婉转，声声不断，深情而悠长，十分美妙。

突然想到，写作也是如此。倘若得到了呼应，同样是十分美妙而令人深深感动的境界。

继《夏天的倒立》出版后，《怀念一个老城市》也终于付梓。胡发云、董浩、黎燕、孙伟四位朋友为书写了序文。皆为精湛优美之作。他们和我是同龄人，有过十分相似的人生经历，一样热爱文学，更是才华横溢、文章华美、风尚高远之人。但深知为他人的书写序是何等苦事。而朋友们欣然应之，盛情拳拳。值暑热之季，耐心阅读长长的书稿，反复思量推敲，写下这般动人心弦的文字。

母亲读罢，慨然而叹，有此知音，人生无憾矣。母亲一言，令我潸然泪下。

自古道，高山流水知音难求。一直以为，写作是孤独寂寞的，其中冷暖唯有自知。若遇知音，便犹如在黑夜中独行，突然有人伸出温暖的手牵上你，与你同行。

去年有两位朋友相继病逝。她们比我年长，是我从小就认识的，也爱文学，皆有才女之誉。她们的人生极为坎坷，历尽沧桑，但即便到了年老，疾病缠身，依然热爱读书，敬重文学。她们对我文字的喜爱和寄予的殷殷期望，令我深深感动而惶恐。她们走了。我知道，我的写作不能停下，也是为了她们，为了一直支持我写作的亲人、朋友和学生。

感谢我的亲人、我的朋友、我的学生。

在此衷心感谢周玉宏、黄志波两位责编老师为此书的出版付出的艰辛努力。感谢暨南大学出版社愿意出版此书。

京城一朋友曾为《怀念一个老城市》一篇写下诗词五首，文采斐然，意蕴精深，甚是喜爱，也收录在此，以表感激之情。

七律·读《怀念一个老城市·旧花园》
几度樱花凋谢时，老园寂寂有谁知？
麒麟冢下生秋草，翠鸟湖边折柳枝。
散尽劫灰前世怨，书完恨笔此生痴。
岭南夜落梧桐雨，半是弦歌半是诗。

七律·读《怀念一个老城市·旧房子》集古人句
染柳烟浓写老宅，吹梅笛怨几声哀？
雕栏玉砌应犹在，腐草销沉骏骨台。
流水落花春去也，云中谁寄锦书来？
兴亡已惯司空见，略点微霜鬓早衰。

七律·读《怀念一个老城市·旧大学》
坑儒谁问是耶非？弦断知音几世违。
总恨寒风欺骏骨，常嗟彩笔渐衰微。
夜吟一册蛾眉字，心锁樊笼意未灰。
花谢花开题凤处，明朝风雨漫天雷。

七律·赠林梓
回首生平沧海梦，搏人魑魅见应多。
翻云覆雨寻常事，指鹿为驹且奈何？

忍看杜陵悲宋玉，长哀屈子赴江罗。

从今词赋凭谁作？海内唯君可一歌。

水龙吟·再读林梓文

闻说往事如烟，几人酒浣青衫卷？岭南桂树、京畿杨柳、玉蛾金茧。夜话前朝，诸陵风雨，鱼灯已散。叹狂生青眼，挑灯独坐，兴亡策，凭谁断？

自古高才难显。待伯牙、筝弦空挽。鹧鸪声住，杜鹃声切，苦恨春晚。可惜当年，西南才子，音容俱远。伴清辉几许，吟哦锦字，为蛾眉赞。

林　梓

2017 年 7 月 15 日　广州